河北大学燕赵文化高等研究院
INSTITUTE FOR ADVANCED STUDY OF YANZHAO CULTURE,HEBEI UNIVERSITY
成果文库

河北省社会科学基金项目
“哈罗德·布鲁姆诗学与中国当代文论会通研究”（HB18WW001）成果

美国解构批评名著导读

高 永 等著

河北大学出版社
·保定·

美国解构批评名著导读

出 版 人：朱文富
责任编辑：韩立霞
装帧设计：杨艳霞
责任校对：杜启昌
责任印制：常 凯

图书在版编目（CIP）数据

美国解构批评名著导读 / 高永等著. -- 保定 : 河北大学出版社，2023.2
ISBN 978-7-5666-2041-5

Ⅰ. ①美… Ⅱ. ①高… Ⅲ. ①解构主义－文学评论－美国 Ⅳ. ① I712.06

中国版本图书馆 CIP 数据核字 (2022) 第 106555 号

出版发行：河北大学出版社
地址：河北省保定市七一东路 2666 号 邮编：071000
电话：0312-5073019 0312-5073029
邮箱：hbdxcbs818@163.com 网址：www.hbdxcbs.com
经 销：全国新华书店
印 刷：保定市北方胶印有限公司
幅面尺寸：170 mm × 240 mm
印 张：13.5
字 数：180 千字
版 次：2023 年 2 月第 1 版
印 次：2023 年 2 月第 1 次印刷
书 号：ISBN 978-7-5666-2041-5
定 价：48.00 元

如发现印装质量问题，影响阅读，请与本社联系。
电话：0312-5073023

目　录

绪论：解构主义与解构批评

西方自柏拉图（Plato）建立起的逻各斯（Logos）[①] 中心主义传统，被解构主义颠覆了。以雅克·德里达（Jacques Derrida）为代表的解构哲学，旨在颠覆和置换建立在二元对立传统基础之上的等级秩序："解构不存在于从一个概念到另一个概念，而是颠覆和置换一个概念秩序，以及与之相关联的非概念的秩序。"[②] 1966 年，德里达接受保罗·德曼（Paul de Man）等人的邀请，在约翰·霍普金斯大学（Johns Hopkins University）举办的旨在向美国学界介绍结构主义的"批评语言与人文学国际研讨会"上，做了题为《人文科学话语中的结构、符号和游戏》的著名演讲。这篇演讲不仅为德里达赢得了国际声誉，而且把解构主义带到了美国。1967 年，德里达的三部重要著作《书写与差异》《论文字学》《声音与现象》出版，加之德曼等人的大力推介，德里达在美国获得了充分关注。德曼、J. 希利斯·米勒（J. Hillis Miller）、杰弗里·哈特曼（Geoffrey Hartman）等人在德里达解构主义思想的影响下，结合美国的批评实践，创造性地发展起一种美国式解构批评。尽管美国解构

---

① 逻各斯（Logos）：其意为关于每件事物的规定性和本真说明。它的词根是希腊语中的logos，意为"语言"或"定义"，"是位于一切运动、变化和对立背后的规律，是一切事物中的理性"，即为"道"。《新约·约翰福音》开篇就说："太初有道，道与上帝同在，道就是上帝。"逻各斯即道因而终被引申为表示本原的终极真理。德里达认为，西方自柏拉图以来的理性主义思想传统，是一种逻各斯中心主义传统，即总是把真理的本原归结于逻各斯，或是口说的话，或是理性的声音，或是上帝的话。逻各斯中心主义相信语言受制于、屈从于并且在某种程度上反映和抓住了非语言实体的真实性状。总而言之，它是出于哲学家直传真理的强烈愿望，视语言为哲学的仆从。

② Jacques Derrida. *Margins of Philosophy*. Brighton：The Harvester Press，1982，p. 329.

批评与解构主义之间存在着千丝万缕的联系，但其中的差异也非常明显。

一、“解构主义”的历史与背景

解构主义（Deconstruction）有时也被称为“后结构主义”，这是因为解构主义借用了索绪尔（Ferdinand de Saussure）的语言学概念和基于此概念的结构主义“符号学”，其目的又是“推翻索绪尔的思想体系及结构主义理论基础”①。但也有学者认为解构主义只是后结构主义的集中代表。在《西方二十世纪文论史》一书中，张首映指出：“后结构主义（post-structuralism）是从结构主义阵营来，并在对结构主义进行否定、反诘、驳难、叛逆中逐步形成的一种哲学、文化和文学批评理论，解构主义是其集中代表。解构批评（destruction criticism）是解构主义文学批评的代码，是解构主义文学理论批评的代表。”② 解构主义与结构之间的承继关系非常明显，二者都与索绪尔的语言学理论关系密切，正如陆扬指出的那样：“解构主义作为后结构主义的主潮，它是结构主义之后，而不是别的什么主义之后，除了对立和倒戈的意味，个中一脉相承的沿续关系，其实也很明显。”③

1968年，法国巴黎爆发学生运动，这场运动席卷了欧洲，学生们反对教育制度的独裁主义，剑指资本主义国家政权。虽然这场运动因为多种原因以失败告终，却在思想界掀起一股巨浪，影响了整个世界的思想发展进程。在这场运动中，法国思想界原本的领袖和权威似乎反应不够灵敏或者干脆持漠视或反对的态度。列维-斯特劳斯（Levi-Strauss）作为结构主义人类学大师，对学生可能会冲击图书馆充满恐惧。而罗兰·巴特（Roland Barthes）这位从结构主义走向后结构主义的大师，

① ［美］M. H. 艾布拉姆斯著，朱金鹏、朱荔译，罗经国审订：《欧美文学术语辞典》，北京大学出版社，1990年，第69页。

② 张首映：《西方二十世纪文论史》，北京大学出版社，1999年，第426页。

③ 陆扬：《德里达——解构之维》，华中师范大学出版社，1996年，第179页。

则在1968年发表了《作者的死亡》。在这篇著名的文章中，巴特指出，文本不再是只有作者的声音回响的场域，而是一个由多种写作构成的，多种能指符号不断互动、相互结合、相互争执、持续延迟而构成的“多维空间”。这种多维空间式的文本，必然呼唤读者的介入：“读者的诞生应以作者死亡为代价来换取。”① 这样，巴特就否定了作者在文本中的权威与中心地位，间接否定了传统上认为的是作者赋予了文本确定性意义，具有明显的反结构主义倾向。巴特显然与斯特劳斯不同，他等于“把图书馆中作为永恒真理的神圣文本，扫荡了个落花流水”②。在那个风起云涌、思想争锋与立场冲突不断的年代，结构主义权威连同他们的思想受到了排斥，而解构主义者却应运而生，以反对当时系统的、结构性的社会形态和思想形态。正如特里·伊格尔顿（Terry Eagleton）所说：“后结构主义是兴奋与幻灭、解放与纵情、狂欢与灾难——这就是1968年——的混合产物。后结构主义无力打碎国家权力结构，但是他们发现，颠覆语言结构还是可能的，总不会有人因此来打你脑袋。学生运动从街上消失了，它被驱入地下，转入话语领域。就像晚期的巴（尔）特所认为的那样，学生运动的敌人现在是一切统一连贯的信念体系——尤其是一切力图分析和作用于整个社会结构的政治理论和政治组织。因为正是这种政治学说和活动似乎已经失败：对于它们来说，体系已被证明是过分强大的。”③ 从这一事件及此后解构主义的发展中，我们不难发现，其思想与精神中并不缺乏政治因素或政治指向。

我们不妨将解构主义视作结构主义发展至极致之后，物极必反的结果。实际上，以反结构主义登上历史舞台，并将结构主义作为其主要标靶的解构主义的理论先导正是结构主义本身。而解构主义阵营中的重要

---

① ［法］罗兰·巴特著，怀宇译：《作者的死亡》，见《罗兰·巴特随笔选》，百花文艺出版社，1995年，第307页。

② 陆扬：《德里达——解构之维》，华中师范大学出版社，1996年，第174页。

③ ［英］特里·伊格尔顿著，伍晓明译：《二十世纪西方文学理论》，陕西师范大学出版社，1987年，第156页。

人物（除德里达不太明显外）都曾经是结构主义的代表人物。即便是结构主义色彩并不浓厚的德里达本人，其理论建构也是沿着索绪尔的结构主义语言学发展而来的。由此可见，正是结构主义自己孕育了解构主义这个反对者。事实上，解构主义在西方有着深远的历史传统。陆扬在《德里达——解构之维》一书中指出，古希腊的智者高尔吉亚（Gorgias）三个著名的怀疑主义命题——无物存在；既然无物存在，也就无法认知；即使可以认知，也无法表达和传达——“用今天的眼光来看，可以毫不夸张地说是地道的解构主义的”①。事实上，何止是高尔吉亚，西方自柏拉图以降的精神、思想发展史中，怀疑主义、异端宗教思想自然带有解构的成分，成为解构主义的思想先导。

解构主义所继承的传统资源显然不只结构主义一端，在他产生的背景中，尼采哲学、海德格尔主义显然也是无法忽视的重要存在。

在尼采（Nietzsche）“上帝死了”“重新估价一切价值”的思想中，其实已然包含着一种对传统理性的否定、对真理的怀疑和对现有秩序的颠覆因素。在尼采那里，传统形而上学思想体系已被置于批判与否定的高台上，“解构”是与其对基督教的解构相伴生的。而德里达的解构思想承袭了尼采，“早在德里达提出‘暴力与形而上学’的时期，也提到了‘犹太希腊’的概念，他预期了‘基督教的解构’的思想。福柯（Foucault）四卷本的《性史》可以被看作是对基督教的解构”②。

从词源学的角度来看，“解构”最初来自海德格尔（Heidegger），正是在语言这个层面，德里达与海德格尔之间形成了一种稳定的亲缘关系：海德格尔对语言的强调，影响了德里达从语言学层面否定结构主义。在他看来，组成每个语言符号的能指和所指的意义只有靠符号内部的区别才能辨识，而符号内部的这种区别从原则上讲是无限的，意义本

① 陆扬：《德里达——解构之维》，华中师范大学出版社，1996年，第231—232页。

② Leonard Lawlor. *The Implications of Immanence: Towards a New Concept of Life*. New York: Fordham University Press, 2006, p. 143.

身就在这种区别过程中被无限地推迟和延宕。因此，没有确定的意义，只有滑动的、漂浮的能指。德里达称意义的这种展示方式为“播散”，我们不能看到确切的意义，只能发现意义“播散”的“踪迹”①。这样，德里达就从语言自身的不稳定性和意义的不确定性出发，拆解结构主义的文本观，并在此基础上，否定了逻各斯中心主义及其理性稳固统治，进而否定了西方形而上学传统。

另外，海德格尔通过对荷尔德林诗歌的解读，提出了通过文学艺术来解构并拯救哲学的观念，而这也恰是德里达在其哲学体系建构中的基础——文学艺术从来都是德里达哲学言说的对象。德里达承认，“我要做的事，如无海德格尔问题的提出，就不可能发生”②。

海德格尔在《存在与时间》中首次提出“Destruktion”一词。在写作《论文字学》一书时，德里达希望把海德格尔“Destruktion”或“Abbau”翻译并采纳过来，为其所用，但他发现，海德格尔的这两个词“都指一种操作，针对的是本体论的或西方形而上学的基本概念的结构或传统建构”③。德里达认为法语中的“Destruction”即“破坏”一词“明显暗含一种毁灭（annihilation）或否定性的还原之意，也许它更接近尼采的‘破坏’（demolition）而不是海德格尔的解释或我所设想的那种阅读方式”④，于是他把这个词划掉，找到了法语中的“deconstruction”这个词。由此可见，德里达“解构”的重心不是破坏或摧毁，而是强调一种对结构的关注，只是其试图发现结构中的差异、矛盾与对立因素，因此具有了一种反结构主义的姿态罢了：“既然‘解构’

① 踪迹（trace）即异延的路线。踪迹并非是一种实际的存在，它是从一个差异向另一个差异（无数个差异）发展的路线。对于一个文本而言，它不仅是其他文本异延的结果，也蕴含着其他文本的踪迹。如此，所谓起源，这个带有“中心性”的存在就被消解。

② ［法］雅克·德里达著，佘碧平译：《多重立场》，生活·读书·新知三联书店，2004年，第11页。

③ ［法］雅克·德里达著，周荣胜译，杜小真、张宁编译：《致一位日本友人的信》，见《德里达中国讲演录》附录2，中央编译出版社，2002年，第230页。

④ ［法］雅克·德里达著，周荣胜译，杜小真、张宁编译：《致一位日本友人的信》，见《德里达中国讲演录》附录2，中央编译出版社，2002年，第230页。

这个词意指对结构（它们自身既非简单的观念，亦非形式或综合或体系）的某种关注，它似乎也将沿着同样的路子走。从事解构也是一种结构主义的姿态，或者，这种姿态不管怎么说都表现出对结构主义问题的某种需要。但它同时也是一种反结构主义的姿态，它的命运有一部分就建立在这种模棱两可上面。结构将被解开、拆散、搅动。”①

此外，解构主义与东方文化，特别是中国文化有着千丝万缕的联系。德里达认为，人类最初的说话动机是出于情感，最初的表达是比喻。在这种情况下，形象的语言是最先诞生的，本义则发现得最晚。出于这样的认知，德里达认为，以中国表意文字为代表的东方语言，其本质是形象性的，具有勃勃生机。可以说，东方语言，特别是指意性的汉字对德里达解构西方语音中心传统不无启发，至少是他解构西方传统的武器。

二、解构主义的基本特征

我们很难用简单的语言概括解构主义是什么，这也是为什么日本学者五十铃希望德里达本人能针对解构一词做出一些简明扼要的解释的原因。事实上，任何给解构或解构主义下一个准确的定义，或概括其核心思想的企图，都会在一定程度上违背解构主义的精神，因为解构主义反对任何形式的中心存在的可能，反对任何确定的可能。正如德里达所说，如果可能的话，也许我们应该“避免对其内涵或隐含意义给予否定性的确定”，也就是说，我们无法确定“解构不是什么，或不如说，不应该是什么”②。出于解说的方便，我们试着从德里达等解构主义代表人物（包括雅克·拉康、罗兰·巴特、朱力亚·克里斯蒂娃、米歇尔·福柯、雅克·德里达、德勒兹、利奥塔等）的论述中概括几点出来，以

① ［法］雅克·德里达著，周荣胜译，杜小真、张宁编译：《致一位日本友人的信》，见《德里达中国讲演录》附录 2，中央编译出版社，2002 年，第 231 页。

② ［法］雅克·德里达著，周荣胜译，杜小真、张宁编译：《致一位日本友人的信》，见《德里达中国讲演录》附录 2，中央编译出版社，2002 年，第 229 页。

说明解构主义是什么，其基本特征是什么。

首先，解构主义反对西方传统哲学中的逻各斯中心主义。德里达的反逻各斯中心主义是从反语音中心主义的西方传统开始的。在德里达看来，口语是西方传统中理性主义思想的承载者。在西方传统中，文字一直是语音的附庸，是第二性的、衍生性的存在，是“再现言语的一种手段，一种研究语言时不必认以为真的技巧或外在附庸”①。德里达用“补充”这个概念来指西方传统对文字与语言的关系界定，即传统上将文字视作语言的补充，被搁置在一旁。事实上，西方确实存在悠久的否定文字的传统，柏拉图在《斐德罗篇》中区分了“僵死的文字”和“活生生的话语”。在柏拉图看来，话语（语音）是“更加本原的”，而“书面文字只不过是它的影像”②。相比文字（写作），谈话（话语）更高尚，只有话语才能种到灵魂之中，才“能为自己辩护，也能为种植它们的人辩护。它们不是华而不实的，而是可以开花结果的，可以在别的灵魂中生出许多新的话语来，生生不息，直至永远，也能使拥有这些话语的人享受到凡人所能享受的最高幸福”③。此后亚里士多德（Aristotle）在《解释篇》中也说：“语音就是灵魂中的感受的符号，而文字则是语音的符号。”④ 这就将“语音”与在亚里士多德那里具有本质属性的“灵魂”直接联系到了一起，而“文字”则只是表现“语音”的次生存在。这种否定文字的传统至结构主义语言学家索绪尔那里被理论化和系统化，也被推向了极端：“语言和文字是两种不同的符号系统，后者唯一的存在理由是在于表现前者。”⑤ 德里达对书面语（文字）与口头语

---

① ［美］乔约森·卡勒著，陆扬译：《论解构：结构主义之后的理论与批评》，中国社会科学出版社，1998年，第86页。

② ［古希腊］柏拉图著，王晓朝译：《斐德罗篇》，见《柏拉图全集》（第2卷），人民出版社，2003年，第199页。

③ ［古希腊］柏拉图著，王晓朝译：《斐德罗篇》，见《柏拉图全集》（第2卷），人民出版社，2003年，第200页。

④ ［古希腊］亚里士多德著，聂敏里译注：《范畴篇 解释篇》，商务印书馆，2017年，第47页。

⑤ ［瑞士］索绪尔著，高名凯译：《普通语言学教程》，商务印书馆，1980年，第47页。

(语音)二元对立关系的颠覆，只是其反西方哲学逻各斯中心主义的切入点。而逻各斯中心主义在西方历史中一定程度上就是理性中心主义的另一种表述罢了。弗兰克·梯利(Frank Thilly)在分析赫拉克利特哲学时说，“逻各斯”就是指“在一切变化和矛盾中唯一常住或保持不变的，是位于一切运动、变化和对立背后的规律，是一切事物中的理性”①。也就是说，解构主义所针对并试图去消解的就是语音所承载的西方理性中心传统。

其次，解构主义试图消解(颠覆)结构，特别是二元对立关系。以德里达为代表的解构主义哲学就是要颠覆和置换传统的、建立在二元对立关系基础之上的等级秩序。解构主义剑指逻各斯中心主义就在于以逻各斯为中心、主导力量或原则，必然形成一种等级秩序。在这种等级秩序中，“逻各斯中心主义故此设定第一命题的居先地位，参照与第一命题的关系来看第二命题，认为它是先者的繁化、否定、显形或瓦解”②。但解构主义并非试图用第二命题代替第一命题，从而置换二者之间的位置，而是要消解这种对立，或者说是为了消解任何中心的存在，消解任何可能的等级秩序关系。当然这样的解构策略，在带来“平等”可能的同时，也必然抹平客观的差异性，从而造成标准丧失的可能与价值的不确定性。

再次，解构主义反对任何确定性的终极意义的存在。解构主义从消解逻各斯中心主义，反对传统二元对立关系出发，认为传统观念(传统哲学)中意义的确定性只是一个神话罢了。德里达对终极确定意义的否定，亦从语言切入。在他看来，这个世界根本不存在本源性、自然性的语言，语言自身是稳定的，语言作为一种符号，并没有确定的意义，也就是说，不存在确定的所指，只有“滑动的”“漂浮的”能指。于是一

---

① [美]弗兰克·梯利著，伍德增补，葛力译:《西方哲学史》(增补修订版)，商务印书馆，1995年，第22页。

② [美]乔约森·卡勒著，陆扬译:《论解构:结构主义之后的理论与批评》，中国社会科学出版社，1998年，第79页。

切确定性都失去了，只有不确定是确定的。鉴于逻各斯中心主义与语音中心主义之间的密切关系，解构主义者从语言层面上对形而上学的“在场”① 的消解，就等于否定了终极意义存在的可能性。如此，西方哲学言说中那个被设定好的前提，即“存在”的“在场”被消解了。在西方传统哲学中，世界确实存在一个终极的意义，人终归会与这个世界的真实性相遇，世界的知识是可以获得的。德里达则指出，所谓意义永远被语境所束缚，“脱离语境后，意义就无法确定”，而语境永无“饱和的可能”②，这种意义永远无法确定的状态，被称作“意义的自由游戏”。在德里达看来，“意义的自由游戏”是“世界的游戏”的结果。如果我们把世界也看作是一个文本，那么它永远处于一种“嫁接”（graft）的状态，也就是说，总是提供“进一步的联系、关联和语境”，意义在这个“嫁接”过程中失去了确定性，“一切命题皆依附于先有的命题”③。

不得不承认的是，直到今日大家对解构主义的认知仍不统一，主张解构主义是一种哲学主张、政治主张、理性策略或阅读方式者，皆不乏其例。

作为一种哲学主张的解构主义与理性策略本身无法做到泾渭分明。哲学的解构主义力图破坏“逻各斯中心”神话，对“中心”进行消解。正如前文所述，逻各斯中心主义在西方历史中一定程度上不过就是理性中心的另一种表述方式罢了。这就意味着，作为哲学的解构主义与作为理性策略的解构主义之间具有同源关系。理性策略本身就是破坏理性试图建构起的参天大厦——逻各斯中心主义。

---

① 在场的形而上学（metaphysics of presence）：将存在确定为在场。我们无意中使用的一些关于基础、中心、原则等的词语，如理念、起源、目的、潜能、实在、真实、超验性、上帝、神等，这些词其内涵中具有确定中心、肯定在场的不可动摇的意蕴，因此在传统哲学中，常被作为一种其意指不言自明的语言符号来使用。

② Jacques Derrida. *Living on* · *Border Lines*. trans，James Hulbert. Deconstruction and Criticism. London and Henley：Routledge & Kegan Paul，1979，p. 81.

③ ［美］乔纳森·卡勒著，陆扬译：《论解构：结构主义之后的理论与批评》，中国社会科学出版社，1998 年，第 119 页。

作为阅读方式的解构主义无疑更受学院派，特别是学院派文学学者的欢迎，正如乔纳森·卡勒（Jonathan Culler）指出的那样："解构主义被人形形色色地描述为一种哲学立场，一种政治或思维策略和一种阅读模式。文学或文学理论专业的学生，最感兴趣的无疑是它作为一种阅读和阐释方法的力量了。"① 事实上，作为阅读的解构主义与作为哲学或理性策略的解构主义二者的混同，似乎是一个顺理成章的过程。德里达等人的解构是从"语言"开始的，而语言中关涉到的书面语与口头语之间的二元对立关系，对这一关系的颠覆是德里达解构哲学的切入点，而语言问题，无疑也是阅读或者文学批评关注的重心。而"新批评"传统使德里达的解构思想首先在美国传播，而不是在他的故国法国大行其道，正说明了二者之间紧密的联系。更为重要的是，德里达对文学及文学批评，特别是诗歌及诗歌批评特别看重，因为文学尤其是诗歌及诗歌批评表现世界是敞开的、无条件的、不确定的、民主的，而哲学和文论则是封闭的、有条件的、理性的、专制武断的。

作为一种批评策略的解构主义，可以分为普遍批评策略和文学批评策略两个层面。

所谓普遍的批评策略，就是将解构视作颠覆一切现存秩序的方式或手段，正如德里达本人所说："在古典哲学的对立中，我们所处理的不是面对面的和平共处，而是一个强暴的等级制……要消解对立，首先必须在一定时机推翻等级制。"② 而作为文学批评策略的解构主义则将其主要精力注入文学文本，强调在文本的边缘、细节和文本关系中寻找解构的突破点，实现对文本中所有不变的结构与确定的意义的消解："文本符号间的裂隙犹如长堤上的蚁穴，从细部进入的读解足以造成全书意义的崩坏，将一成不变的结构和固定不变的意义统统扫去，文本的意义

---

① ［美］乔纳森·卡勒著，陆扬译：《论解构：结构主义之后的理论与批评》，中国社会科学出版社，1998年，第72页。

② ［法］雅克·德里达著，佘碧平译：《多重立场》，生活·读书·新知三联书店，2004年，第48页。

就成为主观相对的和无法确定的。”[1] 在德里达那里，哲学与文学是不可二分的，“白色神话”（White mythology）便是其解构哲学与文学二元对立关系的一个术语，准确地说是文学解构哲学的一个术语，用来“比喻视而不见其文学性的哲学活动”[2]。在德里达看来，任何哲学活动或哲学文本，都具有文学性，是一个隐喻性存在，也就是说，哲学背后隐藏着文学。事实上，这是德里达的一个隐喻，即哲学作为一种话语系统，其本身具有隐喻性。虽然德里达、福柯等解构主义哲学家都非常重视文学文本的解构批评，但真正将解构与文学批评联系到一起，使其成为一种批评潮流，并大规模影响文学批评历史的，则是以耶鲁学派为代表的一批美国文学批评家。

三、美国解构批评

解构主义虽然在欧洲大陆，特别是在法国产生了一定影响，但其成为世界性哲学潮流，则得益于德里达与美国学术界的结缘，于是在世界思想史上再次出现了“墙里开花墙外香”的一幕。尤为重要的是，解构主义在美国的传播促使美国形成了一种新的批评形式或批评潮流，即解构批评。造成这一经典理论传播案例的原因有如下两点。

第一，美国新批评的大行其道，使解构主义在美国的传播和发展以至兴盛成为可能。美国解构批评诸学者大多受新批评影响（正或反）较大，有些学者则完全是在新批评的氛围中成长起来的。新批评与解构主义之间虽然指向不同，但二者都对文本本身的重要性强调到了无以复加的程度。新批评为了确立文本的中心位置而否定了创作主体，虽然这种否定只是新批评为确立文本中心地位而采取的一种权宜策略，但与解构主义批评家巴特、福柯和德里达等人试图将“传统的”文学创作主题置于死地的诉求具有一致性，而伊格尔顿甚至威廉燕卜逊（William Emp-

---

① 胡经之：《西方文艺理论名著教程》，北京大学出版社，2003 年，第 560 页。
② 陆扬：《德里达——解构之维》，华中师范大学出版社，1996 年，第 125 页。

son）的语义含混理论就已经隐含着解构批评的先声。事实上，在对文本的重视程度上，新批评与解构主义之间确实具有同质性。解构主义认为文本的边缘隐藏着二元对立关系中受压抑一方的符号踪迹，而它足以颠覆处于中心地位的一方。文本必定成为在新批评之雾中成长起来且受到解构主义影响的美国解构批评家们关注的中心。

第二，德里达的解构主义在美国的接受、传播与发展，与美国当时的社会文化状况不无关系。20 世纪 60 年代末，解构主义传入美国，此时美国正处于一个思想活跃、社会激进动荡的年代，传统的社会秩序、道德伦理和精神信仰受到普遍的质疑，以至抛弃，而这样的社会现实与德里达所宣扬的解构主义主旨之间存在深度契合性。对此，汪民安在为李自修翻译的《解构之图》一书撰写的前言中，有过非常精当的总结："德里达在约翰·霍普金斯大学的演讲却出人意料地诋毁结构主义及其领袖列维-斯特劳斯，德里达宣称，并不存在一个所谓的结构中心，结构是没有等级制的，在结构中任何一个位置都不具有优先性，结构勿需追根溯源，此在总是被自由嬉戏所化解，自由嬉戏是空缺和此在之间的相互作用，它是某种非中心化力量，是某种不确定性的永恒动力。德里达完全动摇了稳固的结构主义秩序基础，结构主义的理性等级制度被一种充满活力的差异力量所搅毁。德里达出人意料然而又是新鲜的说法完全搅动了美国知识界的神经。更重要的是，这一说法正巧同当时的美国文化环境合拍——60 年代正是美国生机勃勃的造反时代，正是一个无法无天的自由嬉戏时代，正是一个欢快的激进政治时代、一个无所不为的弑父时代和说唱时代，此时，鼓吹运动、差异、嬉戏和无政府主义的解构哲学的突然光临，正好生逢其时。"①

一般认为，美国解构批评的代表人物主要是"耶鲁学派"的四位学者：保罗·德曼、J. 希利斯·米勒、杰弗里·哈特曼、哈罗德·布鲁

---

① ［英］保罗·德曼著，李自修译：《解构之图》前言，中国社会科学出版社，1998 年，第 2—3 页。

姆（Harold Bloom）。事实上，这四位批评家与解构主义之间的关系错综复杂。被冠以“美国解构批评”之名的“耶鲁学派”内部，也并非铁板一块，除去其理论主张之间的龃龉外，他们对待解构主义的态度也不尽相同，甚至存在明显冲突之处。

德里达雄心勃勃地说过，他的解构工程不应当被化简为一种方法，甚至一种理论，因为解构是一种经验，它的一部分属于历史的结构，即远早诞生于他的学院解构主义，也势将以其他的名称延续下去。但事实结果是，“解构”更多地被看作一种方法并被应用于批评实践，特别是美国解构批评学派，更多地把解构看作一种方法、一种理论，而忽略了德里达在解构中蕴含着的经验和历史结构的内涵。由此可见，在德里达那里，“解构”事实上包含着对政治、历史、文化的考量。这在其后期论著中体现得非常明显，如1986年德里达在秋季号《批评探索》上刊出的关于南非种族主义的文章便是明证。但在美国解构批评那里，这种企图似乎并不明显，甚至是被排斥的。

在批评实践中，美国解构批评家们在很大程度上剔除了德里达解构主义思想中的多重意指，更专注于文学文本分析。如前文所述，解构主义可以是一种哲学立场、一种政治或智识策略，亦可以是一种阅读模式，德里达显然更重视前两种解构主义，正如伊格尔顿所说的那样：“德雷（里）达显然不想仅仅发展一种新的阅读方法：对于他来说，解构批评最终是一种政治实践，它试图摧毁一个特定的思想体系和它背后的整个政治结构和社会制度系统藉以维持自己势力的逻辑。他并不是在荒诞地力图否定相对确定的真理、意义、同一性、意向和历史连续性，他是在力图把这些东西视为一个更深广的历史——语言、潜意识、社会制度和习俗的历史——的结果。”① 美国解构批评家们对德里达的解构主义进行了创造性改造，其中弗洛伊德心理学的加入，使美国解构批评

① ［英］特里·伊格尔顿著，伍晓明译：《二十世纪西方文学理论》，陕西师范大学出版社，1987年，第162—163页。

具有了一种心理化的倾向。

以无意识取代意识的中心地位，“使意识成为无意识过程之一特殊的衍生范例”[①]，弗洛伊德（Freud）的心理学对传统等级的倒置，在一定程度上就是解构主义破除逻各斯中心主义的先驱。如我们所知，自古希腊始，特别是随着笛卡尔（René Descartes）“我思故我在”信条的发展，意识一直是传统哲学、心理学观照的对象。无论是德里达认为弗洛伊德的“无意识”很像他的“延异”[②]说，还是德里达在弗洛伊德的《释梦》中注意到“延迟行为”的概念，这一切都表明：解构哲学或解构批评与弗洛伊德心理学之间的亲缘关系是无可置疑的。[③]而作为解构主义的美国变种、以德曼和J. 希利斯·米勒为代表的美国解构批评，在吸收德里达解构理论的同时，也从来没有忽视弗洛伊德这位德里达的先驱。作为一个与欧洲浪漫主义有着千丝万缕联系的批评学派，美国解构批评家将“解构”作为一种批评方法，去发现文本中隐藏的意义的复杂与断裂，及其隐匿的作者的心理动机（潜意识）。德曼对雅克·卢梭

---

① 陆扬：《精神分析文论》，山东教育出版社，1998年，第208页。

② 延异（Differânce）：也译作“异延”。这是德里达创造的一个名词。1968年他在著名讲演《异延》中说：“异延既非一个词，也非一个概念。”（Jacques Derrida. *Margins of Philosophy*. Brighton：The Harvester Press，1982，p. 3）延异是指一种差异的游戏，差异的差异。它既没有存在也没有本质，不属于存在、在场或不在场的范畴。因此，“它不是一种存在，在场，无论它多么美妙，多么独特，多么独一无二，多么重要或多么超验。它什么也不支配，不在任何地方，也非任何权威。它不以大写字母来标示自身。不仅没有异延的王国，而且延异还是对任何王国的颠覆”（Jacques Derrida. *Margins of Philosophy*. Brighton：The Harvester Press，1982，pp. 21—22）。当一个词自称它不是一个词，一个概念自称它不是一个概念，我们不知道它还能是什么东西。但是，延异作为一种无坚不摧、无孔不入的破坏力量，毕竟是被表述得相当清楚了。所有共性、统一性、确定性因为“异延”都不复存在：“没有异延是不具相异性的，没有相异性是不具独特性的，没有独特性是不具此时此地的。”（［法］雅克·德里达著，何一译：《马克思的幽灵》，中国人民大学出版社，1999年，第45页）艾布拉姆斯在《欧美文学术语辞典》中对这一词进行了解释：“在该词的拼法上，‘-ance’代替了‘-ence’，以表明法文词‘Differânce’所含‘差异’和‘延缓’两种意思的混合。德里达的目的在于指出：任何语义的生成都源于它与不计其数的其他意义的区别，同时，由于它永远不可能固定于一个绝对的本源词义上，所以其意义的确定便在由一种解释转向另一种解释的无穷运动中被延缓了。”（［美］M. H. 艾布拉姆斯著，朱金鹏、朱荔译：《欧美文学术语词典》，北京大学出版社，1990年，第70—71页）

③ 陆扬对此曾进行过详细的分析，参阅陆扬《精神分析文论》，山东教育出版社，1998年，第205—217页。

(Jacques Rousseau)《忏悔录》的批评颇能说明这一点。通过分析《忏悔录》中卢梭对玛丽永的忏悔，德曼断定，“卢梭选择玛丽永事件和具有特殊感情意味的丝带作为策略安排在叙述中并以特别炫耀的口吻讲述的情节”，是“一场大谎言、大骗局”。[1] 其背后隐藏的是卢梭的自私心理，其目的是为自己的行为辩护。而故事中的那条丝带本身是作为一种修辞手段出现的，它隐喻的是欲望，并作为卢梭的自我辩解在发挥作用。这样，原本作为颠覆、瓦解传统的，建立在二元对立基础之上的一切等级模式和语言结构的解构，在德曼那里就演变成了对文本修辞背后寓意发掘的工具。这当然与德曼对文学本身的认知不无关系——“我毫不迟疑地将语言的修辞的、比喻的潜在性视为文学本身”[2]。如果我们和德曼一样认为语法是相对确定的，可以进行逻辑分析，而修辞则是隐匿的、难以认知的——用德曼的话说，是从根本上悬置逻辑的，并“展示指称反常的变化莫测的可能性”[3] 的，而文学的独立价值与存在的合法性就在于与这个世界的难以认知、不可确定性相一致的话，那么，德曼持有的文学修辞观就是可以理解的。也正是从这种修辞观出发，德曼

① ［美］保尔·德曼著，沈勇译：《阅读的寓言》，天津人民出版社，2008 年，第 296 页。
② ［美］保尔·德曼著，沈勇译：《阅读的寓言》，天津人民出版社，2008 年，第 11 页。
③ ［美］保尔·德曼著，沈勇译：《阅读的寓言》，天津人民出版社，2008 年，第 11 页。

认为，所有阅读都必然是误读[①]。无论如何，有一点是可以肯定的，以修辞研究为核心的解构批评借助了大量心理分析的因素。

从解构主义到解构批评，弗洛伊德具有不可回避的地位和作用。布鲁姆曾一度被归入美国解构批评的阵营，但他与解构主义和解构批评之间若即若离的关系也是众所周知的，甚至布鲁姆本人一再宣称，他跟解构主义没有一点关系，现在没有，过去也没有。那么布鲁姆真的与“解构”毫无关系吗？虽然不是“技巧纯熟的阐释家”，但我们仍试图勾勒出布鲁姆与解构主义和解构批评之间重要的契合关系，以期发现布鲁姆究竟为何一定要撇清自己的解构身份，并进而断定其理论中的弗洛伊德因素的意义。

从《影响的焦虑》中的“每一首诗都是对一首亲本诗的误释”[②]，到《误读图示》中的“诗，既不是关于‘主体’的也不是关于‘它们自己的’。诗必然是关于其他诗的”[③]，再到《诗歌与压抑》中的“诗不是

---

① 误读（Misreading）：顾名思义，一般意义上所说的“误读”是指读者对文本在阅读过程中产生的理解偏差，以至背离了文本的最初意思。在解构主义那里，误读具有创造性的特质，也就是说，通过创造性的误读，解构主义者得以消解文本中隐含的逻各斯中心主义，即二元对立的表达范式。读者不再作为作者的附属性、第二性存在，也不再作为被动性的存在。在解构主义看来，文本的边缘处隐藏着二元对立关系中受压抑一方的符号踪迹，而它足以颠覆处于中心地位的一方。对文本的强调，在美国解构批评那里得到了再次彰显，只不过被修正为一种互文性理论，但只要承认“互文性”，就“必然导致解构式的阅读”。（盛宁：《二十世纪美国文论》，北京大学出版社，1994 年，第 205 页）德曼在《阅读的寓言》中从解构的立场出发，通过阅读实践向我们指出，文学文本本身具有一种自我解构的特征，这是因为文学文本的语言存在一种内在修辞性结构和矛盾，这就导致了阅读的不可能性。这种不可能性也就导致了文本诠释的无限可能性，而每一种诠释都只是对文本误读的结果。布鲁姆强调：“根本没有文本，只存在文本的关系。”而强力诗人之间的这种文本关系，是通过误读来完成的，“阅读，如我在标题（指《误读图示》一书的‘导论：对误读的沉思’）里所暗示的，是一种延迟的、几乎不可能的行为，如果更强调一下的话，那么，阅读总是一种误读”。（［美］哈罗德·布鲁姆著，朱立元、陈克明译：《导论：对误读的沉思》，见《误读图示》，天津人民出版社，2008 年，第 1 页）布鲁姆这里的“延迟”一词显然来自德里达著名的解构术语“延异”（Differance）一词。

② ［美］哈罗德·布鲁姆著，徐文博译：《影响的焦虑》（增订版），江苏教育出版社，2006 年，第 96 页。

③ ［美］哈罗德·布鲁姆著，朱立元、陈克明译：《误读图示》，天津人民出版社，2008 年，第 17 页。

别的，只是一个词指涉另一个词，一些词指涉另一些词，直指文学语言的过剩世界。所有诗都是互文诗，所有诗的阅读都是一种互文阅读。一首诗不是写，而是重写，虽然一首强力诗是一个新的开始，但这个开始是一个再开始”①，布鲁姆诗学理论中的解构思想再明显不过，他关于诗歌之间关系的看法、关于诗歌内部语词关系的看法，明显是解构主义“延异”思想的再现。但是，德里达的解构思想，如其名称那样，将一切意义都消解了，“拒绝承认文学因体现某种意义而具有的强力，并表明其逻各斯中心的或具象化的观念多么深刻地影响了我们认识艺术的方式”②。但布鲁姆却认为文学必然具有某种意义，虽然我们不能将这种意义与社会、政治、意识形态的诉求等同，但至少文学还承载着作者反抗必死性的强力意志；而解构批评，特别是德曼关于阅读的理论，同样也是布鲁姆无法接受的。德曼认为，因为语言的延异、意义的不确定，阅读从根本上来说是不可能的。但布鲁姆认为阅读还是可能的，只是“真正的阅读是非常困难的”，所有的阅读都必然是一种误读。③

解构哲学与解构批评，或德里达与德曼停止的地方，正是布鲁姆开始的地方。被解构主义者忽视的主体的创造性在布鲁姆那里却被充分地强调。如解构主义者一样，布鲁姆也回到了弗洛伊德，但他在弗洛伊德那里得到的是“防御”概念。“在弗洛伊德看来，防御的根源正是一种原初性固着，几乎是内驱力的最初的灾难性根源”④，而讨论弗洛伊德的防御概念，也就是讨论“浪漫主义或迟来诗歌中的诗人意志本身，讨

---

① Harold Bloom. *Poetry and Repression*: *Revisionism from Blake to Stevens*. New Haven and London: Yale University Press, 1976, p. 3.

② Geoffrey Hartman. *Preface of Deconsturcion and Criticism*. London and Henley: Routledge & Kegan Paul, 1979, p. vii.

③ See Harold Bloom. *The Breaking of Form*, *in Deconsturcion and Criticism*. London and Henley: Routledge & Kegan Paul, 1979, p. 16.

④ Harold Bloom. *Agon*: *Towards a Theory of Revisionism*. New York and Oxford: Oxford University Press, 1982, p. 138.

论不是作为人的诗人，而是作为诗人的诗人自我”[1]。同样面对弗洛伊德，德里达将其看作是一个文本的写作者，在那里，德里达看到了“延异”的展开，看到的是文本中无处不在的自我解构。而在布鲁姆眼中，弗洛伊德不仅在其理论中将创造性与本能和防御结合到了一起，而且还进一步发现，防御本身的根源就是原发性的固着，爱洛斯本能在这里发挥作用，并指出灾难性的创造本身也是一种防御，它指向对死亡本能字面意义解释和重复的抵御，落脚于个体的精神与意志。正是在这个意义上，布鲁姆改德里达的“写作场景”为他的“原初的教导场景”[2]。这一过程，自弗洛伊德意义上的爱洛斯本能开始，至新人意志的勃发结束。在其最后阶段，一种修正的强力意志占据了主体，“种种起源都被重新创造了，或者至少是在尝试着重新创造”[3]。爱的诱惑被压抑了，主体的精神得到彰显。这些正是被德里达那同样来自弗洛伊德的“写作场景”所忽视掉的东西。正是在这个意义上，克里斯托夫·诺里斯（Christopher Norris）说：“德里达的弗洛伊德阅读给布鲁姆在解构的实践中最反对的东西提供了一些想法，即总体上其阅读忽视了心灵剧，意志和动机的冲突，这是布鲁姆通过诗人的‘影响的焦虑’的类比方式所把握到的。对于布鲁姆来说，弗洛伊德本人就是现代解释的一个精神权威，一个使用无意识的意义创造出新的解读神话的‘强力’对手。”[4]通过引入弗洛伊德，布鲁姆成功破除了解构主义之咒，使自己在借鉴解构主义合理性因素的同时，又与其划清界限。更为重要的是，弗洛伊德为布鲁姆提供了其“影响的焦虑”理论必然需要关注的两个重要维度——焦虑与防御。

---

① Harold Bloom. *Agon: Towards a Theory of Revisionism*. New York and Oxford: Oxford University Press, 1982, p. 120.

② 参见本书《误读图示》中有关误读体系建构部分。

③ ［美］哈罗德·布鲁姆著，朱立元、陈克明译：《误读图示》，天津人民出版社，2008 年，第 54 页。

④ Christopher Norris. *Deconstruction: Theory and Practice*. London and New York: Methuen, 1982, p. 123.

由此，我们不难发现美国解构批评对解构主义的缩约与改造，美国解构批评诸将之间的差异与矛盾在这个过程中被体现得淋漓尽致。正是在这个意义上，卡勒认为："有鉴解构批评并不是将哲学课搬到文学研究之中，而是着力开掘文学文本中的文本逻辑，所以它的可能性变动不居，评论家也情不自禁划出界线，欲将正宗的解构批评与它的歪曲变形或面目全非的模仿区别开来。"①

四、有关解构主义的一些思考

"主体"作为西方哲学核心概念，在解构主义那里成为其试图瓦解的主要对象。事实上，笛卡尔开创的自我反思主体发展到海德格尔后，已穷尽了其可能性。海德格尔用一种前解构的方式，将人之主体性的合理性打破。在他看来，"意识之存在特性，是通过主体性（Subjektivitaet）被规定的。但是这个主体性并未就其存在得到询问；自笛卡尔以来，它就是 fundamentum inconcussum（禁地）。总之，源于笛卡尔的近代思想因而将主体性变成了一种障碍，它阻挠［人们］把对存在的追问引向正途"。在海德格尔看来，从我思出发，"便根本无法再来贯穿对象领域；因为根据我思的基本建制（正如根据莱布尼兹的单子基本建制），它根本没有某物得以进出的窗户"，这就需要"从某种与我思不同的东西出发"。海德格尔这一出发点与意识不同，因为从意识出发，根本无法得到物自身的基本经验，而这种经验的进行需要一个与意识领域不同的领域，海德格尔将这一领域称为"此-在（Da-sein）的领域"。与意识的内在性相反，"此-在中的'在'表达了在……之外……存在（Sein-ausserhalb-von）……此-在中的存在必须守护着一种'在外'（Draussen）"。② 这就意味着，在海德格尔那里，内在性的洞穿与其说

① ［美］乔纳森·卡勒著，陆扬译：《论解构：结构主义之后的理论与批评》，中国社会科学出版社，1998 年，第 205 页。

② ［德］海德格尔著，［法］F. 费迪耶等辑录，丁耘摘译：《晚期海德格尔的三天讨论班纪要》，《哲学译丛》，2001 年第 3 期。

是对笛卡尔“我思故我在”的冲击，不如说是一种修正。内在仍然只是外在的内化，外在仍有意义。有论者曾这样指出：海德格尔说的是外部的内在化。换句话说，内在就是“另一种外在”。外在是深渊。正如海德格尔说的那样，“外在”仍然“具有思想性”①。但无论如何，海德格尔从根本上质疑了近代哲学赖以存在合理性的基础，即主体性的内在性。

与海德格尔哲学关系密切的德里达，无疑在解构主体性方面走出了最具决定性的一步。正如主体性哲学的发展与宗教思想关系密切一样，主体性的消解与对传统基督教的解构是相伴的：“早在德里达提出‘暴力与形而上学’的时期，也提到了‘犹太希腊’的概念，他预期了‘基督教的解构’的思想。福柯四卷本的《性史》可以被看作是对基督教的解构。”② 事实上，这样的解构自尼采就已经开始了。尼采留给我们一个巨大的难题：在宣告上帝死亡的同时，他还告诉我们，上帝死后的“洞”——那个空白，仍与我们对抗；现在看来，与上帝死后的空白相对抗，远比与上帝对抗复杂得多，也引出了更多的问题。上帝之死，意味着人的自由，但自由带来的问题并不比它解决了的问题少。“主体的死亡”最有力的鼓吹者福柯似乎洞见了尼采的可怕，于是将主体之死看作是瞬间之事：人如同画在海边沙滩上的人脸一样在瞬间消失。③ 上帝之死因时间的漫长而带来的诸多问题，在“主体之死”这里被规避了。而死去的真的是主体本身吗？当个体既是认知的主体又是认知的客体时，宣布主体之死意味着所有个体都只是客体而已。如此得出的必然结

---

① Leonard Lawlor. *The Implications of Immanence*: *Towards a New Concept of Life*. New York: Fordham University Press, 2006, p. 7.

② Leonard Lawlor. *The Implications of Immanence*: *Towards a New Concept of Life*. New York: Fordham University Press, 2006, p. 143.

③ 福柯认为本质的主体是人的想象和虚构，所谓自主、本质、普遍的主体形式都是值得怀疑的，甚至是应该予以敌视的。承继着尼采宣告“上帝之死”的思想，福柯宣告与权利交织的人之主体的死期必至：“人将被抹去，如同大海边沙地上的一张脸。”（［法］米歇尔·福柯著，莫伟民译：《词与物：人类科学考古学》，生活·读书·新知三联书店，2001 年，第 506 页）

论是，主体的意义值得怀疑，却并未在事实上真正触及主体的内在意义。个体的自我认知最普遍的、最直接的形式是反思，而反思是作为主体的个体与作为客体的个体的对话关系——对话成为个体的内在关系的表现形式。

在文学领域，“作者之死”说及“文学之死”说是对解构主体性、贯穿内在性思想的回应。在这一过程中，罗兰·巴特、米歇尔·福柯和希利斯·米勒是无法跨越的。应该说，无论是巴特“作者之死”的宣言，还是福柯对“作者是什么”的质疑，抑或是米勒对“文学之死”的解说，在欧美文学理论界，都不算什么新鲜事。自索绪尔《普通语言学教程》区分了语言的“所指”与“能指”之后，人们更多地关注到形式与内容、符号与意指之间出现的决定性断裂。于是文本作者的主观意志与文本的“意指可能”不再被理所当然地等同。解构主义“专注文本符号，主张‘文本之外，别无他物。在无主体、无中心的语言符号无限的延异和空缺中，人类的意义，不管是个体的、社会的，还是历史的，都将飘散殆尽，荡然无存。文本作者的观念也就被埋葬在‘空洞的能指’符号的自由嬉戏中”[①]。

1968年，罗兰·巴特发表了《作者的死亡》一文。文中，巴特提倡一种现代文本观——这种文本观不再以作者的权威为中心；文本不再是只有作者的声音回响的场域，而是一个由多种写作构成的，多种能指符号不断互动、相互结合、相互争执、持续延迟而构成的“多维空间”。虽然巴特最终将这种多维空间引向读者，宣称“读者的诞生应以作者的死亡为代价来换取”[②]，但他并不是一个接受美学家，更不是读者反映理论的拥趸，他的真正目的在于破除作者在文本中的权威地位。从这个意义上说，巴特与其是在宣扬“作者之死”，不如说是在探讨“作者之

---

① 黄必康：《作者何以死去？——论当代西方文论中的作者主体性问题》，《外国语》，1997年第2期。

② ［法］罗兰·巴特著，怀宇译：《作者的死亡》，见《罗兰·巴特随笔选》，百花文艺出版社，1995年，第307页。

后”文本如何存在的问题。

时隔一年之后，米歇尔·福柯在法国哲学协会做的《什么是作者》的演讲中，申明了自己的作者观。与巴特不同，福柯虽然也认为“传统的”作者已经死亡，但这个作者只是个体性的；现在的写作变成了一种符号游戏，更多受控于能指符号，而非所指内容。① 在福柯看来，主体必然是一个变化的过程，作者主体之死势在必然，然而，只是不断重复作者消失这样的空洞陈述是不够的。出于同样的原因，不断重复上帝与人同样死去也是不够的。相反，我们必须立足于作者消失后的空间，沿着裂隙与缺口的分布，寻找这一消失揭示出的新空间。② 这一空间将被一种新的主体填充，这一写作主体与“话语”紧密相关。在福柯看来，“话语”是“权利”的另一种表述，而“所有的话语，无论其身份、形式或价值如何；它们受到的待遇如何，都将在一种私语的匿名性中发展”③。在这一意义上可以说，主张历史发展性作者观的福柯并没有真正将作者埋葬，而是赋予作者主体以一种包容性更大的存在空间。

如果说传统文学的合理性是建立在作者或创作主体存在的基础之上的话，那么主体内在性之被贯穿及“作家之死”说的甚嚣尘上，最终必然引发“文学之死”的争论也就不足为怪了。希利斯·米勒在《论文学》（中译名为《文学死了吗》）一书中指出：“整个文学的全盛期，都依赖于这样或那样的把自我作为自觉的、负责的主体的观念。现代自我可以为所说、所想或所为负责，包括其在文学创造中的表现。”④ 但现

① Michel Foucault, Robert Hurley and Others, trans, James D. Faubion, ed. *Essential works of Foucoult*, 1954—1984: *Aesthetics*, *Method*, *and Epistemology*. New York: The New Press, 1998, p. 206.

② Michel Foucoult, Robert Hurley and Others, trans, James D. Faubion, ed. *Essential works of Foucoult*, 1954—1984: *Aesthetics*, *Method*, *and Epistemology*. New York: The New Press, 1998, p. 209.

③ Michel Foucoult, Robert Hurley and Others, trans, James D. Faubion, ed. *Essential works of Foucoult*, 1954—1984: *Aesthetics*, *Method*, *and Epistemology*. New York: The New Press, 1998, p. 222.

④ J. Hillis Miller. *On Literature*. London & New York: Routledge, 2002, p. 7.

代以来，这种“自我”观念发生了改变，自我的统一性和持久性受到了质疑，作家与作品之间的旧有纽带出现了断裂。于是，一个“文学之死”的时代到来了。这一现状是多种因素造成的，但米勒却没给出这一德曼问题——文学真的死了吗？——的确定答案。他只是告诉我们：文学作品不再是作者意志的体现，更不是作者权威的表现场域，文学只是一种言语行为：“如果德里达、保罗·德曼和我是正确的，那么语言的表述和认知功能是不相容的。”①

如是观之，无论“文学之死”是事实还是假设，“文学之死”都是“作者之死”的结果。如果说，巴特对“作者之后”文本如何进行了思考（巴特找到的“作者”的替代者是“读者”），福柯试图用一个包容量更大的作者主体（群体性主体）取代个体作者的话，那么没有抛弃历史主义的德里达，则在努力用瞬间意义消解永恒意义。有鉴于此，我们应对希利斯·米勒的观点表示赞同，他告诉我们，解构主义或后现代主义并没有把主体作为被废除的东西，而是作为一个需要被质疑的问题。②

事实上，作为解构主义最重要代表的德里达，在其张扬“解构”、破坏的同时，并没有将一切都终结在其解构的思想中，更没有完全封闭建构的可能。实际上，一个宣扬“延异”的哲学家，是与“终结”无缘的。德里达的解构思想，从解构语音中心主义出发，运用“延异”思想，对一切本源意义进行了质疑，“中心”作为一种统摄意义的存在的合理性，在他那里被消解了：“处于中心的所指，无论它是始源或先验的，绝对不会在一个差异系统之外呈现。先验所指的缺席无限地伸向意谓的场域和游戏。”③ 在这种无限延异的游戏中，传统上作为文本意义赋予者的作者随着这一“延异”的过程而瓦解就势在必行了。但这种瓦

① J. Hillis Miller. *On Literature*. London & New York：Routledge，2002，p. ⅲ.

② J. Hillis Miller. *On Literature*. London & New York：Routledge，2002，p. 7.

③ ［法］雅克·德里达著，张宁译：《书写差异》（下册），生活·读书·新知三联书店，2001年，第505页。

解与死亡或终结是完全不同的两个概念，作者权威遭遇“延异”的结果，是其失去中心位置，与永恒性绝缘，但却作为不断变化的瞬间存在着。所有书写都变成了“延异”的“痕迹”，所有意义都只能在瞬间存在。也是在这一意义上，我们不能将解构完全等同于颠覆与破坏，它为建构留下了空间：“对德里达来说，解构是积极的。它震颤、颠覆、制造恐慌，但是先‘破’后‘立’，这样新事物才有成长的空间。它是闭塞的思维的苦口良药。”①

德里达并非要消平、消解一切，他试图去揭示和批判那种压抑历史和现实的传统霸权话语体系，他要真正解构的是那种基于不公正秩序的等级森严的权利体系。在《在马克思的幽灵》中，德里达说：“一种解构的思维——这是我在此主要关心的东西——总是已经指出了声明并因此也是允诺的不可简约性，还有某种正义观念（在此指的是与法律相分离的正义观念）的不可解构性。”② 也就是说，在德里达看来，正义不能被解构，也无法被解构，正义的观念外在于并且超越了法律的存在，但是这一公正无法通过自然和理性而得到理解，它是一种不可能经验的经验，是存在于一切经验之外的什么东西，所以无从建构。既然无从建构，那么也就无从解构。也就是说，在德里达看来，正义与现实存在无关，只是一种理想式诉求。但问题就在于，德里达似乎又重新回到了他所批判的核心对象“逻各斯中心”那里。更为重要的是，他所寄予建设意义的“正义”，最终具有了滑向神秘主义的嫌疑。

① ［英］凯文·奥顿奈尔著，王萍丽译：《黄昏后的契机：后现代主义》，北京大学出版社，2004年，第57页。

② ［法］雅克·德里达著，何一译：《马克思的幽灵》，中国人民大学出版社，1999年，第126页。

哈罗德·布鲁姆

哈罗德·布鲁姆（Harold Bloom），是当代美国著名的文学教授、“耶鲁学派”批评家、文学理论家。1955 年，布鲁姆在获得耶鲁大学博士学位后，曾执教于耶鲁大学、哈佛大学和纽约大学等知名高校。他一生著作颇丰，先后出版了数十本学术著作（另有一部小说作品《飞往金星》），尤其是 1973 年的代表作《影响的焦虑：一种诗歌理论》在美国批评界引起了强烈的反响。

布鲁姆诗学大体可以分为如下几个阶段：早期的浪漫主义诗歌批评、20 世纪 70 年代的对抗式诗学影响理论、20 世纪 80 年代的宗教研究和 90 年代以来的经典捍卫等。中国学者张龙海的这一划分得到了布鲁姆本人的认可。布鲁姆在后来接受孙康宜的访谈时提到，他曾经持续不断地打了四次论战：第一次是反新批评之战；第二次是反解构之战；第三次是反文化批评之战；第四次是反“庸俗”文学之战。四个阶段与四次论战之间存在着内在联系，相互交织，难以区分。① 正如所有的历史阶段划分都不可避免地带有牵强性一样，布鲁姆参与的四次论战之间，和其诗学发展历程的各个阶段之间并非泾渭分明：反文化之战的硝烟一直在燃烧，反文化之战与反解构之战并非泾渭分明。如我们所知，在文化批评的大潮中，解构思想一直是一条潜在的、力量巨大的洪流。阶段的划分虽然大致体现了布鲁姆诗学理论的发展轨迹，但也容易给人造成误解，即认为布鲁姆诗学理论发展各阶段是一种简单的板块结合关

① 孙康宜：《我曾卷入四次论战——哈罗·布鲁姆访谈》，《书城》，2003 年第 11 期。

系，而对布鲁姆诗学理论各阶段之间的有机联系视而不见。首先，忽视了其浪漫主义诗歌批评在其整个诗学体系中的根源性地位；其次，忽视了布鲁姆诗学理论发展各阶段背后精神的一致性；再次，忽视了布鲁姆诗学理论各阶段指向的统一性。换句话说布鲁姆的对抗性诗学理论、宗教批评研究、经典建构理论都是在研究浪漫主义诗歌的基础上，不断发展进化而来，并且他的这种游离于主流文化之外、特立独行的个人风格，决定了其理论背后的精神和各阶段理论的统一指向。这一切使得他的理论超越了纯诗学的范畴，进入更广阔的也更深刻的境界。

美国文论在20世纪后半叶经历了从结构主义向新批评、现代性再向解构主义、后现代性转向的历程。在这个转变过程中，布鲁姆发挥着至关重要的作用，《解构与批评》一书在美国乃至全世界文学理论界影响巨大。这本书中收录了雅克·德里达、保罗·德曼、J. 希利斯·米勒、杰弗里·哈特曼和布鲁姆本人的文章。虽然布鲁姆后来说他之所以用“解构与批评”来命名这本书，就是要告诉人们：那几位是“解构”，而他是“批评”。但无论如何，这本书的出版被普遍视作美国解构批评学派形成的标志。美国解构学派，是德里达解构哲学与美国传统批评相结合的产物。布鲁姆虽然接受了解构哲学的诸多策略，但他并不接受解构批评等后现代理论泛文本化的观念；他虽然对艾略特（T. S. Eliot）及新批评忽视个性进而忽视创新性的批评原则持批判态度，但他并没有因此而忽视传统的作用，在这一点上，他与艾略特又具有相通之处。于是，我们看到一个既重视传统又对传统的影响不无抵抗的布鲁姆，同时也看到一个锐意创新的布鲁姆，但正是这个视创新为生命的布鲁姆又对解构批评等后现代主义诸潮流颠覆“能指”与“所指”关系的做法有所批判，更反对文化批评将文学意识形态化的激进做法。正是在这个意义上，布鲁姆曾自我评价道：“至于我自己的观点，在解构主义看来是传统主义的，而在传统主义者看来又是解构主义的，这种双重性无疑增添了其在批评中的魅力。”[①] 布鲁姆的自信来自他对诗歌与批评之功能的实用主义态度。在他看来，无论诗歌与批评的本质是什么，它们是有用的，但这种“有用”是指我们将它们“据为己用，这意味着阐释性诗歌和诗学阐释是你创造的概念，而非自在的概念”[②]。面对20世纪西方文论的转向，布鲁姆没有盲从，没有依从于哪一派，而是自成体系，独成一派，就是要张扬一种主体的能动性。也正是在这个意义上，我们看到布鲁姆对传统的态度是一以贯之的，因为所有的主体只有在传统中才可能显示出其独特之处与魅力所在，单纯否定与简单接受都是不顾现实的一意孤行。

马克·爱德蒙森（Mark Edmundson）将布鲁姆誉为“西方传统中最有天赋、最有原创性和最具煽动性的一位文学批评家”[③]。布鲁姆以其批评理论的原创性、著述的丰富性、文字的穿透性、批评实践的广泛性以及言说论战风格的犀利性在20世纪后半叶的文学理论与批评领域，占有重要的一席之地。他的整个批评生涯就是一个不断给读者带来意外，也不断给读者制造痛苦的历史——布鲁姆是复杂难以理解的。但不得不说就是这样一个复杂而难以理解的布鲁姆却在当下创造了一个“曲高和不寡”的神话。

《影响的焦虑》(1973)

1973年，哈罗德·布鲁姆的《影响的焦虑：一种诗歌理论》一书

① Harold Bloom. *Agon*: *Towards a Theory of Revisionism*. New York and Oxford: Oxford University Press, 1982, p. 39.

② Harold Bloom. *Agon*: *Towards a Theory of Revisionism*. New York and Oxford: Oxford University Press, 1982, p. 39.

③ ［美］马克·爱德蒙森著，王柏华、马晓东译：《文学对抗哲学——从柏拉图到德里达》，中央编译出版社，2000年，第217页。

付梓。有人评论说，布鲁姆用“一本薄薄的书震动了所有人的神经”。确实，布鲁姆在此书中明确提出的诗的误读理论在西方文学评论界引起了巨大反响，自此布鲁姆从浪漫主义文学批评阶段步入误读理论的建构期。事实上，布鲁姆的误读理论早在其浪漫主义文学批评时期就已经开始酝酿，部分思想在其浪漫主义文学研究中已有体现。此外，布鲁姆的这一理论从提出到发表，其间几易其稿，不断增删，除了布鲁姆本人对自己这套理论的期望甚高，故精益求精外，还因事先了解了这一理论的一些学者，都对其抱有怀疑态度，甚至给予了断然否定。后来布鲁姆曾这样回顾这一经历：“（《影响的焦虑》一书迟迟没有出版①）部分是因为我拿给看的每一个人，包括一些伟大的人物，都大摇其头，并肯定地告诉我，无论这本书是什么，它都不是文学理论或文学批评。特别是哈特曼，他告诉我，让我把它当垃圾一样扔掉。”② 但布鲁姆自己最终确信：“我喜欢它。”于是世人见到了这本布鲁姆诗学误读理论的代表作《影响的焦虑》。此后，布鲁姆又相继出版了《误读图示》《卡巴拉与批评》《诗歌与压抑：从布莱克到史蒂文斯的修正论》等著作，最终构建起其诗的误读理论大厦。

在《影响的焦虑》一书中，布鲁姆开篇即指出，这本书就是要对诗的影响提出自己的看法，建构一种新的诗歌理论。其目的是要指出以往人们普遍接受的“一个诗人促使另一个诗人成长”③ 的理论的非完美性，从而予以纠正。此外，在布鲁姆看来，他的这一诗歌理论更具可操作性，是切实可行的一代诗评。诗歌的历史无疑就是诗歌影响的历史，因此研究诗歌史就不能忽视研究诗歌影响。布鲁姆认为，前辈诗人以其伟大的创作对后辈诗人形成重压之势，“太阳底下再无新事”的恐惧笼

---

① 据布鲁姆本人说，《影响的焦虑》一书虽然出版于 1973 年 1 月，但他于 1967 年夏天就已经完成了初稿，之后，布鲁姆几易其稿，一再修改。

② Imre Salusinszky. *Criticism in Society*. London& New York : Methuen, 1987, p. 51.

③ ［美］哈罗德·布鲁姆著，徐文博译：《影响的焦虑》（增订版），江苏教育出版社，2006 年，第 5 页。

罩着每位后辈诗人，这就是所谓的“影响的焦虑”，这就意味着，传统不只是诗人生长的背景与环境，传统对于后辈诗人来说也是一种死亡威胁，非强者则会在传统的重压下丧失生存的空间，相反诗人中的强者则会克服“影响的焦虑”，获得自己的想象空间，在诗的历史上占据一席之地。为了克服所谓“影响的焦虑”，布鲁姆提出了六种“修正比”（revisionary ratios）[①]，即削弱前人而壮大今人的方法：“克里纳门”（Clinamen）或诗的误读、“苔瑟拉”（Tessera）或续完与对偶、“克诺西斯”（Kenosis）或重复和不连续、“魔鬼化”（Daemonization）或逆崇高、“阿斯克西斯”（Askesis）或净化和唯我主义、“阿波弗里达斯”（Apophrades）或死者的回归。

“克里纳门”这一术语，布鲁姆借自卢克莱修（Lucretius）。“克里纳门”指的是原子的“偏移”，以使宇宙可能引起一种变化。布鲁姆借用这一术语的目的是用其喻指一个诗人对其前驱的“偏移”，“即通过偏移式阅读前驱的诗篇，以引起相对于这首诗的‘克里纳门’”[②]。诗的影响正是在这一过程中发生的，即“总是以对前一位诗人的误读而进行的。这种误读是一种创造性的校正，实际上必然是一种误译”[③]。布鲁姆没有向我们指明卢克莱修在论说原子“偏移”时强调的另一点——“自由意志”。“如果所有的运动总是构成一条长链，新的运动总是以不变的次序从老的运动中发生，如果始基也不通过偏斜而开始新的运动以打破这一命运的铁律，使原因不再无穷地跟着另一个原因，那么大地上的生物怎么可能有其自由意志呢？这一自由意志又如何能挣脱命运的锁链，使我们能够趋向快乐所指引的地方，并且可以不在固定的时间和地

① 或译作“修正比率”。不同的译本在同一术语的翻译上有所区别，我们在引注时遵照所引译本的译法，但在具体行文时则尽量统一。

② ［美］哈罗德·布鲁姆著，徐文博译：《影响的焦虑》（增订版），江苏教育出版社，2006年，第14页。

③ ［美］哈罗德·布鲁姆著，徐文博译：《影响的焦虑》（增订版），江苏教育出版社，2006年，第31页。

点、而是随着自己的心意偏转自己的运动？毫无疑问，在这些场合里，始发者都是各自的自由意志；运动从意志出发，然后输往全身和四肢。”① 卢克莱修强调的自由意志虽然带有强烈的伊壁鸠鲁体系的色彩，但终究强调了生物内在世界——心灵与灵魂——之于外在运动的意义，指出它才是造成“偏移”的初始力量。布鲁姆也正是在这一意义上运用“克里纳门”这一术语的。克服“影响的焦虑”，后辈诗人凭借的正是误读前人。强力误读不只是一种技巧，更是强力诗人的存在状态。对诗人来说，“遮护天使”② 的“遮蔽”性虽然往往难以揭露，但通过误读，其巨大的阴影终会被驱除，强力诗人的自由意志和克服焦虑的巨大激情终将胜利。后辈诗人的创造性冲动使“克里纳门”得以可能。

“苔瑟拉”一词，按布鲁姆的解释，取自古代的神秘祭祀仪式，是一种表示认可身份的凭物，如同一口小锅的一块碎片，它能和其他碎片一起重新拼合成这口小锅。由此可见，该词与西语中的象征一词颇有相似之处。后来拉康（Lacan）在他的《罗马论》（1953）中引用了马拉美（Mallarmé）的一句话，“把语言的日常用途比成一枚其正反面的图案已被磨损得模糊不清的硬币的交换，人们‘默默无声’地传递着这枚硬币”。拉康对此分析道：“这个隐喻足以使我们记起，即使是几乎完全磨光了的‘语词’（逻各斯）也还保持着其作为一种‘苔瑟拉’的价值。”③ 布鲁姆将这一术语运用到其误读理论中，意指一种修正前驱的方式：“这是一种以逆向对照的方式对前驱的续完，诗人以这种方式阅

① ［古希腊］伊壁鸠鲁、［古罗马］卢克来修著，包利民等译：《自然与快乐——伊壁鸠鲁的哲学》，中国社会科学出版社，2004 年，第 98 页。

② “遮护天使”是布鲁姆误读理论，特别是在他《影响的焦虑》和《误读图示》两本书中一个重要的象征，象征诗的影响，意指挡在诗人前方，堵塞了其创造性的存在。“他是一种使人们成为受害者而不是诗人的东西，是演绎性和阴晦的连续性的魔鬼，是一位将作品化为圣经的伪诠释家。”虽然他无力扼杀想象力，虽然他不像斯芬克司之谜那样危险，却是一种永恒的创造性焦虑。（参见［美］哈罗德·布鲁姆著，徐文博译《影响的焦虑》（增订版），江苏教育出版社，2006 年，第 36—37 页）

③ ［美］哈罗德·布鲁姆著，徐文博译：《影响的焦虑》（增订版），江苏教育出版社，2006 年，第 67 页。

读前驱的诗，从而保留原诗的词语，但使它们别具他义，仿佛前驱走得还不够远。”① 即在具体的文本中，“苔瑟拉”表现为对偶和续完。布鲁姆在修辞学意义上运用“对偶式”（antithetical）一词，“用平衡对仗的结构、短语或词语把相对的意义并置在一起”②。这是后辈诗人面对前驱占尽所有空间之后的一种策略，他们通过对前驱的初始词汇的对偶式使用，为一种对偶式批评奠定了基础。所谓续完，即“迟来的诗人提供出其想象力告诉他能使原来‘被截短了的’前驱诗歌和前驱诗人得以完整所需要的东西”③。这就意味着，前驱诗歌或前驱诗人只有在后者诗人这里才得以完整。亦唯有如此，前驱的语词才不会被磨平。

布鲁姆通过对英美两国诗歌史的研究向我们证明，无论是英国诗人从前驱那里开始转向，还是美国诗人倾向于把我们的父辈看得缺乏胆识，“对于前驱者而言，这两种修正比都是缩削性的”④。所谓“缩削”指的是“一种误读，一种激进的误译。它使得前驱看上去是一种过度的理想主义者”⑤，而对偶或续完的前提必须是“缩削”前驱诗人。这种“缩削”是强力诗人在面对前辈诗人时“自我突显”意志的体现。

“克诺西斯”，是一种粉碎他物的工具，类似于我们的心智用以抵制重复强制的自卫机制。此词出自“圣·保罗对基督如何使自己从神祇地位降格为凡夫俗子的描述”⑥。在这描述中，基督耶稣本有上帝的形象，但他却反倒虚己，取了奴仆的形象，将自己降格为人的样式。这与诗人

① ［美］哈罗德·布鲁姆著，徐文博译：《影响的焦虑》（增订版），江苏教育出版社，2006年，第15页。

② ［美］哈罗德·布鲁姆著，徐文博译：《影响的焦虑》（增订版），江苏教育出版社，2006年，第66页。

③ ［美］哈罗德·布鲁姆著，徐文博译：《影响的焦虑》（增订版），江苏教育出版社，2006年，第67页。

④ ［美］哈罗德·布鲁姆著，徐文博译：《影响的焦虑》（增订版），江苏教育出版社，2006年，第69—70页。

⑤ ［美］哈罗德·布鲁姆著，徐文博译：《影响的焦虑》（增订版），江苏教育出版社，2006年，第70页。

⑥ ［美］哈罗德·布鲁姆著，徐文博译：《影响的焦虑》（增订版），江苏教育出版社，2006年，第88页。

的自我倒空是相对的。只是在诗人那里，与其说是降低了自己的身份，不如说是降低了所有前驱者的身份。“这种‘倒空’现象是一种解放式的不连续性，它有可能产生出一种仅凭对前驱的灵感和神性的简单重复所无法产生的诗篇。把自身中的前驱者的力量进行‘收回’也可以使自我从前驱的姿态中‘分离’出来，从而拯救了迟来者诗人——使他免于成为对自己（也存在于自身）的禁忌。”① 表面看来，后辈诗人在重复前驱，放弃自我，事实上，“他的这种‘衰退’（ebbing）却是和某一位前驱的‘衰退之诗’联系在一起施行的，遂使前驱的灵感和神性也被倾倒一空，结果这迟来者的诗并不显得那样绝对的空空如也”②。他通过“倒空”自己摆脱了与前辈诗人的连续性，突显了自己的独立性。

“魔鬼化”一词是布鲁姆从新柏拉图主义那里借用而来的，取其一般含义：“一个既非神亦非人的中间存在附到新人身上来帮助他。”③ 新柏拉图主义意义上的人之回归终需以与神的合一来结束。迟来的诗人面对前驱施加的“影响的焦虑”时，修正前驱的策略之一便是将前驱的力量归于稍稍超越前驱的某一存在领域。如此前驱的力量被凡人化了。这便是对前驱“崇高”的反动，也是后来者诗人自我魔鬼化的过程，一个“逆崇高”过程，“其功能就是暗示‘前驱的相对虚弱’。当新人被魔鬼化后，其前驱则必然被凡人化了。一个新的大西洋便从新诗人转变了的存在中涌溢出来”④。

“阿斯克西斯”或净化和唯我主义是一种旨在达到孤独状态的自我净化运动，是自我的缩削。如果说“克里纳门”和“苔瑟拉”的目的在

① ［美］哈罗德·布鲁姆著，徐文博译：《影响的焦虑》（增订版），江苏教育出版社，2006年，第88页。

② ［美］哈罗德·布鲁姆著，徐文博译：《影响的焦虑》（增订版），江苏教育出版社，2006年，第15页。

③ ［美］哈罗德·布鲁姆著，徐文博译：《影响的焦虑》（增订版），江苏教育出版社，2006年，第15页。

④ ［美］哈罗德·布鲁姆著，徐文博译：《影响的焦虑》（增订版），江苏教育出版社，2006年，第102页。

于纠正和续完已逝者，“克诺西斯”和“魔鬼化”是努力压抑对已逝者的记忆，那么“阿斯克西斯”则是竞争本身——与已逝者的殊死搏斗。作为一种对影响的焦虑的有效自卫，“阿斯克西斯”是指后来者诗人通过“放弃自身的一部分人性的想象力天赋，从而把自己和他人——包括前驱——分离开”①，在缩削自己的过程中，前驱的影响似乎也被削弱了，前驱的天赋自然也遭到了缩削。后来者诗人主动牺牲自己的一部分，实际上成就了他的个性。

“阿波弗里达斯”一词取自雅典城邦的典故，原指每年死人回到他们原先居住过的房屋中居住的那一段不祥的日子。如果说“阿波弗里达斯”是迟来者诗人的唯我主义式的抗争，那么“阿斯克西斯”则是指迟来者诗人主动放弃唯我主义的姿态，向前驱完全彻底地敞开，给人造成一种错觉，以为历史的车轮又回到了原处。事实上，“前驱者被放到这样一个位置，使得他的作品中的某些章节看上去似乎并没有预示后来诗人的降临；反过来，倒是这些章节本身却应归功于后来诗人独立获得的成就，甚至还必然会被后来的诗人更伟大的光芒所削弱。强有力的死者回归了，但打着的是我们的旗号，发出的是我们的声音——至少是部分如此，至少在某些时刻如此。这些时刻证明了我们的坚毅，而不是他们的坚毅”②。时间的专制独裁就这样被推翻了，这是惊人的时刻——后来者诗人被他们的前驱所模仿。如其在这本书中绝大多数的例子，布鲁姆同样依靠浪漫主义来诠释证明，肯定性的“阿波弗里达斯”如何在“美”的意境中添入“奇”的色彩：“整个浪漫主义风格的高潮期所依赖的就是让死人穿着活人的衣服表现，仿佛死去的诗人被赋予比他们自己

① ［美］哈罗德·布鲁姆著，徐文博译：《影响的焦虑》（增订版），江苏教育出版社，2006年，第16页。

② ［美］哈罗德·布鲁姆著，徐文博译：《影响的焦虑》（增订版），江苏教育出版社，2006年，第147—148页。

能找到的还要充足得多的自由。”① “阿波弗里达斯”作为后来者诗人克服影响的焦虑的修正比，其最终的指向仍然是诗人的意志。强者诗人不能完全回避前驱者洪水般的淹没，他的强力正体现在淹没的危险发生之时。“当一个诗人看到他的末日时，他需要更多严酷的证据来证实他一生的诗作并不是那些骷髅们在想的东西。他会去寻找被上帝选中的证据，以实现其前驱者的预言——以其自己明白无误的个人语言重新彻底创造那些预言。”② 肯定意义上的“阿波弗里达斯”的奇异魔力得到体现，强者诗人面对强者前驱的强烈的焦虑得以体现，而强者诗人克服这一焦虑的意志力也被最大限度地体现出来。

正如布鲁姆指明的那样，诗的影响表现在诗人与诗人之间，就是一种竞比关系，是少男儿对前驱诗人的对抗。唯有那些强力诗人才可能在与前驱的生死之战中，通过“修正”前人而获得生存的可能。这种修正的冲动源于诗人较之普通人更为强烈的对“死亡的必然性”的反抗意识。诗人只在先驱存在的地方出现：面对先驱的崇高性，这崇高本身是一种重压；后来者诗人或者死亡，被其所在的传统力量所扼杀，或者奋起反抗，将先驱踩在自己的脚下。如此一来，布鲁姆诗的误读理论本身就成为关于反抗死亡威胁的强烈意识的一个隐喻。“弥尔顿以后的英语诗坛的座右铭已由济慈的一句话道出：‘他的生即我的死。’弥尔顿身上那种置人于死地的生命力就是他身上的撒旦状态。”③ 这也是所有强力诗人身上所体现出来的状态。在上帝（传统或前驱诗人）的光环下，确实可获得一时的安详幸福，但这种安详幸福的获得是以人（当下或后来诗人）失去创造能力为代价的，即失去对世界万物的命名权，而失去发

① ［美］哈罗德·布鲁姆著，徐文博译：《影响的焦虑》（增订版），江苏教育出版社，2006年，第149页。

② ［美］哈罗德·布鲁姆著，徐文博译：《影响的焦虑》（增订版），江苏教育出版社，2006年，第160页。

③ ［美］哈罗德·布鲁姆著，徐文博译：《影响的焦虑》（增订版），江苏教育出版社，2006年，第33页。

言权，这对于一个诗人来说就意味着死亡。因此一切强有力者（以强力诗人为代表）身上都具有撒旦的基因。魔鬼的基因在某一时刻被无限激发出来，其时就是诗人的主观性和个性迸发出来的时候，就是“影响的焦虑”达到最强烈的时刻。真正的诗人出世了。可以说，弥尔顿（Milton）《失乐园》中的撒旦形象就是所有强力诗人的喻体。总体看来，布鲁姆自《影响的焦虑》始，其建构起的影响理论，就是一个巨大的有关死亡的隐喻，唯有那些强力诗人才可能在与前驱的竞比中，通过误读、修正前驱而获得生存空间。布鲁姆提出六种“修正比”作为撒旦式的后来者诗人与前驱进行竞比的六种手段。借此，后来者诗人得以反抗“死亡的必然性”。

虽然布鲁姆后期一再否定他与解构主义之间的关系，但其受解构主义的影响是毋庸置疑的。在否定新批评的独立文本观念时，布鲁姆援用了典型的解构主义策略，指出不存在文本，只存在文本与文本之间的关系：“诗歌不是别的，而是指涉其他文字的文字，如此持续下去，直至浓厚密集的文学语言世界之中。任何一首诗都是一首互涉诗歌。任何阅读都是互涉阅读。一首诗不是在写，而是在重写，虽然一首强力诗歌是一个新的开始，但这种开始也只是再一次开始。”① 这是德里达“延异”思想的具体运用。布鲁姆对其诗论中解构色彩的断然否定并非全然如弗兰克·伦特里奇亚（Frank Lentricchia）所说的那样，是布鲁姆自己受到“影响的焦虑”的结果，虽然他尽了最大努力，最终并没有摆脱作为他反对的对象的俘虏。② 对互涉性文本，即互文性的强调，并没有使布鲁姆沿着解构思路最终走向消解主体内在性，而是走向了一种“误读理

---

① Harold Bloom. *Poetry and Repression*: *Revisionism from Blake to Stevens*. New Haven and London: Yale University Press, 1976, p. 3.

② 《新批评之后》一书的作者弗兰克·伦特里奇亚认为，布鲁姆的影响理论明显受到解构主义思想的影响，但布鲁姆对此断然否定，并以之为敌，是布鲁姆为摆脱解构主义对其产生的“影响的焦虑”所致。参见 Frank Lentricchia. *After the New Criticism*. London: Methuen, 1983, p. 326.

论”。互文性虽然在一定程度上否定诗人（作者）的绝对权威，但他强调强力诗人通过强力误读，克服了前辈诗人加之于后来者身上的“影响的焦虑”。在布鲁姆这里，传统的互文性理论转化成了一种诗人间的对抗关系：“互文性在布鲁姆诗论中表现为紧张的对峙、敌视和斗争关系，文本也不再是静态的语言符号的聚合体，而成了充满愤怒和喧嚣的战场。”① 后辈诗人若想在这场俄狄浦斯式的战斗中取得最后的胜利，获得文学史上的立足之地，就必须具备超常的意志，将一切外在因素，包括前辈诗人转化为自己的内在强力。只有那些诗人中的强者，才可能达于这样的内在性。如何克服这种影响的焦虑呢？如前所述，布鲁姆设定了六种修正比，通过这样的方式，强力诗人的创造力得到体现，也成就了他们的伟大。有鉴于此，布鲁姆并没有因为强调文本间性，即互文性，和强调用解构的策略对文学作品进行解读，而忽视主体。相反，他在最大限度地强调诗的主体，正因为这个诗的主体，才使其在面对前辈——那个既是再生之父，也是压抑者——时得以生存。一个诗人无法成为强劲有力的诗人，除非他在那场巨大的灾难面前昂首挺胸，怀着万丈豪气，用巨大无比的包容力揽括前辈的影响于自己的内在世界，并以唯我独尊的气概意欲将这场灾难化为前行的动力。

布鲁姆在其诗的误读理论中强调，这理论并不是可以到处套用的百验灵方，它自有其适用的范畴，用布鲁姆本人的话说，“诗人的力量存在于他的替代技巧和发明，误解图示并不是普罗克勒斯忒斯的床”②。

---

① 王瑾：《互文性》，广西师范大学出版社，2005 年，第 73 页。

② ［美］哈罗德·布鲁姆著，朱立元、陈克明译：《误读图示》，天津人民出版社，2008 年，第 103 页。另：普罗克勒斯忒斯（Procrustes）系古希腊神话中的一个恶魔式大盗，又名达玛斯忒斯，是忒修斯在寻访父亲的路上遇到的最凶恶的大盗。这个强盗有两张床，一张很长，一张很短。如果路过的外乡人是个矮个子，他就把他带到大床跟前，说：“你看这床对于你太长，让我将你弄得更合适！”说完，就用力把外乡人的身体拉长，直到他气绝而亡；如果来客是高个子，他就让客人睡小床，然后说：“朋友，对不起！这床对你很不适合，太短了，但我有办法。”说着就把客人的脚砍掉，砍得刚好跟床一样长。忒修斯抓住这个身躯高大的强盗，强迫他睡在小床上，用利剑砍断了他的身体，直到他痛苦地死去。布鲁姆要用这个传说意指他的“误读图示”并非是可以随处套用的万应灵丹，而是自有其适用的对象和范畴。

首先，布鲁姆的诗的误读理论只适用于那些强者诗人，弱者不在其考察的范畴之内。“本书的着眼点仅限于诗人中的强者。所谓诗人中的强者，就是以坚忍不拔的毅力向威名显赫的前代巨擘进行至死不休的挑战的诗坛主将们。”[①] 只有那些强者诗人才可能在其必然遭遇的俄狄浦斯之战中战胜其伟大的先驱，为自己的创作廓清想象的空间。布鲁姆在考察文学发展史的过程中发现，传统主义者“坚持认为一切文学影响都是有益的”[②] 是错误的。在布鲁姆看来，文学影响的历史，绝不是一个平和的过程，其间充满着强力诗人、强力意志、强力文本之间的压抑、反抗、冲突、竞比。由是观之，布鲁姆虽然强调传统的意义，但他更多的是将传统视作一种压抑的力量，这当然是针对后来者诗人而言的。但他并不是一个传统主义者，他对文学传统的强调是辩证的，既看到传统具有的强力，又看到这种强力具有破坏性。传统对于后来者诗人而言不是有益的，但却是不可或缺的。正是在对前驱的修正中，文学传统的连续性才得以实现。在布鲁姆看来，文学的历史就是文学影响的发生史，是“影响的焦虑”的克服史，也是强力诗人的误读史。他的“影响的焦虑”理论关注的中心是诗人中的强者，就是那些“以坚忍不拔的毅力向威名显赫的前代巨擘进行至死不休的挑战的诗坛主将们”[③]。只有这些强力诗人，才可能凭借自己对前辈的创造性误读，逃离其先驱投下的巨大阴影，克服“遮蔽天使”造成的“影响的焦虑”，最终确立其经典地位，并立足于文学传统之中。一个作家要使自己的作品跻身经典行列，就必须以自己的原创性来克服或否定这种影响的焦虑，由此就引出了布鲁姆的另一个关键词：陌生性。所谓陌生性就是一种无法习得的审美原

---

① ［美］哈罗德·布鲁姆著，徐文博译：《影响的焦虑》（增订版），江苏教育出版社，2006年，第5页。

② Harold Bloom. *Agon: Towards a Theory of Revisionism*. New York and Oxford: Oxford University Press, 1982, p. 39.

③ ［美］哈罗德·布鲁姆著，徐文博译：《影响的焦虑》（增订版），江苏教育出版社，2006年，第5页。

创性。在他看来，西方文学经典的历史就是从陌生性到陌生性的历史。直到2010年，布鲁姆在写作《影响的解剖》时，仍对文学经典的陌生性推崇备至，在他看来，陌生性本身就是文学作品崇高的体现。“对于一位强力作者来说，陌生性就是影响的焦虑。崇高和高级文学不可避免的前提就是竞比……崇高传达想象的强力和软弱，它使我们超越自身，唤起一种神秘的认知，即一个人从来不是其作品和他自身的唯一作者。”①

其次，布鲁姆诗的误读理论适用的时代是启蒙时代之后。在他看来，大洪水之前的时代，诗人之间的影响是健康的，前驱诗人推动他的新人去爱，去模仿，并不是使他焦虑。因此，“影响的焦虑”理论并不适用于那个伟大的时代。正是出于这一考虑，布鲁姆将莎士比亚（Shakespeare）这最伟大的英语诗人排除其论说的范畴。第二个理由是莎士比亚主要是一位戏剧诗人，而非抒情诗人。“随着诗歌日益主体化，前驱诗人投下的阴影日益上升到主宰一切的地位。”② 最主要的理由是，莎士比亚的先驱克里斯托弗·马洛（Christopher Marlowe）是一位与莎士比亚相比，渺小得多的诗人。出于以上原因，布鲁姆认为“莎士比亚是英语诗人中不受本书所列规律制约的最伟大的范例：他做到了对前驱的绝对的吸收”③。由此可见，此时，布鲁姆仅仅把莎士比亚视作一个假设性前提，即诗人中的最伟大者，而将其受到的影响弃之不论了。这也是布鲁姆“影响的焦虑”理论的一大缺陷、最明显的硬伤。布鲁姆的“失误”与他的“约翰逊之爱”是分不开的。约翰逊（Johnson）在他那篇《莎士比亚戏剧集》序言中指出，莎士比亚的天赋得以施展，是因为

---

① Harold Bloom. *The Anatomy of Influence*: *Literature as a Way of Life*. New Haven and London: Yale University Press, 2011, p. 20.

② ［美］哈罗德·布鲁姆著，徐文博译：《影响的焦虑》（增订版），江苏教育出版社，2006年，第11页。

③ ［美］哈罗德·布鲁姆著，徐文博译：《影响的焦虑》（增订版），江苏教育出版社，2006年，第12页。

“他的天地是非常广阔的”，具体体现为三个方面：其一，在莎士比亚的时代，古人的法规只有少数人知晓；其二，公众的判断尚未形成；其三，在莎士比亚面前“没有声望极高的作家迫使他非模仿这个作家的先例不可，也没有极有权威的批评家来抑制他的作品中过火之处”①。由是观之，此时的布鲁姆仍处在约翰逊投下的巨大阴影中。作为“影响的焦虑”理论的首倡者，布鲁姆必然要对其“遮蔽天使”约翰逊博士发起反抗式的修正。多年以后，布鲁姆看到了自己当初的理论偏颇，于是在《影响的焦虑》1997 年的再版前言中，对其诗的误读理论进行了修正。他详细论证了莎士比亚同样会遭遇与前驱诗人的竞比，同样会受到“影响的焦虑”的折磨，进而对自己的影响理论进行了深化，其中主要论述了莎士比亚与其同时代先驱马洛的关系。在布鲁姆看来，“奥维德、乔叟和马洛已经融为一体，成为莎士比亚的综合性前驱”②，但真正造成莎士比亚的“影响的焦虑”的是马洛，虽然莎士比亚受到的影响绝不仅仅来自马洛，但莎士比亚心中念念不忘的是马洛意象，因为“奥维德和乔叟在时间上已显遥远，对莎士比亚构不成什么威胁，对其构成威胁的唯有马洛这位前驱”③。“自由——诗人剧作家从马洛眼里的不相关预期中解脱出来而获得的自由——乃是莎士比亚的前驱留给他的最大遗产。”④ 但最终莎士比亚以自己的原创性成功摆脱了马洛的羁绊，而变革正是莎士比亚摆脱影响的焦虑的方式，同样也是莎士比亚艺术精髓的法则。“离开了四百年来最具影响力的莎士比亚，又何从对‘影响’这一课题展开深入研究！……我们基本上是由莎士比亚创造的。众所周

① 杨周翰编选：《莎士比亚评论汇编》（上），中国社会科学出版社，1979 年，第 45 页。

② ［美］哈罗德·布鲁姆著，徐文博译：《影响的焦虑》（增订版）再版前言，江苏教育出版社，2006 年，第 21 页。

③ ［美］哈罗德·布鲁姆著，徐文博译《影响的焦虑》（增订版）再版前言，江苏教育出版社，2006 年，第 41 页。

④ ［美］哈罗德·布鲁姆著，徐文博译：《影响的焦虑》（增订版）再版前言，江苏教育出版社，2006 年，第 27 页。

知，人性之形成来自影响——这种影响的覆盖范围远超过任何文学现象。”[①] 通过“自我修正”，布鲁姆最终超越了约翰逊，同时也超越了自身。而联系其后来《西方正典》《莎士比亚：人的创造》等著作不难发现，布鲁姆的这一自我修正不只是对其理论颇偏清醒认知的结果，更是其后期将其研究范围扩展到整个人文学科的结果。

布鲁姆的“影响的焦虑”理论本身是相当深奥的，它打破了以往我们对传统与创新的一般认知，进而对整个西方文学和文学批评进行重估。这样的理论内涵与诉求要求其必须具备普适性与深刻性相结合的特点，既要有相当的广度，即适应面，同时还要有相当的深度，不然绝对无法在千百年来形成的西方文学批评的历史中占有一席之地，更别提打破传统的理论壁垒，并对其进行重估了。布鲁姆的批评理论，因其深奥难懂即便是在美国本土也会遭遇接受困境。不仅是普通读者，就是专业研究者，也大多对之望而却步。这与他特殊的批评语言不无关系。“出于对‘影响’的焦虑，他有意识地使用许多深奥的象征性意象，下了功夫从东西方的文化故纸堆里发掘出相当数量的意义晦涩的术语”[②]，这种现象在他的“误读诗学”四部曲——《影响的焦虑：一种诗歌理论》《误读图示》《卡巴拉与批评》《诗歌与压抑：从布莱克到史蒂文斯的修正论》——中体现得尤为明显。这种批评风格本身既与布鲁姆的特异性格不无关系——我们很难想象一个跟在别人身后亦步亦趋的布鲁姆，也与其对批评的本体认知有关。在布鲁姆看来，“文学批评是一种纯粹的个人行为”[③]，因此，他的理论将纯粹“个人化的专用范式”与“日益增强的哥特式的自我指涉”二者混合在一起，这使对其感兴趣的读者既

---

① ［美］哈罗德·布鲁姆著，徐文博译：《影响的焦虑》（增订版）再版前言，江苏教育出版社，2006 年，第 4 页。

② 徐文博：《一本薄薄的书震动了所有人的神经》，载［美］哈罗德·布鲁姆著，徐文博译《影响的焦虑》（增订版），江苏教育出版社，2006 年，第 6 页

③ Imre Salusinszky. *Criticism in Society*. London and New York：Methuen，1987，p. 49.

害怕又沮丧。①

再次，布鲁姆的批评理论涉及的范围非常广泛，其中包括对大量西方文学经典的理解，以至扩展到了整个人文领域，涵盖了哲学、政治、文化、文学、宗教、教育等多个学科。布鲁姆的批评理论，是文本、批评和理论的有机融合，他极具创造性的理论体系，是在对具体文本进行细读和批评的基础上发展起来的。这一切就使布鲁姆的批评理论不再是高高在上的空洞之物，而是深植于文学本身和文学批评之中，有着深厚的根基。因此，试图理解其批评理论的阅读者既需要有深厚的文学基础，又需要有扎实的理论修养，更需要对整个西方文化有所了解，否则只能触其皮毛而无法得其要旨。毕竟，这样的人并不是大多数，所以在许多人看来，布鲁姆的批评理论是深奥难懂的。此外，如前所述，布鲁姆与解构主义批评流派之间若即若离、独成一派的理论诉求，也使我们很难寻得他的理论身份，无法给其理论一个准确的限定场域。总而言之，多方面原因造成了布鲁姆理论的复杂晦涩。

虽然布鲁姆诗的误读理论对“影响”问题的关注引导其将研究对象的范畴扩展至整个人文社会科学领域，但这并不意味着布鲁姆理论的溢出和探索之本质发生了改变。纵观布鲁姆整个批评历程不难发现，在其浪漫诗歌研究中已经孕育了诗的误读理论，而其后来的宗教研究与经典研究也并没有脱离其误读理论的几个关键词：焦虑、误读、创新、修正、经典。有鉴于此，我们可以这样说，布鲁姆诗的误读理论是其批评理论体系建构的核心，这一核心在不断进行着自我修正，但这一理论的外延只是这一核心的扩展与辐射，远非对其自身进行修正。

① Davite Fite. *Harold Bloom：The Rhetoric of Romantic Vision*. Amherst：The University of Massachusetts Press，1985，p. ix.

《误读图示》(1975)

布鲁姆《影响的焦虑》一书出版两年之后，其姊妹篇《误读图示》付梓，进一步完善和丰富了他的“诗的误读理论”。在这本书中，布鲁姆进一步研究了诗歌的影响问题：诗歌的历史就是影响的历史，而影响就意味着“压根儿不存在文本，而只存在文本之间的关系，这些关系取决于一种批评行为，即取决于误读或误解——一位诗人对另一位诗人所作的批评、误读和误解”[①]。在深入分析了诗歌的起源和文学传统如何形成的问题后，布鲁姆将我们直接引向了“原始的教导场景”，最后又回到对延迟的沉思。误读仍是布鲁姆关注的核心问题，在讨论比喻、防御、形象和修正比关系的基础上，布鲁姆实现了绘制“误读图示”的目标，并用实例验证了这一图示的用法。布鲁姆在本书中，为我们提供了一幅有关误读的图表，其诗的误读理论在这一图表中得到了浓缩式的体现（详见表 1）。

很明显，布鲁姆的误读理论由四部分，即诗歌中的想象、修辞学的比喻、心理防御和修改比率构成，而这四者指向的正是文学世界中的四种要素：诗人的想象（形象）、文本中的语言修辞、诗人的心理活动、文本间对抗的技巧（形式）。这四部分之间的关系最终构成了布鲁姆误读理论对诗歌历史的修正主义的辩证法的认知——这是一个限制—替代—表现的历史过程。

---

① ［美］哈罗德·布鲁姆著，朱立元、陈克明译：《误读图示》，天津人民出版社，2008 年，第 1 页。

表1 布鲁姆的误读理论

修正主义的辩证法	诗歌中的想象	修辞学的比喻	心理防御	修正比率
限制 替代 表现	在场和 不在场 ↑ ↓ 部分对整体或 整体对部分	讽喻 ↑ ↓ 提喻	反应形成 ↑ ↓ 转向反对 自我颠倒	Clinamen 克里纳门 ↑ ↓ Tessera 苔瑟拉
限制 替代 表现	充满和虚空 ↑ ↓ 高和低	转喻 ↑ ↓ 夸张曲言法	消除孤立 复归 ↑ ↓ 压抑	Kenosis 克诺西斯 ↑ ↓ Daemonization 魔鬼化
限制 替代 表现	内部和外部 ↑ ↓ 早和迟	隐喻 ↑ ↓ 代喻	升华 ↑ ↓ 内射 投射	Askesis 阿斯克西斯 ↑ ↓ Apophrades 阿波弗里达斯

在布鲁姆看来，诗歌的力量源于一种特殊的大灾变，他将其类比为上帝之子耶稣的“道成肉身”，共通之处在于它们都始于爱与回归。后来者诗人的个性来源于一种修正的冲突，对前辈诗人的爱是这种修正的开始，这是诗的影响的开始，也是诗的赋形的开始。没有爱或回归，也就没有修正。一位诗人无法成为强劲有力度的诗人，除非他能在与前驱诗人的对抗中获取修正的个性。诗人终无法与起源隔绝，“诗人中的诗人，一般是身不由己被诗的起源问题紧紧缠住，如同人中之人，被人的起源问题缠住一样”[①]。正因诗人与诗的起源之间紧密的关系，布鲁姆强调说：“诗，既不是关于‘主体’的也不是关于‘它们自己的’。诗必

① ［美］哈罗德·布鲁姆著，朱立元、陈克明译：《误读图示》，天津人民出版社，2008年，第16页。

然是关于其他诗的。一首诗是对一首诗的反应，就像一位诗人是对一位诗人的反应，或一个人是对他父母双亲的反应一样。想要写一首诗，就把诗人带回到对他来说一首诗最初是怎样的起源上去了，同样，也超越快乐原则，把诗人带回到他出道的决定性的最初遭遇与反应上去了。”① 但我们千万不能误会认为布鲁姆忽视主体、忽视诗人本身的意志，相反，他在最大限度地强调诗的主体，正是后来者诗人主体的意志才使其在面对前辈——那个既是再生之父又是压抑者（遮护天使）——时有生存的可能。这种意志体现为通过强力误读驱除前辈诗人的幽灵，如此已死者在新生者身上得到复活，新生者则借此克服对死亡必然性的恐惧。

面对强大先驱构成的传统，后来者诗人必然有一种压迫感，这一感觉来自一种后来者的意识。虽然尼采认为这种后来者意识是有害的，但布鲁姆却认为，这种后来者意识使诗人受益匪浅：“如果没有这种意识，我们就不能在人道主义行为的力量与单纯官能力量之间作出区分了，唉，后者从来就需要自我拯救。”② 这是强力诗人面对传统时的态度。任何人都无法脱离传统，它对任何诗人，包括强力诗人都具有一种统摄作用，对于后来者诗人而言，传统是由所有前驱诗人组成的矩阵（Matrix）③，我们在最本意上使用这一词汇，即其作为子宫、母体以及生命孕育之所——身居传统中的任何诗人都是这个传统的生成物；我们也在数学的意义上使用这一词汇，它标示着传统中诗人与诗人的关系。传统不是别的什么，是一种关系，“是延伸到过去一代的影响，一种影响的超载”④。正如布鲁姆所指出的那样，后来者从来就需要自我拯救。道

① ［美］哈罗德·布鲁姆著，朱立元、陈克明译：《误读图示》，天津人民出版社，2008 年，第 17 页。

② ［美］哈罗德·布鲁姆著，朱立元、陈克明译：《误读图示》，天津人民出版社，2008 年，第 28 页。

③ 矩阵（Matrix）本意指子宫、母体、生命孕育之处等，在数学中则指纵横交错的二维数据表格。

④ ［美］哈罗德·布鲁姆著，朱立元、陈克明译：《误读图示》，天津人民出版社，2008 年，第 31 页。

理是显而易见的。因为如何对待传统，不是由传统决定的，而是由我们的态度决定的。看似很简单的道理，却始终困扰着我们。传统或者被看作是左右我们的力量，而我们本身的内在力量却被忽视了，进而主体的创造力也同时被忽视了，因而传统被我们妖魔化为束缚我们的樊篱；传统或者被理想化为一个无所不包的“美好”世界，使人时时发出“太阳底下再无新事”的慨叹。“如何面对传统”的主语是人，这就意味着态度是非常关键的，无论传统留给我们的是什么，我们都会发现，那是一个能激发我们爱恨交织复杂情感的场域。传统意味着一种传递，一种教谕，“艺术的原始场景是教谕的侵犯”①，这就是布鲁姆所说的“原始的教导场景”。

布鲁姆的“原始的教导场景”，是针对德里达“写作场景”提出来的。在布鲁姆看来，“雅克·德里达称为写作场景的东西，其本身就取决于教的场景，而诗在其起源和功能方面，最关键的也是教谕。当新作者不仅认识到自己在与某一位前辈的形式和影响作斗争，而且同时也被迫意识到那位前辈在他以往事业中的地位，文学传统就开始了”②。德里达“写作场景”的提出是以反对“语音中心主义”为目的的，在他看来，“语音中心主义”是一种“逻各斯中心主义”，要想推翻或颠覆西方两千年来的“逻各斯中心主义”，就必须破除“语音中心主义”的神话，因为它确定了语音与语义之间的确定关系，也确定了语义本身。因此，德里达假设了一种“写作场景”——这超越了弗洛伊德的两个原始场景，即在俄狄浦斯的幻想场景和逆子弑父的场景基础上提出的第三场景。德里达认为弗洛伊德的理论具有一种历史独特性，即无法与那种

① ［美］哈罗德·布鲁姆著，朱立元、陈克明译：《误读图示》，天津人民出版社，2008年，第31页。

② ［美］哈罗德·布鲁姆著，朱立元、陈克明译：《误读图示》，天津人民出版社，2008年，第31页。

“与生俱来的语音中心主义和平相处或保持与它的那种理论共谋关系”①。这就意味着，弗洛伊德在其关键层面上借助了一种隐喻修辞的模式，这种模式“并非借自口语、口头形式，甚至不是借自语音文字，而是借自于某种从未屈从于——外在并后置于言语——的书写的一些隐喻模式”②。这样，德里达就将弗洛伊德心理学与书写联系到了一起，“他打开了对一般隐喻性、一般书写和一般间隔的一种新型提问类型”③。德里达告诉我们，“心灵的内容将由某种本质上不可还原的书写（graphique）文本来再现”④。这就意味着心灵与文本是无法分开的二元，不存在没有心灵始源的文本，也不存在没有文本的心灵现象。

但布鲁姆认为，“德里达的写作场景，就其本身而言，或作为弗洛伊德的评注而言，都不是充分原始的。它像弗洛伊德一样，依赖于一个更大胆的比喻，一个转代比喻或代喻的颠倒的图式”⑤，并给这个图式取名为原始的教导场景（Primal Scene of Instruction）。布鲁姆认为在弗洛伊德那里，口说更具原始性，而“写作，在认识上是次生的，较接近于单纯的过程，接近于‘本我’的无意识行为。于是，弗洛伊德自己在重视口语传统方面就胜于重视写作传统”⑥。在这一点上，弗洛伊德与德里达和尼采不同，他是一个更纯粹的修正论者，他懂得，前辈们吸收进了“本我”，而非“超我”，这就意味着，影响的焦虑虽然阻抑了写

---

① ［法］雅克·德里达著，张宁译：《书写与差异》（下册），生活·读书·新知三联书店，2001年，第361页。

② ［法］雅克·德里达著，张宁译：《书写与差异》（下册），生活·读书·新知三联书店，2001年，第361页。

③ ［法］雅克·德里达著，张宁译：《书写与差异》（下册），生活·读书·新知三联书店，2001年，第362页。

④ ［法］雅克·德里达著，张宁译：《书写与差异》（下册），生活·读书·新知三联书店，2001年，第362页。

⑤ ［美］哈罗德·布鲁姆著，朱立元、陈克明译：《误读图示》，天津人民出版社，2008年，第48页。

⑥ ［美］哈罗德·布鲁姆著，朱立元、陈克明译：《误读图示》，天津人民出版社，2008年，第49页。

作，但并没有强烈地阻抑口语，即先知话语的逻各斯中心主义传统。布鲁姆以斯宾塞（Spencer）和弥尔顿为例来证明弥尔顿受到了斯宾塞的阻抑，“因为斯宾塞的眼光成了弥尔顿‘本我’组成部分的一个属性”①，但弥尔顿先知式的口头语来源是摩西。布鲁姆借此指出，文学的历史从起源始就是一部修正史，而这种修正就是原始教导场景的体现，也是前驱诗人与后来者诗人之间永恒契约的体现。虽然后辈诗人与前驱诗人之间充满爱恨交织关系的矛盾心理，但必然是以一种爱的契约开始的，即上帝拣选之爱或“ahbah”②，即上帝对犹太人的爱，是原始教导场景的最初出发点，“在这种爱里，施予必然剥夺接受者，接受者被点燃了，然而，火只属于施予者”③。这意指的是后来者诗人与前驱诗人的相遇，这是教导场景第一阶段的模型。第二个阶段的模型是立约的爱或“chesed”④。“chesed”这个词本身很难翻译，词根的意思是“热望”或“尖锐”，因为这个词根也包含着那种热切、锐利之意，从“炽烈的热情”到“妒忌”“羡慕”和“野心”，因此“立约之爱”艰难地结盟着一种竞争因素。“为设定一个诗的原始教导场景，我们可以推断，与上帝立约的爱的绝对吸收相比，在 chesed 中的对立因素导致少男儿对前辈的最初接纳。”⑤ 第三个阶段“是一种个人灵感或缪斯原则

---

① ［美］哈罗德·布鲁姆著，朱立元、陈克明译：《误读图示》，天津人民出版社，2008 年，第 49—50 页。

② “上帝拣选之爱”的希伯来语。布鲁姆通过考证指出，“ahbah”是一种无条件给予但是有条件被动接受的爱。“在这种爱里，施予必然剥夺接受者。接受者被点燃了，然而，火只属于施予者。”因此这个词的词根意思是“燃烧或点燃”。

③ ［美］哈罗德·布鲁姆著，朱立元、陈克明译：《误读图示》，天津人民出版社，2008 年，第 50 页。

④ 希伯来词语，其词根是“热望”或“尖锐”，“而这个词本身接近于弗洛伊德所谓‘对立原始词’的意思”，布鲁姆用这个词指涉与上帝立约过程中包含的那种“竞争因素”。

⑤ ［美］哈罗德·布鲁姆著，朱立元、陈克明译：《误读图示》，天津人民出版社，2008 年，第 53 页。

的升起，对诗歌起源的进一步接纳，以达成新的诗歌目标”① 或“ru-ach”②。这是后来者诗人超越前驱的开始。第四阶段，一个个体“davhar”（语词）产生了。“davhar”是一个人自己的语词，它也是一个人的行为和一个人真正名副其实地在场。在这个阶段，诗的赋形本身就发生了。第五个阶段，“新的诗篇或诗歌是对起源诗篇或诗歌的总的解释或 lidrosh（解释）”。第六个阶段是“修正性本身，在此，种种起源都被重新创造了，或者至少是在尝试着重新创造，正是在这一阶段里，一个更新的实践批评能够在各个层次上、包括在修辞学层次上开始”③。

这个六阶段的原始场景模型形象地体现了后来者诗人在面对前驱诗人时从接纳、同化到焦虑、超越的过程。在这个过程中，诗人的意志使原始教导场景得以上演并最终完成成为可能。“被提升意识和被强化的需求心理位置，是教导场景上演的场所，这必然是由新到者在他自己身上所开拓的地方，由一个最初的收缩或撤退所开拓，从而使得所有进一步的自我限制和所有自我的恢复方式成为可能”，而每一个教导场景必然是一个幻想结构，“所有原始幻想的背后，是甚至更为原始的压抑”④。这就意味着，压抑往往是超越的前提（虽然并不是所有的压抑都必然导致超越），压抑的升华本身就是对影响的焦虑的克服，原始的教导场景说明的就是强力诗人由压抑最终走向超越的过程。在布鲁姆看来，这个复杂的六阶段教导场景的用途也正体现在这里，“它本身就是某种修正率六重图式的延迟的代喻的序言，而这些修改比率则充当文本

---

① ［美］哈罗德·布鲁姆著，朱立元、陈克明译：《误读图示》，天津人民出版社，2008 年，第 53 页。

② 这个词在《旧约》中指对“神灵”或“上帝气吸的力量”的一种精确速记。在这里指“一种个人灵感或缪斯原则的升起”，是“对诗歌起源的进一步接纳，以达成新的诗歌目标”。

③ ［美］哈罗德·布鲁姆著，朱立元、陈克明译：《误读图示》，天津人民出版社，2008 年，第 54 页。

④ ［美］哈罗德·布鲁姆著，朱立元、陈克明译：《误读图示》，天津人民出版社，2008 年，第 55 页。

内部诗性逃避的类型学角色”①。教导场景提醒我们不应放弃口语传统而向文字的坚持者们让步，他们过于强调语言的作用，却忽视了人，这是一种人文损失，不要忘记“是人在写作，人在思考，并总是追随着他人和防御着他人”②。

“是人在写作，人在思考”，布鲁姆在最大限度地强调诗人自我。当面对原始的教导场景，诗人自我加入它自己的防御时，激活的力量出现了。激活的是主体身上唯我独尊式的神性。“自我并不外在于人，而是对一个人自己神性的感觉，感觉是他自己的独生子。”③ 这是强劲有力度的诗人才具有的品性，面对迟到的身份，面对前驱诗人的强力影响，唯有篡改歪曲式的阅读即误读才能为自己的想象开拓一片空间，才可能获取存在的可能。伟大的诗人或强力的诗人不是对影响的必然性视而不见，不是将目标与起源分离开，与父亲遭遇的积极性在于激起了少男儿反抗的力量。唯我独尊，在心理学意义上是一种防御，在修辞学意义上是一种比喻，而在文本的层面上，它是想象的表现。

有论者指出，“‘比喻’和‘防御’是可以与‘修正比’互换的两种形式。强力诗人运用相互分离或连续的六种心理防御来克服‘影响的焦虑’。这些以比喻的形式表现在他们的诗歌中，实现一个诗人从前辈诗歌的‘转向’。这六种比喻是讽喻、提喻、转喻、夸张/曲言法、隐喻和代喻”④。确实，在布鲁姆那里，比喻、防御、想象（形象）和修正比之间存在着对应关系，正如拉曼·塞尔登（Raman Selden）指出的那样。布鲁姆本人曾就此明确指出：“我称为‘修改比率’的东西，是比

---

① ［美］哈罗德·布鲁姆著，朱立元、陈克明译：《误读图示》，天津人民出版社，2008 年，第 58 页。

② ［美］哈罗德·布鲁姆著，朱立元、陈克明译：《误读图示》，天津人民出版社，2008 年，第 59 页。

③ ［美］哈罗德·布鲁姆著，朱立元、陈克明译：《误读图示》，天津人民出版社，2008 年，第 63 页。

④ Raman Selden. *A Reader's Guide to Contemporary Literary Theory*. Kentucky：The University Press of Kentucky，1985，p. 94.

喻又是心理防御，是两者兼有，又是两者中的每一个，它们在诗歌的想象中表现出来。修辞学批评家可以把防御看成一个隐藏的比喻。精神分析学解释者能够把比喻看作一个隐蔽的防御。同样，对立性批评家也将学会使用两者，因为他有赖于类似物的替代，就像诗歌本身的过程一样。”[①] 布鲁姆将比喻、心理防御、诗歌想象等结合到一起的批评称之为对偶批评。在《影响的焦虑》插入章“对偶式批评的宣言书”中，布鲁姆指出，“每一首诗都是对一首亲本诗的误释”，批评的目的就是要“摸清从一首诗通达另一首诗的隐蔽道路的艺术”。由此可见，批评与诗歌在这一点上并没有本质的区别，更何况批评是作为对诗歌的误释存在的，所以一切批评都是散文诗。[②] 作为结果，布鲁姆强调一种对偶批评，与诗的误读相适应，即阅读（或批评）任何一首诗都要善于将其看作是诗人对前驱诗歌故意曲解的结果。意欲抓住对偶性批评的真谛，在布鲁姆看来，就不能只强调修辞，如德里达、德曼、希利斯·米勒那样，修辞批评过分去精神化的批评策略，忽视了文学主体的心理、精神，显然是不合适的；但是也不能过分将批评精神化，如诺思罗普·弗莱（Northrop Frye）那样忽视了修辞。正是出于对这两方面偏颇的防范，布鲁姆将弗洛伊德的心理学和肯尼斯·伯克（Kenneth Burke）的修辞学理论引入了他的误读理论，并辅之以尼采的强力意志理论。正如他强调所有的诗歌都是对前驱诗歌的创造性误读一样，布鲁姆的批评理论同样是对前驱理论的修正。

布鲁姆颠覆了传统上比喻的定义，不再将比喻简单地看作是一种修辞格[③]。在布鲁姆那里，比喻是与误读或修正相关的一个概念，“比喻

---

① ［美］哈罗德·布鲁姆著，朱立元、陈克明译：《误读图示》，天津人民出版社，2008年，第88页。

② 参见［美］哈罗德·布鲁姆著，徐文博译《影响的焦虑》（增订版），江苏教育出版社，2006年，第95—98页。

③ 历史上，有学者——如昆体良（Marcus Fabius Quintilianus）——也曾将种种修辞格与比喻区分开来。

是一个故意的错误，是偏离文若其义的字面意义，游离开了它的正当场所。所以，比喻是一种歪曲篡改，因为每一个比喻（像每一个防御一样，防御同样是一种歪曲篡改）必然是一个解释，同样也是一种误解”[①]。布鲁姆六重比喻中的前四个来自维柯（Vico）和伯克。伯克的修辞学理论已不再将修辞只简单地看作是一种语言技巧或句式选择，抑或是修辞格使用，它与人类认知世界的活动与模式紧密相关，这样的认识与20世纪中后期，人们对语言本质的体认转变不无关系：“语言不仅导致行动，而且构建我们的现实”，“人一旦运用语言，就不可避免地进入修辞环境”。[②] 这种将修辞上升到哲学高度的修辞学理论无疑对布鲁姆启发极大。维柯最先将比喻归结为四种：讽喻、转喻、隐喻和提喻。在后来的《诗歌与压抑》一书中，布鲁姆再次提到维柯在修辞分类上的影响，认为维柯奠定了修辞哲学的基础，超越了所有古代和现代的理论家，其观点被伯克所继承，即“视比喻为反抗”[③]。他指出“伯克把讽喻与辩证法、转喻与还原、隐喻与透视、提喻与表现都联结起来了”[④]。在此基础上，布鲁姆又增加了夸张与代喻两种比喻，并且引入了依撒格·卢利亚（Isaac Luria）的创造辩证法。在《误读图示》一书的导论中，布鲁姆勾勒了卢利亚的创造辩证法是如何置换成限制、替换、表现三合一的轮廓的。“与卢利亚的‘收缩’最接近的美学对应词是‘限制’，这里说有些形象与其说是在复原或者表征意义，不如说是在限制意义。各种容器的分崩离析就像美学的分崩离析和某一形式取代另一形式一样，从形象上看，是一个替代过程。Tikkun，即卢利亚的‘复

① ［美］哈罗德·布鲁姆著，朱立元、陈克明译：《误读图示》，天津人民出版社，2008年，第93页。

② 张宗正：《理论修辞学：宏观视野下的大修辞学》，中国社会科学出版社，2004年，第61页。

③ See Harold Bloom. *Poetry and Repression*: *Revisionism from Blake to Stevens*. New Haven and London: Yale University Press, 1976, p. 8.

④ ［美］哈罗德·布鲁姆著，朱立元、陈克明译：《误读图示》，天津人民出版社，2008年，第94页。

原'，几乎已是表现自身的一个同义词了。"① 将讽喻、转喻和隐喻系列看作是限制的比喻，而提喻、夸张和代喻系列则属于表现的比喻。这六重比喻针对的是布鲁姆"六种对影响的解释，是六种阅读——误读诗歌内在关系的途径，它意味着阅读一首诗的六种方式，意味着想要同时把修辞学的、心理学的、意象主义的和历史的解释，结合成一个完整解释的单一图式，虽然这是有意还原到一种互相人际游戏的历史主义"②。但是，因为其修正论的六个比喻或比率并非只是比喻，也是一种心理防御，所以，其所称的"影响"乃是"一种对诗本身的比喻表达；不是作为产品与来源的关系，或效果与原因的关系，而是作为后来的诗人同前驱者的更重大的关系，或者是读者与文本、诗歌与想象、想象与我们生活整体的关系"③。

以伯克修辞学为基础，布鲁姆将比喻分为限制的和表现的两种。与此相适应，布鲁姆同样需要在两种心理防御间做出区分，但在这一点上弗洛伊德没有提供任何理论基础。在这里，布鲁姆再次求助于卢利亚的创造辩证法："各种心理防御都投入这两个系列中去了，限制的防御是：反应形成，然后是消除、孤立、复归三合一，最后是升华。表现的防御是：首先是转向反对自我的两重唱，接着是压抑，最后是内射与投射的两重唱。"④ 这六重防御来自安娜·弗洛伊德（Anna Freud）——弗洛伊德之女——所总结的弗洛伊德的十种防御。布鲁姆对安娜·弗洛伊德的总结，准确地说是对弗洛伊德的防御理论进行了创造性的修正。"她的消除、孤立和复归三者，在性质上密切相关，她的投射与内射一对，

① ［美］哈罗德·布鲁姆著，朱立元、陈克明译：《误读图示》，天津人民出版社，2008 年，第 3 页。

② ［美］哈罗德·布鲁姆著，朱立元、陈克明译：《误读图示》，天津人民出版社，2008 年，第 70 页。

③ ［美］哈罗德·布鲁姆著，朱立元、陈克明译：《误读图示》，天津人民出版社，2008 年，第 70—71 页。

④ ［美］哈罗德·布鲁姆著，朱立元、陈克明译：《误读图示》，天津人民出版社，2008 年，第 87 页。

几近对立、不易结合；而她的转向反对自我和颠倒为对立面这个对子，则相当难于区分。正因为这一点，我要求我的读者浏览我前面的误解图示。”[①] 布鲁姆的这一修正绝非只为了对应他的六种修正比率或六重比喻，更重要的是强调在限制、替换、表现的影响过程中，诗人心理因素在其中起到的重要作用。正如布鲁姆指出的那样，“诗人作为诗人而出名，只有通过一种绝然的矛盾对立，即包容/排除、否定/肯定，这种矛盾对立通过诸心理防御力量表现为内射/投射”[②]。

有鉴于此，我们可以说，布鲁姆的诗学误读理论创造性地运用修辞学理论和心理学理论，其目的就在于将诗人之间体现在文本想象力上的语言结构与心理冲动纳入其对整个文学历史的考察。文学的历史就是文学阅读的历史，准确地说是文学误读的历史，在这一过程中，诗人的强力意志、阅读或创作动机，即其内在心灵，在文学的影响（修正）过程中起到的是核心性作用，是它左右着文学发展的历史。从这一意义上说，彼得·德·波拉（Peter De Bolla）将布鲁姆的诗学理论称为“历史修辞诗学”也许不无道理，虽然布鲁姆本人后来极力否认这一点。

应该说，布鲁姆最有创建性的诗的误读理论在《影响的焦虑》和《误读图示》中已经建构完成。被称为“误读诗学四部曲”的另两部是《卡巴拉与批评》与《诗歌与压抑》。前者是布鲁姆诗的误读理论的卡巴拉对应解读（或卡巴拉宗教的误读批评）；后者则是布鲁姆将其诗的误读理论运用于浪漫主义诗歌研究的力作，在一定程度上可以看作是《误读图示》第三部分的补充或扩展。

布鲁姆的误读理论问世后，人们对其褒贬不一，争论很大。美国批评家里德·怀特摩尔（Reed Whittemore）指出，布氏的误读理论“应是最近三百年来文学理论批评中最有争议、最值得讨论的课题之一”。

---

① ［美］哈罗德·布鲁姆著，朱立元、陈克明译：《误读图示》，天津人民出版社，2008年，第92页。

② ［美］哈罗德·布鲁姆著，朱立元、陈克明译：《误读图示》，天津人民出版社，2008年，第120页。

而在众多批评家中，赛义德（E. D. Said）透视了布鲁姆误读理论的本质："布鲁姆观点的核心是，每一首诗都是一种批评行为的结果，通过这种批评行为，另一首较早的诗就被有意地误读了，从而也被重写了，那么，由此亦可推论，布鲁姆对他所读之诗的感觉就是强烈的反抗、格斗，不断地体验，积极地感受。"布鲁姆的理论是一种内在性的诗学研究，对主体性的强调意味着布鲁姆对创造更新的重视，对传统的文学研究而言，这无疑会形成一种新的眼光与视野，但"全面地看，布鲁姆的理论也有片面性，一是忽视了影响关系的另一方面——继承；二是把'误读'绝对化反而导致了某种相对主义倾向，取消了影响关系中的客观标准与价值尺度"①。

但值得一提的是，在《误读图示》一书中，布鲁姆将爱默生（Emerson）置于美国诗人的中心，实际是置于美国文化的中心，集中讨论了他与后继者之间的关系。在布鲁姆看来，爱默生与后起的美国诗人们的关系，"同弥尔顿与他之后的英国诗人们的关系正相类似"②。有人说，在《误读图示》的结尾，布鲁姆"又转向了与德里达的对话，以平衡他的爱默生浪漫主义权威"③。实际上，布鲁姆不是在用德里达平衡爱默生，恰恰相反，他是在用爱默生平衡德里达。于是我们看到，在布鲁姆浪漫主义研究之后的理论建构中，基于个体的（非尼采意义上的）强力意志代替了浪漫主义的想象力崇高。一种美国式的崇高应运而生，它有别于英国或欧陆模式，因为它强调的是对自我之内的非连续性的接受与肯定。④ 所谓的"非连续性"即是自爱默生始，为构建属于本民族文学传统而有意切断或刻意忽视与外来影响之间关系的美国特质。当美

---

① ［美］哈罗德·布鲁姆著，朱立元、陈克明译：《误读图示》译者前言，天津人民出版社，2008年，第5—6页。

② ［美］哈罗德·布鲁姆著，朱立元、陈克明译：《误读图示》，天津人民出版社，2008年，第4页。

③ Frank Lentricchia. *After the New Criticism*. London：Methuen，1983，p. 334.

④ Harold Bloom. *Poetry and Repression*：*Revisionism from Blake to Stevens*. New Haven and London：Yale University Press，1976，p. 255.

国学术沉浸于欧陆理论的迷雾时，布鲁姆试图以爱默生为中心构建属于美国人自己的文学理论传统。无论这样的努力最终结果如何，这种努力本身就是意义所在，至少它标示了布鲁姆作为一位文学批评家，而不是批评匠人的价值。我们很难想象一个没有民族精神根基的批评家，能在本国批评史上留下浓墨重彩的一笔。

《西方正典》（1994）

进入20世纪90年代后，布鲁姆逆时代风潮而动，以西方文学经典捍卫者的形象屹立于批评界。在他看来，当前流行的所谓文化研究，只会使西方经典走向末路，而文学绝不是任何意识形态可以洞穿的，只有审美的力量才能透入经典。因此，在他那里，一切持文化批评观念者皆被冠以“憎恨学派”之名。如果我们还认为文学的本质是审美，如果我们还认为文学有其独立的价值，那么，应该说布鲁姆的坚守就是有意义的，特别是在这样一个“后理论”时代。1994年出版的《西方正典》一书，是布鲁姆经典捍卫方面的代表作。在这本书中，布鲁姆以莎士比亚为中心，以但丁（Dante）为次中心，构建起一个复杂的西方文学经典谱系。

早在《影响的焦虑：一种诗歌理论》一书中布鲁姆就已经指出审美是完全的个人行为，与社会性的诉求无关，并认为文学批评作为一门艺术，终归是一种美学现象。在《西方正典》中，他更旗帜鲜明地指出：“只有审美的力量才能透入经典，而这力量又主要是一种混合力：娴熟的形象语言、原创性、认知能力、知识以及丰富的词汇。”[①] 正是从这种批评思想出发，布鲁姆认为，只有那些经得住纯粹审美考验的作品才有可能成为经典。在此基础上，布鲁姆提出了“影响的焦虑”这一重要

① ［美］哈罗德·布鲁姆著，江宁康译：《西方正典》，译林出版社，2005年，第20页。

观点。在面对前辈大师时，我们难免因折服于他们的伟大而无法自拔，最终只能生存在前辈的阴影之中。对这一点的充分认知，以及由此产生的希望摆脱这种影响的强烈愿望，被布鲁姆称为影响的焦虑。一个作家要使自己的作品跻身经典行列，就必须以自己的原创性来克服或否定这种影响的焦虑。由此就引出了布鲁姆的另一个关键词：陌生性。所谓陌生性指一种无法习得的审美原创性。在他看来，西方文学经典的历史就是从陌生性到陌生性的历史。直到2010年，在写作《影响的解剖》时，布鲁姆仍对文学经典的陌生性推崇备至，在他看来，陌生性本身就是文学作品崇高的体现。"对于一位强力作者来说，陌生性就是影响的焦虑。崇高和高级文学不可避免的前提就是竞比……崇高传达想象的强力和软弱，它使我们超越自身，唤起一种神秘的认知，即一个人从来不是其作品和他自身的唯一作者。"①

在《西方正典》一书中，布鲁姆共选了二十六位作家，他之所以认为这些作家和他们的作品是经典，就在于这些作品具备的"陌生性"(strangeness)，"这是一种无法同化的原创性，或是一种我们完全认同而不再视为异端的原创性"②，而一切强有力的文学原创性都具有经典性。但布鲁姆同时认为，经典的陌生性并不是靠大胆的创新带来的冲击力而存在的，这种陌生性是与前辈经典竞争并最终取得胜利的一种原创性魅力。所以，经典的形成既不是由批评家也不是由学术界，更不是由政治家来决定的，只有作家自己能决定，因为是他们自己把最出色的前辈和最重要的后来者联系了起来，实现了那种可使他们成为经典的原创性。

文学经典是一个事实的存在，布鲁姆缘何要重建这样一个事实的存在呢？这与他对西方学界的悲观看法有关，他认为如今的学界是"万物

---

① Harold Bloom. *The Anatomy of Influence: Literature as a Way of Life*. New Haven and London: Yale University Press, 2011, p. 20.

② [美] 哈罗德·布鲁姆著，江宁康译：《西方正典》，译林出版社，2005年，第2页。

破碎、中心消解，仅有杂乱无章在持续地蔓延”[①]。正是出于这样的认知，布鲁姆希图为西方文学找到一个中心，并依此重建西方经典的文学史。

布鲁姆发现在他“周围全是些哗众取宠的教授，充满着法德理论的克隆，各种有关性倾向和社会性别的意识形态，以及无休止的文化多元主义”，“文学研究的巴尔干化已经是不可逆转的了。所有对文学作品审美价值持敌意者不会走开，他们会培养出一批体制性的憎恨者”。[②] 所以，作为体制性的浪漫主义者，布鲁姆要为那些真正的阅读者写一本关于文学经典的书，“这些读者既不是为轻松愉快而读书，也不是为了消除社会的罪孽而读书，而是为了扩展其孤独的生存而读书”[③]。这些人是这位体制性浪漫主义者的同盟者，与他一起坚守着文学（文化）精英主义的堡垒。而那些体制性的憎恨者，正在试图颠覆文学经典（通过文学的非文学化，如前所述），这种颠覆经典的企图虽然最终不会消灭经典，却完全可能使经典走向边缘。在布鲁姆看来，这将是十分可怕的，因为没有经典，我们将失去自我认知的能力，也会失去思考的可能，因为“认知不能离开记忆而进行，经典是真正的记忆艺术，是文化思考的真正基础”[④]。是的，经典无疑承载着历史的、集体的、个人的记忆，而且记忆更能使我们震撼并促使我们思考，因为文学的记忆更多作用于人的心灵。所以“没有经典，我们会停止思考”[⑤]，停止一种深层的对人之本质存在的思考。在这里，布鲁姆向我们提供了一种在这个缺乏思考的年代进行个人思考的可能。其实，经典并没有真正退场，它只是被边缘化了，回到了它原本应该存在的位置。布鲁姆也许太过悲观了！

维柯在《新科学》中提出了神权、贵族和民主三个历史阶段循环的

---

① ［美］哈罗德·布鲁姆著，江宁康译：《西方正典》，译林出版社，2005年，第1页。
② ［美］哈罗德·布鲁姆著，江宁康译：《西方正典》，译林出版社，2005年，第409页。
③ ［美］哈罗德·布鲁姆著，江宁康译：《西方正典》，译林出版社，2005年，第409页。
④ ［美］哈罗德·布鲁姆著，江宁康译：《西方正典》，译林出版社，2005年，第25页。
⑤ ［美］哈罗德·布鲁姆著，江宁康译：《西方正典》，译林出版社，2005年，第29页。

理论。维柯的这一学说来自埃及人。[①] 布鲁姆借鉴了维柯的这一理论来结构自己的《西方正典》。但他略去了神权时代，加入了一个混乱时代，以此来指称 20 世纪。在布鲁姆看来，“我们这个时代虽然号称继续处于民主时代，称其为混乱时代却实在恰当不过”[②]。

布鲁姆关于西方经典的历史叙述始于但丁终于贝克特（Beckett）。在这期间，出现了为数众多的伟大作家，但布鲁姆只选择了其中的二十六位作为其建构经典谱系的基础。贵族时代：但丁、乔叟、莎士比亚、塞万提斯（Cervantes）、蒙田（Montaigne）、莫里哀（Molière）、弥尔顿、塞缪尔·约翰逊博士（Samuel Johnson）、歌德（Goethe）；民主时代：华兹华斯（Wordsworth）、简·奥斯丁（Jane Austen）、沃尔特·惠特曼（Walt Whitman）、艾米莉·狄金森（Emily Dickinson）、狄更斯（Dickens）、乔治·艾略特（George Eliot）、托尔斯泰（Толстой）、易卜生（Ibsen）；混乱时代：弗洛伊德、普鲁斯特（Proust）、乔伊斯（Joyce）、伍尔芙（Woolf）、卡夫卡（Kafka）、博尔赫斯（Borges）、聂鲁达（Neruda）、佩索阿（Pessoa）、贝克特。布鲁姆之所以选择这些作家，首先是因为他认为他们具有成为经典的崇高性，其次因为他们是代表各个民族之经典的人物。

但是，这并不意味着布鲁姆对其他的优秀作家视而不见，在《西方正典》一书的结尾，布鲁姆开列了一个长长的经典书目。2002 年，布鲁姆出版《天才：创造性心灵的一百位典范》一书，书中对一百位文学

---

① 参见维柯著，朱光潜译《新科学》（上册），商务印书馆，1979 年，第 28 页：“埃及人把世界从开始到他们的那个时代所经历的时间分为三个时代：（1）神的时代，其中诸异教民族相信他们在神的政权统治下过生活，神通过预兆和神谕来向他们指挥一切，预兆和神谕是世俗史中最古老的制度；（2）英雄时代，其时英雄们到处都在贵族政体下统治着，因为他们自以为比平民具有某种自然的优越性；（3）人的时代，其时一切人都承认自己在人性上是平等的，因此首次建立了一种民众（或民主）的政体，后来又建立了君主专政政体，这两种都是人道政权的不同形式。”

② ［美］哈罗德·布鲁姆著，江宁康译：《西方正典》，译林出版社，2005 年，第 2 页。事实上，詹姆斯·乔伊斯更早时候就借鉴了维柯历史循环理论，将人类历史分为四个阶段：神的时代、英雄时代、人的时代和混乱时代，并且用这个四阶段说来建构他的小说《为芬尼根守灵》。

天才进行了剖析。在布鲁姆看来，只有那些创造了人类心灵者，才可以称得上天才；我们需要天才，因为他们都具有一些共同的特性，即独立、自主的创新精神，而“思考、精神和创造的鲜明个性依赖于原创、无畏和自强”①。

布鲁姆将莎士比亚置于这个经典谱系的中心，并认为考察前人或后辈是否为经典作家都需以莎士比亚为标准，因为他在认知的敏锐、语言的活力和创造的才情上，与但丁一样超越了所有西方作者。这三种禀赋汇合成他的一种本体性激情，即一种欣喜的能力。这使得他毋庸置疑地成为经典。而莎士比亚的非功利性使他的作品具有了一种伟大的超越性、包容性和普遍性。正是在这个意义上，莎士比亚是无可超越的，他将成为一切试图与之比肩者和试图对他进行阐释者不可逾越的障碍：“不管你是谁和身在何处，他总是在观念上和意象上超过你。他使你显得不合时宜，因为他包含你，而你却无法包括他。”②

布鲁姆把但丁看作是经典系列中仅次于莎士比亚的次中心。布鲁姆认为但丁是以原创性、创新性和丰富奇特的想象直逼莎士比亚的唯一诗人，而但丁作品的陌生性和崇高性则是除莎士比亚外无人能与之相比的独特品质。

在考察其他作家时，布鲁姆时时拿他们与作为经典中心的莎士比亚进行比较，以此来断定他们为什么会成为经典，他们的哪些作品才能算作经典，并对一些作家作品进行比较。这使我们不时发现独特而新奇的光焰，并挑战着我们以往对这些作家作品的认知。就这样，以莎士比亚和但丁为经典的中心与次中心，布鲁姆建构起一套全新的西方文学经典谱系——不是将他所认为的经典作家作品简单地串联在一起，而是形成了一个复杂却绝不杂乱的文学经典网络。

---

① Harold Bloom. *Genius*: *A Mosaic of One Hundred Exemplary Creative Minds*. New York: Warner Books, 2002, p. 8.

② ［美］哈罗德·布鲁姆著，江宁康译：《西方正典》，译林出版社，2005年，第17页。

纵观布鲁姆对经典的认知及其对西方经典谱系的建构，我们不难看出，布鲁姆认为只有那些具有原创性的作品才可能成为经典，并进入经典的行列，“一部文学作品能够赢得经典地位的原创性标志是某种陌生性，这种特性要么不可能完全被我们同化，要么有可能成为一种既定的习性而使我们熟视无睹”[①]。这就意味着，一部文学作品之所以能成为经典，是因为在它身上有一种无法同化的原创性，而这种原创性则体现为陌生性，这种陌生性是相对整个文学影响的历史而言的。同时，这种陌生性不是随意或偶然获得的，它是一部文学作品通过与历代经典，特别是与前辈经典竞争并取得胜利而具有的一种魅力：“任何一部要与传统做必胜的竞赛并加入经典的作品首先应该具有原创魅力。”[②] 从主体的创作过程来看，经典之原创性的获得有赖于对“影响的焦虑”的克服，甚至任何经典文本就是“影响的焦虑”本身，一部文学作品超越或试图超越传统的重压，必然对读者的阅读经验造成冲击，即形成一种陌生感，即文学经典的陌生性；从美学角度来考量，经典文学作品在风格上则表现为“崇高性”，“作为一种文学观念，崇高在原初意义上指一种‘伟大’的风格，这是一种语言的力量，被认为会引起对抗的伟大事物或强力，即与所有可能的对抗者相对立的东西”[③]；从文学作品的影响力来看，经典之作无疑具有一种普遍性的力量，即可以穿越时空的阻隔，跨越文化差异的壁垒。布鲁姆赞同安东尼奥·加西亚-贝里欧（Antonio Garcia-Berrio）的意见，认为“普遍性是诗歌价值的基本特质”，但他认为，在西方文学历史上，只有莎士比亚、但丁和塞万提斯，也许还有列夫·托尔斯泰等人具有这一特质；甚至但丁、列夫·托尔斯泰等人也因为某些原因并不具备“完全的普遍性”，只有莎士比亚和《堂吉

① ［美］哈罗德·布鲁姆著，江宁康译：《西方正典》，译林出版社，2005年，第3页。

② ［美］哈罗德·布鲁姆著，江宁康译：《西方正典》，译林出版社，2005年，第5页。

③ Harold Bloom. *Agon: Towards a Theory of Revisionism*. New York and Oxford: Oxford University Press, 1982, p. 101.

诃德》对更广大的读者而言仍是经典的中心。① 由是观之，原创性、陌生性、竞比性、焦虑性、崇高性和普遍性等是布鲁姆对经典特性诸方面的界定，但他不是要将这些特性进行简单的并置，而是注意到其中的层级性，并且强调经典特征各个方面的相互交织、互为表现，诚如有论者指出的那样："对布鲁姆来说，经典包括那些能够唤起我们敬畏之情和惊奇之感的、具有独一无二的美妙之处和恒久陌生性的伟大文学作品。正如经典始自于宗教正典，布鲁姆也将经典问题引向源头，根据他的论述，在与灵魂的黑暗区域的战斗中，在抵抗异端和异教徒的战斗中，西方文学经典是孤独的黑夜守护者。"②

在布鲁姆的经典谱系建构中，莎士比亚无可争议地成为中心。布鲁姆的理由可以概括为两个方面：其一是在整个西方文学经典谱系中，莎士比亚的普遍性与特殊性决定了他的无可超越性；其二，莎士比亚通过其作品创造的人性深深地影响了我们，在一定程度上可以说是莎士比亚创造了人性，是莎士比亚创造了我们。

从经典的谱系角度来看，布鲁姆认为，莎士比亚在创造出福斯塔夫这一形象之后，就真正地超越了马洛，并确立了他的经典性，但这一形象也使"莎士比亚背负了惟一真正的文学欠债"，但"他有所负欠的既不是马洛也不是中世纪道德剧的'恶行'，更不是古代喜剧中好吹嘘的士兵模式，而是莎氏最真实也最有内在关联的先辈《坎特伯雷故事集》的作者乔叟的模式"③。在布鲁姆看来，福斯塔夫与《坎特伯雷故事集》中的巴思妇有着"微妙而生动的联系"④。正是在乔叟的启发下，莎士比亚在"证实多变的心理上超越了所有人"，"他不仅胜过所有对手而且

---

① ［美］哈罗德·布鲁姆著，江宁康译：《西方正典》，译林出版社，2005年，第55页。

② Philip Rice，Patricia Waugh（eds.）. *Modern Literary Theory*：*A Reader*. Fourth Edition. London：Arnold，2001，p. 400.

③ ［美］哈罗德·布鲁姆著，江宁康译：《西方正典》，译林出版社，2005年，第34页。

④ ［美］哈罗德·布鲁姆著，江宁康译：《西方正典》，译林出版社，2005年，第34页。

在自我倾听基础上开创了对自我变化的描写”。[①] 布鲁姆认为，从这一刻起，文学的功能增加了，在原来想象性写作（也就是如何对他人言说）的基础上，“加上了如今占据主导或许也更沉郁的诗艺训诫：如何对自我言说”[②]。就这样，莎士比亚设立了文学的标准和限度。写作的自我言说之功能的加入，使写作真正具有了探究内心深邃世界的可能。这不能不说，是布鲁姆对莎士比亚也是对文学写作的一大创造性发现。

莎士比亚有一个难以发现的神秘，这种神秘源于其具有的“自然本身的那种恢宏，这一恢宏又让他领受了自然的淡漠”[③]。但这恢宏中没有什么关键之处是与文化和性别有关联的。有鉴于此，布鲁姆深恶服膺于以某种意识形态阅读莎士比亚的方式。在布鲁姆看来，莎士比亚之所以位居经典之核心的秘密，在一定程度上，正是由其非功利性决定的。而莎士比亚不仅不是某种意识形态的代言者、表现者，甚至也不是莎士比亚本人自我声音的发出者。从他的每一部作品中，我们只能看到形象，看到某种精神，却看不出任何莎士比亚自身的形象，听不到任何属于他自己的声音。任何道德、宗教等带有意识形态因素的解读，都只会损害莎士比亚的伟大。布鲁姆认为，只有那些经得住纯粹审美考验的作品才有可能成为经典，这是西方文学经典之所以成立的一个重要因素。事实也的确如此，任何为某种意识形态服务或哪怕是受其牵扯的作家，其作品都不可能穿越时空，获得恒久的生命力。正如布鲁姆所指出的那样，使莎剧直抵经典中心的是一种普遍适用的表现方式。莎士比亚的非功利性使他的作品具有了一种伟大的超越性、包容性和普遍性，“莎士比亚作品中一个普遍的基本特质是多元文化性，它在所有语言中能被普遍地感觉到，所以也就在全球实际上构建了一种文化多元主义……莎士比亚是一种世界经典雏形的中心，而不是仅仅属于西方或东方，更别提

① ［美］哈罗德·布鲁姆著，江宁康译：《西方正典》，译林出版社，2005 年，第 35 页。
② ［美］哈罗德·布鲁姆著，江宁康译：《西方正典》，译林出版社，2005 年，第 36 页。
③ ［美］哈罗德·布鲁姆著，江宁康译：《西方正典》，译林出版社，2005 年，第 38 页。

欧洲中心论了”[1]。

莎士比亚的经典性还体现在其作品中形而上与形而下全方位的探寻。从现实的角度来看，莎士比亚与很多其他的伟大作家不同，他更让我们感到熟悉。“如果你与《神曲》保持一定距离，该诗的陌生性会令你吃惊，但莎剧似乎能让人马上就感到熟悉，而且剧情意蕴丰富，令人难以一下子悟透。”[2] 与此同时，莎剧又无处不表现出对命运、人生本质和死亡等问题的形而上的观照。《麦克白》也好，《哈姆莱特》[3] 也好，抑或其他莎剧也罢，都既有对现实的观照，也有对形而上问题的叩问。

正是基于以上原因，布鲁姆认为莎士比亚必然是西方经典的中心，他是无可超越的，他将成为一切试图与之比肩者和试图对他进行阐释者不可逾越的障碍：“不管你是谁和身在何处，他总是在观念上和意象上超过你。他使你显得不合时宜，因为他包含你，而你却无法包括他。”[4]

从经典谱系的角度来看，布鲁姆关于莎士比亚的研究，可谓独树一帜。其独特性主要体现在如下几个方面。首先，在“影响的焦虑”理论的观照下，莎士比亚不再是一个简单的文学存在，而是一个在文学史上有着特殊意义的经典中心。布鲁姆以莎士比亚为坐标中心，构建起了属于布鲁姆的西方经典谱系。这个谱系并不是以历史时间为线，简单地将他所认为的经典作家作品串联在一起，而是形成了一个复杂但却绝不杂乱的文学经典网络。在考察其他作家时，布鲁姆不时拿他们与经典的中心——莎士比亚进行比较，以此来断定他们为什么会成为经典，他们哪些作品才能算作经典。“西方文学的伟大以莎士比亚为中心，他已经成为所有作家的试金石，不论他们是前辈还是后继者，是戏剧家、抒情诗

① ［美］哈罗德·布鲁姆著，江宁康译：《西方正典》，译林出版社，2005年，第45—46页。
② ［美］哈罗德·布鲁姆著，江宁康译：《西方正典》，译林出版社，2005年，第47页。
③ 除个别引文外，本书中的Hamlet统一使用“哈姆莱特”这一译名。
④ ［美］哈罗德·布鲁姆著，江宁康译：《西方正典》，译林出版社，2005年，第17页。

人还是说故事者。”[①] 这些比较使他们不时地发出独特而新奇的光焰，挑战着我们以往对这些作家作品的认知。在这个比较的过程中，莎士比亚的光辉也不断地被显现出来。

其次，将莎士比亚还原为一种真正的美学存在。布鲁姆坚持认为应该排除一切从社会文化学角度对经典进行解读的方式，而应该坚持审美化的阅读与阐释，使文学真正回归属于文学的领地。他非常反对将莎士比亚政治化、道德化、意识形态化，甚至将女性主义批评、新马克思主义批评、新历史批评、解构主义批评，以及艾略特代表的新基督教式批评等称之为“憎恨学派”。在布鲁姆看来，试图坚持莎士比亚的经典地位，那就要坚持对莎士比亚的审美式阅读与批评，而非将其意识形态化。从根本上讲，莎士比亚是一种美学存在。“实际上，莎士比亚的美学优越制约我们的文学评判标准。我们体制的痼疾是逃避或者压抑美学。4个世纪以来，莎士比亚的美学优越已经得到全球的认可，这完全是因为他那超然的美学权力对任何一个意识形态来说都是一种耻辱。目前的厌恶学派认为，所谓的美学价值来自阶级斗争，这条原则太笼统，无法完全驳斥。逃避美学的结果是把美学变成意识形态或者形而上学，人们再也不能把一首诗当成诗歌来读，因为它首先是社会文件。对于这种方法，我坚决抵制，敦促尽可能全面地、纯洁地保护诗歌。我个人坚信，个人和自我是理解美学价值的唯一方法和全部标准。”[②]

再次，对作品深刻的洞察是支撑布鲁姆之莎士比亚研究的基石。在研究莎士比亚时，布鲁姆绝不仅仅依靠其理论上的优势，还主要靠对作品的深入体悟与研读。事实上，他的“影响的焦虑”理论，以及浪漫主义批评、宗教批评、经典捍卫批评等都是以文学文本为出发点的。当然我们不能奢望每个人在讨论布鲁姆的莎士比亚研究时都赞同布鲁姆的价值观念，但任何人都无法对布鲁姆的文本洞察力视而不见。确实如此，

---

① ［美］哈罗德·布鲁姆著，江宁康译：《西方正典》，译林出版社，2005年，第414页。

② 张龙海：《哈罗德·布鲁姆教授访谈录》，《外国文学》，2004年第4期。

布鲁姆对作品的洞察力是其一切洞察力的基础。

更为重要的是，从精神意识的角度来看，布鲁姆认为莎士比亚创造了人性，同样也就创造了我们每一个人。布鲁姆为了进一步解释这一点，甚至专门写作了《莎士比亚：人的创造》一书。在此书的“致读者”中，布鲁姆说：“莎士比亚将继续解释我们，部分因为是他创造了我们，这是此书要讨论的核心内容。”[①] 布鲁姆认为莎士比亚为我们创造了如此丰富的人物形象，“约翰逊博士最先发现并道出了莎士比亚的伟大之处就在于其塑造了丰富的人，创造了诸多各异的人之本质”[②]，而这些形象在一定程度上就是我们的祖先。当然也可以说是这些形象创造了我们。在布鲁姆看来，莎士比亚自塑造了私生子福康勃立琪之后，还塑造了众多具有原创性的人物，而这些人物之所以具有原创性则在于他们的人性——“经过莎士比亚强化后的人性简直变成了莎士比亚的再创造”。这也就意味着，人性被莎士比亚再创造了，而我们每一个人都是莎士比亚再创造之后的人性的注释。这些原创性人物之所以成为我们的祖先，部分原因还在于这些人物是我们语言的创造者：“莎士比亚首先是一名‘语言创造者’……其实，把福斯塔夫、哈姆雷特以及伊阿古看作语言的创造者，也许更接近实际情况。而莎士比亚则通过创造上述几位人物而创造了我们。”[③]

布鲁姆认为莎士比亚通过创造那些原创性人物，张扬了一种自由反思的内省意识。“莎士比亚独特的力量在于，他的悲剧主人公，不管是正角还是反角，都消解了戏剧与自然之间的界限……哈姆莱特心灵上每时每刻都在上演一出戏中戏，因为他比莎剧中任何其他人物都更是一位

① Harold Bloom. *Shakespeare: The Invention of the Human*. New York: Riverhead Books, 1998, p. xviii.

② Harold Bloom. *Shakespeare: The Invention of the Human*. New York: Riverhead Books, 1998, p. 1.

③ [美] 哈罗德·布鲁姆著，徐文博译：《影响的焦虑》(增订版) 再版前言，江苏教育出版社，2006年，第19页。

自由的自我艺术家。他的得意与痛苦同样植根于对自我形象的不断沉思之中。莎士比亚成为西方经典的中心至少部分是因为哈姆莱特是经典的中心。那种自由反思的内省意识仍是所有西方形象中最精粹的，没有它就没有西方经典，再冒昧点说，没有它也就没有我们。”[①] 在布鲁姆看来，自由反思的内省意识是西方精神最至高无上的核心，而哈姆莱特是这一核心在文学上最充分的体现者；自由反思的途径就是自我倾听，一种完全的自由倾听；莎士比亚人物的自我倾听使这些人物可以脱离剧情而存在，而自我倾听也使这些人物改变自我，并在此基础上通过智力和想象去自我转向。此外，“自我倾听是通往个性化的庄严路途，在莎士比亚之前没有任何作家曾经那么好地创造出这样的奇迹，创造出上百个主要人物和数百个出色的次要人物，这些人物既完全不同又首尾一致”[②]。

莎士比亚创造了我们，还因为他创造了我们的心理，第一个对人进行了心理分析。众所周知，弗洛伊德是精神分析学的奠基者、现代心理学大师，是他最先使我们更加清晰地认识了人的心理世界。但在布鲁姆看来，“弗洛伊德实质上就是散文化了的莎士比亚”，而他对人类心理世界的洞察“是源于他对莎剧并非完全无意识的研读”[③]。这就意味着，不是弗洛伊德发现了我们的心理，而是莎士比亚创造了我们的心理，只是弗洛伊德通过有意的研读发现了莎士比亚的这一创造——“莎士比亚首开心理分析的先河，而弗洛伊德仅仅是编撰整理者”[④]。在弗洛伊德的学说中，我们很难断定哪一种研究是最重要的、最有真知灼见的，但我们却知道，其影响最大也是众所周知的就是他关于“俄狄浦斯情结”的论述。我们也知道，弗洛伊德曾经用这一理论来分析莎士比亚的名剧

---

① [美] 哈罗德·布鲁姆著，江宁康译：《西方正典》，译林出版社，2005 年，第 53 页。

② Harold Bloom. *Shakespeare*: *The Invention of the Human*. New York: Riverhead Books, 1998, p. xvii.

③ [美] 哈罗德·布鲁姆著，江宁康译：《西方正典》，译林出版社，2005 年，第 291 页。

④ [美] 哈罗德·布鲁姆著，江宁康译：《西方正典》，译林出版社，2005 年，第 294 页。

《哈姆莱特》并得出结论，认为哈姆莱特具有恋母情结，这是造成其行为延宕的根本原因。但布鲁姆却说："哈姆莱特未曾有过俄狄浦斯情结，而弗洛伊德显然具有哈姆莱特情结，或许他的精神分析学就是某种莎士比亚情结！"① 文学的一项重要本领就是使我们透视人类隐蔽的心理世界，而特异的或反常的人类情感则是这些隐秘心理的情感化、外在化，对这些情感、行为的表现使文学自身获得了存在的合理性。莎士比亚正是因为透视了人类隐秘的内心世界，使心理分析学大师弗洛伊德成了莎士比亚的注解——是莎士比亚解读了弗洛伊德，而不是相反："近四百年来，哈姆莱特已将爱恨交织的矛盾情感呈现于欧洲及世界观众的面前，而弗洛伊德是几个世纪后才出现。弗洛伊德在解读哈姆莱特方面并未提交出一份合格的答卷；而哈姆莱特却对弗洛伊德的主题做出了最好的阐释，至今无人能及。"②

莎士比亚创造了真正的艺术——记忆的艺术。在布鲁姆看来，没有经典，我们将最终失去自我认知的能力，也会最终失去思考的可能，因为"认知不能离开记忆而进行，经典是真正的记忆艺术，是文化思考的真正基础"③。是的，经典无疑承载着历史的、集体的、个人的记忆，而且记忆更能使我们震撼并促使我们思考，因为文学的记忆更多作用于人的心灵。所以，"没有经典，我们会停止思考"，停止一种深层次的对人之本质存在的思考。那么，作为西方经典核心的莎士比亚无疑在最大程度上创造了这种记忆艺术，因为他创造的人物形象占据了我们的记忆。莎士比亚使我们与死亡——这个人类的终极归途——最大限度地接近，并影响了我们对这一终极归宿的态度。在布鲁姆看来，所有西方文学经典，当然包括莎士比亚在内的全部意义就在于"使人善用自己的孤独，这一孤独的最终形式是一个人和自己死亡的相遇"④。伟大的或经

① ［美］哈罗德·布鲁姆著，江宁康译：《西方正典》，译林出版社，2005年，第295页。
② ［美］哈罗德·布鲁姆著，江宁康译：《西方正典》，译林出版社，2005年，第297页。
③ ［美］哈罗德·布鲁姆著，江宁康译：《西方正典》，译林出版社，2005年，第25页。
④ ［美］哈罗德·布鲁姆著，江宁康译：《西方正典》，译林出版社，2005年，第21页。

典的作品之所以伟大，之所以具有经典性，就在于它不只对此在的、现实的问题进行观照，还有对彼岸的、人类终极存在的探寻，在这个意义上，我们不得不赞同布鲁姆的看法。

总之，布鲁姆眼中的莎士比亚就是神，是创造了历史的神。如果承认莎士比亚创造了历史，那就意味着承认莎士比亚创造了我们。但布鲁姆同时也强调，莎士比亚创造我们，并不是作为公民或基督徒，而是作为一种意识扩展了我们。[①]

从布鲁姆的莎士比亚论中我们不难发现，布鲁姆并没有简单地将莎士比亚看作是一个作家，而是将其看作是人性的创造者和建构者。更为重要的是，莎士比亚还是经典的创造者，我们通过莎士比亚认知自我，并借此认知经典。当然，也不能简单地将莎士比亚的作品等同于一般的经典性作品，而应该将其看作是我们人性创造的记录性文本，“与其说是我们在阅读这些戏剧，不如说是这些戏剧在阅读我们”，“它们对我们的阅读是无限的”，“是它们创造了我们”。[②] 也就是说，莎士比亚通过塑造一系列文学形象创造了我们。因为布鲁姆将这些人物形象看成了一个个活生生的对我们都产生了无限影响的人，尤其是哈姆莱特。所以他说，莎士比亚是我们得以自我认知的唯一可能。

此外，如果承认是莎士比亚创造了我们，那么也就不能对莎士比亚做任何片面的阅读与理解。在布鲁姆看来，莎士比亚对我们的影响实在是太大了，可以说，是一种全方位的、压倒性的影响，因此“把莎士比亚历史化或政治化是徒劳的”[③]，那样只会削弱莎士比亚，只会发现一个虚假的莎士比亚。有鉴于此，布鲁姆反对任何“憎恨学派”的解读，

---

① Harold Bloom. *Shakespeare*: *The Invention of the Human*. New York: Riverhead Books, 1998, p. 10.

② Harold Bloom, *Shakespeare*: *The Invention of the Human*. New York: Riverhead Books, 1998, p. xx.

③ ［美］哈罗德·布鲁姆著，徐文博译：《影响的焦虑》（增订版）再版前言，江苏教育出版社，2006 年，第 9 页。

更反对任何服膺于意识形态的阅读。在他看来，这样的解读和阅读最终只会使莎士比亚失去原创性魅力，使莎士比亚沦为文化观念，甚至是政治观念或意识形态的工具或仆从。

因为看到了莎士比亚对我们的创造，布鲁姆认为莎士比亚是绝对的、无法颠覆的经典。莎士比亚创造了我们，只要我们还存在，他就存在。莎士比亚经典性地位之所以不可颠覆，更重要的原因是莎士比亚艺术的普遍性。这种普遍性又是与社会、历史完全融合了的："莎士比亚普遍性的奇迹在于它并不是超越偶然性就可以获得：那些伟大的人物和他们的戏剧是渗透到社会和历史中去的，同时又不接受任何简化模式，如历史的、社会的、神学的或近来的心理学与道德化的。"①

综上所述，如果我们赞同布鲁姆的看法，那么就意味着承认莎士比亚的能量是无法估量的、无比巨大的。布鲁姆对莎士比亚的这些看法可谓别具一格，对我们理解莎士比亚不无启发，也不无借鉴意义。

首先，布鲁姆的莎士比亚研究对我们正确理解其"影响的焦虑"理论不无启发。事实上，布鲁姆不断强调的影响，既体现在艺术层面，也体现在人性层面。以前我们常常把这种影响放置在文学史层面，更多地看到在文学史上作家与作家之间同时代的或超越时空的竞比关系，反而忽略了文学，特别是莎士比亚这样的经典作家作品，对整个人类，特别是对人性发展与建构的影响。这实际上已经不只是纯粹的文学内部问题，而且是文学与历史、文学与世界、文学与人性的关系问题。正如布鲁姆所指出的那样："人性之形成来自影响——这种影响的覆盖范围远超过任何文学现象。"②

其次，布鲁姆非常清醒地看到了在世俗时代，文学作品，特别是莎士比亚这样的经典作家的作品对人性及人类生活的巨大影响。在西方，

---

① ［美］哈罗德·布鲁姆著，江宁康译：《西方正典》，译林出版社，2005年，第414页。

② ［美］哈罗德·布鲁姆著，徐文博译：《影响的焦虑》（增订版）再版前言，江苏教育出版社，2006年，第4页。

承认“莎士比亚创造了我们”，就等于承认莎士比亚最终超越了《圣经》，“我并没有暗示我们要替换成哈姆莱特崇拜，但哈姆莱特是唯一可以在人性上与他最伟大的先驱们相抗衡的世俗对手。像他们一样，他不仅仅是一个文学形象或戏剧形象，他对世界文化的影响是难以估量的。耶稣之后，哈姆莱特是西方人意识中出现最多的形象，没有人向他祷告，但也没有任何人可以长期回避他。过于熟悉就难于理解，哈姆莱特之谜象征着更大的莎士比亚本人之谜：一种景象即是一切，一个人就是所有人，又不是哪一个人；艺术是无限的，以至包括我们，也将会包括那些后来者”①。这便意味着承认哈姆莱特就是世俗的上帝。这等于强调了文学经典在世俗化的今天所具有的超乎想象的意义，而这个重要意义无论如何被强调都不为过。

不可讳言，布鲁姆关于莎士比亚的这一看法也不无偏颇、不无值得商榷之处。

第一，布鲁姆对莎士比亚的这一看法使布鲁姆反对对莎士比亚进行终极性意义的发掘，因为在他看来那样“你将会一无所得，你将会掉进实用主义的陷阱——把莎士比亚等同于他自己笔下的高级虚无主义者”②。布鲁姆之所以持这样一种观点是非常容易理解的，因为在他看来，既然“是莎士比亚创造了我们”，那么这就意味着莎士比亚对我们的影响是立体的、全方位的，而挖掘其终极意义的做法必然要从不同的方面进行探求，如此，影响的整体性就会同时受到破坏。但如我们大家所知，文学存在的根本理由，就在于它以神秘的、隐喻的方式，与人的某些终极意义相契合。对这个问题的考察是研究文学本体性，或者说文学存在合法性的必然要求，而绝非什么实用主义。

第二，布鲁姆的“是莎士比亚创造了我们”观点使莎士比亚成了一

① Harold Bloom. *Shakespeare: The Invention of the Human*. New York: Riverhead Books, 1998, p. xix.

② ［美］哈罗德·布鲁姆著，徐文博译：《影响的焦虑》（增订版）再版前言，江苏教育出版社，2006 年，第 17 页。

个终极存在，而且这个终极存在又绝不仅限于文学领域，这就使其对莎士比亚的看法带有了明显的绝对化倾向。在布鲁姆看来，一切审视莎士比亚的手段与角度都无法完全窥见莎士比亚的全貌，以至于我们用来审视莎士比亚的工具都是取自莎士比亚的，这就意味着，我们无法运用其他手段了解、审视莎士比亚，除非将其自身作为工具。这在一定程度上也将莎士比亚神秘化了，使其成了一个几乎无从亦无法认知的存在。正如布鲁姆所说，“是莎士比亚创造了我们”。也就是说，他是我们每一个人，或者说，我们每一个人都是莎士比亚的一部分。那么合乎逻辑的推理就是：因为人无法跳出自身之外反观自己，故而人永远无法完全认知自身，当然也就无法全面认知莎士比亚。

第三，既然承认是莎士比亚创造了我们，创造了人的本质属性（而莎士比亚之所以如此，部分是因为他所具有的普遍性——如前所述），那么就应该承认莎士比亚创造或模仿人性是与社会现实紧密相关的。布鲁姆因为坚持对莎士比亚的审美性解读而将任何社会现实因素排除出了莎士比亚研究之外，并引用约翰逊的话来证明自己的观点：莎士比亚就是在模仿人的本质属性，虽然它是普遍存在的，但却不是一个社会现象。正如一些学者所指出的那样：布鲁姆过于强调作者主体心理，忽略了其他诸如社会、文化等因素。[①] 这就使莎士比亚，也使他所创造的人性，成了一种纯粹的，但也是虚幻的存在。

由是观之，布鲁姆的莎士比亚研究已经远远超出了文学研究的范畴，进而上升成了一种关注人性、人性形成史的研究。难怪有学者在写作美国哲学史时也将布鲁姆视作重要的艺术哲学家之一，并进行论述。[②]

---

① 胡宝平：《论哈·布鲁姆“诗学误读”》，《四川外语学院学报》，1999年第3期。

② 涂纪亮：《美国哲学史》（第三卷），社会科学文献出版社，2007年，第320—328页。涂纪亮将哈罗德·布鲁姆视为美国20世纪最重要的艺术哲学家进行论述。

《如何读与为何读》(2000)

面对卷帙浩繁的文学经典，也许阅读的对象是容易找到的，但在一个视觉盛宴冲击每个人眼球的浮躁时代，解决为什么读和如何读的问题也许更为重要。布鲁姆 2000 年出版的《如何读与为何读》一书，就是对此的回答。

如其书名所示，《如何读与为何读》[①] 主要论述了"如何读"与"为何读"两个问题。布鲁姆在综合培根（Bacon）、约翰逊、爱默生三家读书之道的基础上，总结出了属于他自己的阅读公式："找到切近我们且能在斟酌权衡时派得上用场的作品，这作品读起来能与我们心性相契，不受时空局限。这在现实里指的就是，先去发现莎士比亚，然后让他来发现你。"[②] 这个公式再清楚不过地向我们表明，布鲁姆不但没有把"如何读"与"为何读"区别对待——如他本人所说的那样："对我而言，怎么读这个问题总会与阅读的动机、用处相关。而我也绝不会把本书主题的'如何读'与'为何读'分开来谈"[③] ——同时也没有与那个隐在的前提，即"读什么"区分开来。在这个意义上，书名中的"how"与"why"前面还应再加上一个"what"，只是这个"what"在《西方正典》一书中已经阐述过了而已。那么阅读什么呢？首先当然要是文学作品，而且"必须选读最上乘之作"[④]。正如歌德所指出的那样：

---

① 此书的中国台湾中译名为《尽得其妙——如何阅读西方正典》，以下引述本书内容，皆出自该译本，但在指称本书时，用《如何读与为何读》这一译名。

② [美] 哈罗德·布鲁姆著，余君伟、傅士珍、李永平、郭强生、苏榕译：《尽得其妙——如何阅读西方正典》，台湾时报文化出版企业股份有限公司，2002 年，第 9 页。

③ [美] 哈罗德·布鲁姆著，余君伟、傅士珍、李永平、郭强生、苏榕译：《尽得其妙——如何阅读西方正典》，台湾时报文化出版企业股份有限公司，2002 年，第 6 页。

④ [美] 哈罗德·布鲁姆著，余君伟、傅士珍、李永平、郭强生、苏榕译：《尽得其妙——如何阅读西方正典》，台湾时报文化出版企业股份有限公司，2002 年，第 29 页。

“靠观赏中等的作品是培养不出鉴赏力的，只有靠观赏最优秀的作品才能培养出鉴赏力……”[1]

布鲁姆给《如何读与为何读》一书的导言加上了一个带有明显“实用主义”意味的标题——读它做什么，我们也不妨将其称之为美国式的标题。事实上，布鲁姆也的确是一个典型的美国批评家。更为重要的是，在布鲁姆批评实践的背后，有一股强大的精神力量存在，影响着他的批评实践与理论创造，那就是所谓的美国精神，布鲁姆将其归结为爱默生精神（爱默生对美国精神的建构无人可及）。所谓爱默生精神即一种“为了求取内在自由，几乎不惜任何代价”的精神。[2] 简言之，布鲁姆批评背后隐藏着深深的爱默生情结，其实质上也就是一种美国精神情结。但需要特别指出的是，在阅读的问题上，布鲁姆秉持的是一种内倾化的实用主义。他的“有用”针对的是个人精神的丰盈，其阅读旨趣的向度是内指的，而非外化的。“我们之所以阅读……是为了锻炼自我，认识自我真正的兴趣……阅读的乐趣的确是为了自己的私利，而不是有益于社会公益。”“文学评论若说还有功能的话，那便是写给这些自了读者看，他们是为了自己而读，而不是为了自身之外的好处而读。”[3] 也许正是出于对个人内在精神的迷恋，布鲁姆将文学经典置于神坛之上，并顶礼膜拜。理查德·罗蒂（Richard Rorty）不无洞见地指出：“对布鲁姆这样的功能主义者来说，文学经典的标准‘规定了一生的阅读范围’，而制定标准的主要目的是告诉年轻人去哪里寻找激情和希望。”[4] 在罗蒂看来，这也正是布鲁姆不同于福柯（们）的地方：“福柯拒绝沉湎于空想不是出于远见和洞察，而是因为他看不到人类获得幸福的希

① ［德］艾克曼著，洪天富译：《歌德谈话录》（全译本），译林出版社，2002 年，第 63 页。

② ［美］哈罗德·布鲁姆著，余君伟、傅士珍、李永平、郭强生、苏榕译：《尽得其妙——如何阅读西方正典》，台湾时报文化出版企业股份有限公司，2002 年，第 297 页。

③ ［美］哈罗德·布鲁姆著，余君伟、傅士珍、李永平、郭强生、苏榕译：《尽得其妙——如何阅读西方正典》，台湾时报文化出版企业股份有限公司，2002 年，第 9—10 页。

④ ［美］理查德·罗蒂著，黄宗英译：《文学经典的启迪价值》，见《筑就我们的国家：20 世纪美国左派思想》附录二，生活·读书·新知三联书店，2006 年，第 100 页。

望，进而也就不把美看成是幸福的前奏。这实在令人遗憾。福柯的追随者努力模仿他。他们看不起布莱克和惠特曼之类的诗人，看不起受这些诗人启发的人……当代美国福柯式的学院左派正是寡头政治梦想中的左派：这个左派只顾揭露现实的本质而无暇讨论还需要通过什么法令才能使未来更加美好。"[①] 事实上，布鲁姆本人也是一个悲观论者、一个虚无论者，与"看不到人类获得幸福的希望"的福柯一样，只是他更希图通过重铸个人的内在精神使想象的力量得到延伸，从而最终使每一个人身上的这种内在力量化合为一股希望之光，照亮人类黑暗的前方之路，使"属灵"世界在光辉中再次显现。这是一种身陷绝境后奋起反抗、面对死亡时执着抗争的勇气。从人的内在世界中获取坚持的力量，使我们无从判定这是一种空想，还是真正的远见和洞察。但无论如何，布鲁姆让我们具有了可能的激情。

然而，要想获得阅读的真正效果，换句话说，意欲通过阅读文学经典实现内在自我的扩展，布鲁姆认为以下五条阅读的原则必须遵守。

首先就是"清除心中杂音"(Clear your mind of cant)。这是布鲁姆从约翰逊博士那里引来的。布鲁姆告诉我们，字典里的"cant"这个字"指的是八股教条，尤其是讲到神怪教派会用这个字"。针对当前"学院里'性/别研究'和'多元文化主义'这些怪教正大张旗鼓"，布鲁姆主张不妨将这一阅读原则改为"清除心中的学院杂音"。[②] 布鲁姆一直排斥历史批评，在他看来，伟大的作家不需要什么历史语境，将文学经典束缚于历史的樊篱中，只会使经典失去永恒的美学魅力。也正是出于这一看法，布鲁姆对所谓的"憎恨学派"——女性主义批评、新马克思主义批评、拉康的心理分析、新历史主义批评、解构主义等文化批评——充满憎恨，从不吝惜自己的讽刺之语，极尽挖苦之能事地对其进行批

① [美] 理查德·罗蒂著，黄宗英译：《文学经典的启迪价值》，见《筑就我们的国家：20世纪美国左派思想》附录二，生活·读书·新知三联书店，2006年，第102—103页。

② [美] 哈罗德·布鲁姆著，余君伟、傅士珍、李永平、郭强生、苏榕译：《尽得其妙——如何阅读西方正典》，台湾时报文化出版企业股份有限公司，2002年，第11页。

判。在他看来，“憎恨学派”使诗歌不再是诗歌，而将其变成了社会条件的注脚，“我们这个时代的诗歌已被文化束腹所取代”①。事实上，布鲁姆所谓的“憎恨学派”进行的文化研究在根本上并不与他所坚持的审美批评相悖，双方的基本观念不同、指向不同，对待文学经典的态度也不同，因此，布鲁姆与“憎恨学派”如同站在不同擂台上的对手，无法做到真正的交锋。布鲁姆真正反对的并非文化研究本身，而是反对服膺于政治或意识形态的阅读与批评，因为在他看来，这种阅读与批评往往以单一的目的性消解了文学，特别是诗歌的“华丽丰饶”，也会使原本丰富的创作主体变得简单而乏味。

布鲁姆对惠特曼的解读颇能说明问题：“尽管惠特曼说自己是民主诗人，但他表现最好、最具个人特色时，却是个艰深的诗人，玄奥而精英取向。我们不必怀疑他对他所投射的读者的热爱，但是他的自我描绘常常是角色扮演，一个他透过其间发声吟唱的面具。这里没有单一的真正的惠特曼；这个诗人（相对于这个人本身）常常是自恋犹胜于同性恋的，是‘孤独的歌唱者’远多过被侮辱与被损害者的咏叹者（尽管他也用心于此）。这里并不是说惠特曼是个机巧狡诈的人，而是说他诗里给予的，他对民主前景的看法，有时又会抛诸脑后，他的艺术是个梭子，不断往复穿梭。而他的诗总是丰富多姿；在美国诗人中，只有他和狄金荪展现了这种‘华丽丰饶’，让日后的瓦立斯·史蒂文斯（Wallace Stevens）加以仿效。”②

阅读的第二条原则是“别想借着你所读的书、你怎么读来改进你的邻人或社区”③。在布鲁姆看来，阅读本身只是个体的自我心灵修炼，

---

① ［美］哈罗德·布鲁姆著，余君伟、傅士珍、李永平、郭强生、苏榕译：《尽得其妙——如何阅读西方正典》，台湾时报文化出版企业股份有限公司，2002 年，第 11 页。

② ［美］哈罗德·布鲁姆著，余君伟、傅士珍、李永平、郭强生、苏榕译：《尽得其妙——如何阅读西方正典》，台湾时报文化出版企业股份有限公司，2002 年，第 120 页。

③ ［美］哈罗德·布鲁姆著，余君伟、傅士珍、李永平、郭强生、苏榕译：《尽得其妙——如何阅读西方正典》，台湾时报文化出版企业股份有限公司，2002 年，第 11 页。

阅读从开始到结束，直至最后对阅读效果的检验，都只与个人的内在有关，“阅读是没有伦理可说的”[①]。早在1994年出版的《西方正典》一书中，布鲁姆就曾旗帜鲜明地指出：“莎士比亚或塞万提斯，荷马或但丁，乔叟或拉伯雷，阅读他们作品的真正作用是增进内在自我的成长。深入研读经典不会使人变好或变坏，也不会使公民变得更有用或更有害。心灵的自我对话本质上不是一种社会现实。西方经典的全部意义在于使人善用自己的孤独，这一孤独的最终形式是一个人和自己死亡的相遇。”[②]

但是，这并不意味着布鲁姆本人完全排斥文学的社会功能，文学经典必然有其社会承担的一面。在对小说进行解读时，布鲁姆就向我们表明：“西方文学史上的重要小说难免都会探讨人生之谜，思索人类面临的重大问题。好的读者会让这些谜团和问题在阅读的过程中自然地显露、呈现出来，而不会过度费力去挖掘。”[③] 布鲁姆在易卜生身上就看到了这样的社会关怀，只是在他看来，易卜生的社会关怀“和他对角色性格着墨时的那种着魔般的沉迷比起来，只能说是边缘的点缀”。布鲁姆称这种沉迷为易卜生的“丑罗”性格。[④] 也就是说，易卜生的社会关怀是自然流露出来的，而非其创作的主旨，将易卜生看作是一位社会问题剧作家，不仅有消解其文学成就之嫌，且一定会受到易卜生本人的反对。由此可见，布鲁姆真正反对的，是将文学经典单纯地看作某种社会意识的传声筒，或者将文学看作是阐释某种文化价值、意识形态倾向、政治喜好与社会问题探索的言说对象与手段，这样最终将使文学失去其自身的主体性，进而沦为工具性存在。

---

① [美] 哈罗德·布鲁姆著，余君伟、傅士珍、李永平、郭强生、苏榕译：《尽得其妙——如何阅读西方正典》，台湾时报文化出版企业股份有限公司，2002年，第11页。

② [美] 哈罗德·布鲁姆著，江宁康译：《西方正典》，译林出版社，2005年，第21页。

③ [美] 哈罗德·布鲁姆著，余君伟、傅士珍、李永平、郭强生、苏榕译：《尽得其妙——如何阅读西方正典》，台湾时报文化出版企业股份有限公司，2002年，第325页。

④ [美] 哈罗德·布鲁姆著，余君伟、傅士珍、李永平、郭强生、苏榕译：《尽得其妙——如何阅读西方正典》，台湾时报文化出版企业股份有限公司，2002年，第357页。

布鲁姆总结的第三条阅读原则是“学者是蜡烛，众人的爱与渴望将之点亮”[1]。布鲁姆用自己的个人经历向我们表明，作为阅读者，“你不须担忧你在阅读上的长进是自私的，因为你若成了真正的读者，则你的努力所得到的回响会证明你对别人有所启发”[2]。布鲁姆的这一观点来自他伟大的先驱爱默生：“无疑地：也有一种正确的读书方法，严厉地使书服从读者。‘思想着的人’绝对不要为他的工具所制伏。书籍是供学者消闲的。当他能够直接阅读上帝的时候，那时间太宝贵了，不能够浪费在别人阅读后的抄本上。但是在间歇的黑暗到来的时候——一定有这种时候的——当太阳躲了起来，星群收回它们的亮光的时候——我们走到灯下，灯光继续照耀着我们，领导我们回到东方，黎明在那里。我们听别人发言，为了使我们自己能说话，阿拉伯格言说：‘一棵无花果树，只要看着另一棵无花果树，就结果子了。’

“我们从最好的书里得到的那种愉快的性质，确是值得注意的。这些书给我们的印象，使我们相信这是某一个人以前写的，而现在也就是他在那里阅读，因此作者与读者性情完全相同。”[3]

学者与大众的交汇是需要条件的。在布鲁姆看来，爱默生已经向我们指出，只有那些有力道的作家，才可能在崇尚阅读文学经典的人群中获得位置；社会上并不缺少那些对正典文学研究充满渴望的男男女女，“他们代表的是他们自己，而非什么选民，因为他谈的政治是心灵的政治”[4]。学者与大众的交流是基于心灵的，而非某种政治理念或意识形态。布鲁姆再一次向我们表明，他的精神导师爱默生——在他看来，也

---

① ［美］哈罗德·布鲁姆著，余君伟、傅士珍、李永平、郭强生、苏榕译：《尽得其妙——如何阅读西方正典》，台湾时报文化出版企业股份有限公司，2002年，第11页。

② ［美］哈罗德·布鲁姆著，余君伟、傅士珍、李永平、郭强生、苏榕译：《尽得其妙——如何阅读西方正典》，台湾时报文化出版企业股份有限公司，2002年，第12页。

③ ［美］爱默生著，张爱玲译：《美国的哲人》，载［美］范道伦编选《爱默森文选》（爱默森即爱默生，不同时期译名不同），生活·读书·新知三联书店，1986年，第11页。

④ ［美］哈罗德·布鲁姆著，余君伟、傅士珍、李永平、郭强生、苏榕译：《尽得其妙——如何阅读西方正典》，台湾时报文化出版企业股份有限公司，2002年，第12页。

是美国宗教的创始人——是他从事文学批评的灵感之源，正如他在《影响诗学》一书中所预言的那样："爱默生，而不是马克思或海德格尔，将来某一天必将成为我们的想象性文学和批评的精神指南。"①

综观《如何读与为何读》全书，布鲁姆用自己的批评活动实践着他的这一阅读原则，并且相信，他的烛火一定可以照亮黑暗的间隙。

同样还是从爱默生的演讲稿《美国学者》那里，布鲁姆引出了他的第四个阅读原则："精于阅读必须自创蹊径。"② 爱默生那个著名演讲的主题是呼唤对人之价值的尊重，吁请学者们自由而勇敢地从表象中揭示真实，以鼓舞人、提高人和引导人；号召发扬民族自尊心，反对一味追随外国学说。"思想上的独立"有一个必然的前提，那就是对自我的确信，用爱默生的话说，就是"相信自我"。曾用整整一本书——《误读图示》——来谈"误读"理论的布鲁姆自然认为"阅读的独创蹊径"，或说"创造性的阅读"即是指"误读"。那么如何才能真正做到相信自我，从而实现真正的强力"误读"呢？布鲁姆的良方，说来简单却又如此困难："相信自我不是生来就有的禀赋，而是心智的第二生（the Second Birth），只有靠经年累月的深入阅读才能获取。这套美学没有绝对的标准。"③

或许因为惯性的原因，布鲁姆终究忍不住再次抬出莎士比亚——他的绝对经典。在《西方正典》一书中，布鲁姆已将莎士比亚置于他构建的经典谱系的中心。《如何读与为何读》出版前两年，布鲁姆出版了他的《莎士比亚：人的创造》。在这本书的导言"莎士比亚的普遍性"中，布鲁姆对莎士比亚的这一特质进行了详细论述。在《如何读与为何读》

① [美] 哈罗德·布鲁姆著，吴琼译：《批评、正典结构与预言》，中国社会科学出版社，2000年，第95页。

② [美] 哈罗德·布鲁姆著，余君伟、傅士珍、李永平、郭强生、苏榕译：《尽得其妙——如何阅读西方正典》，台湾时报文化出版企业股份有限公司，2002年，第12页。

③ [美] 哈罗德·布鲁姆著，余君伟、傅士珍、李永平、郭强生、苏榕译：《尽得其妙——如何阅读西方正典》，台湾时报文化出版企业股份有限公司，2002年，第12页。

一书中，布鲁姆延续了他的观点。莎士比亚是布鲁姆阅读西方文学时的试金石，布鲁姆借博尔赫斯[①]的观点，再次向我们表明了莎士比亚的普遍性（四海皆准）："这项特质是莎士比亚与众不同的一种隐喻，最后更是一股强大的认知力量。我们在阅读的时候，其实经常在寻找比自己更具原创力的心灵，只是我们未必察觉而已。"[②] 这就表明，在布鲁姆看来，莎士比亚因其伟大的普遍性和原创性，不仅使其成为验证一切文学是否为经典的准则和阅读的核心，同时也是我们为何阅读莎士比亚的理由。

在布鲁姆开列的几条阅读原则中，他本人最重视的莫过于"重视反讽"了。历史上，人们对反讽的看法多种多样。德国文论家弗里德里希·施莱格尔（Friedrich Sohloge）就宣称，作为一种创作原则，反讽是"认识到一个事实：世界在本质上是诡论式的，一种模棱的态度才能抓住世界的矛盾整体性"[③]。而"新批评"派修辞学家布鲁克斯（Cleanth Brooks）则给反讽下了一个最普通的定义："反讽是承受语境的压力，因此它存在于任何时期的诗中，甚至简单的抒情诗里。""一种用修正（qualification）来确定态度的办法。"[④] 由此可见，反讽或被当作一种修辞手段，或被看作一种创作原则，简言之就是一种表象与事实或本质不符的一种表达方式，言说一件事却指涉另一件事。布鲁姆在《如何读与为何读》中，将反讽作为分析的手段与标尺，对众多作家作品进行了解析。之所以如此，是因为在布鲁姆看来，反讽是文学之根，也是使真正的阅读成为可能的保证："失去了反讽就是阅读之死，也是

---

① 《尽得其妙——如何阅读西方正典》中译作波赫兹。

② ［美］哈罗德·布鲁姆著，余君伟、傅士珍、李永平、郭强生、苏榕译：《尽得其妙——如何阅读西方正典》，台湾时报文化出版企业股份有限公司，2002 年，第 13 页。

③ 赵毅衡：《新批评——一种独特的形式主义文论》，中国社会科学出版社，1986 年，第 183 页。

④ 赵毅衡：《新批评——一种独特的形式主义文论》，中国社会科学出版社，1986 年，第 182 页。

泯灭了人性中被教化的部分”[①]，“阅读若没了反讽，所有的用功、所有的惊喜都荡然无存……反讽可以消除你心中意识形态的杂音，帮助你像学者之蜡烛一样发光。”[②] 那么，如何才能真正地体味文学经典中的反讽呢？首先就是要祛除意识形态的左右，因为“意识形态对于欣赏和理解反讽（irony）的能力是一大斫伤，意识形态肤浅的时候危害尤烈”[③]；其次，反讽是一种矛盾的或对立的事实与观念的集合，因此，“体会反讽需要注意力的广度，以及兼容对立观点（即使它们彼此冲突）的能力”[④]。

有一点需要特别指出的是，布鲁姆不只看到了经典作品中一般意义的反讽存在，而且还通过对一些作家作品的解析，看到反讽的多种可能性，或者说多种表现形式。在分析普鲁斯特的《追忆似水年华》时，布鲁姆颇具洞见地指出：“在普鲁斯特作品中，反讽的作用不在于说一件事却指涉另一件事，而在于做出那种巨大到任何社会体系都承受不起的暗示。这些暗示延伸出来，直达我们的意识角落，搜寻存在于我们内心中的正确行为准则。把它称为神秘主义的或寂静主义（quietistic）的反讽，未免有点怪诞，然而，它确实是深邃的精神价值的一种世俗对应。”[⑤]

如此，固守精英主义传统的布鲁姆向我们展示了他关于阅读的五条原则。如果你愿意在这五条原则后面再加上一条“详读莎士比亚”，相信布鲁姆也一定不会反对。莎士比亚在布鲁姆阅读对象中的地位无人可

---

① ［美］哈罗德·布鲁姆著，余君伟、傅士珍、李永平、郭强生、苏榕译：《尽得其妙——如何阅读西方正典》，台湾时报文化出版企业股份有限公司，2002年，第13页。

② ［美］哈罗德·布鲁姆著，余君伟、傅士珍、李永平、郭强生、苏榕译：《尽得其妙——如何阅读西方正典》，台湾时报文化出版企业股份有限公司，2002年，第16页。

③ ［美］哈罗德·布鲁姆著，余君伟、傅士珍、李永平、郭强生、苏榕译：《尽得其妙——如何阅读西方正典》，台湾时报文化出版企业股份有限公司，2002年，第13页。

④ ［美］哈罗德·布鲁姆著，余君伟、傅士珍、李永平、郭强生、苏榕译：《尽得其妙——如何阅读西方正典》，台湾时报文化出版企业股份有限公司，2002年，第16页。

⑤ ［美］哈罗德·布鲁姆著，余君伟、傅士珍、李永平、郭强生、苏榕译：《尽得其妙——如何阅读西方正典》，台湾时报文化出版企业股份有限公司，2002年，第307页。

以企及。而且莎士比亚是永远也读不尽的，因为“莎士比亚读你时对你的了解比你读他时对他的了解更多，即使是你已清除了心中杂音”[①]。换句话说，莎士比亚包含我们所有人，“是他创造了我们”[②]。布鲁姆进一步告诉我们，面对当前学术界的混乱状态，详读莎士比亚就显得尤为重要了。布鲁姆早就指出，当前学术界“万物破碎、中心消解，仅有杂乱无章在持续地蔓延”[③]。布鲁姆的悲观以至绝望，由此可见一斑。在《如何读与为何读》中，布鲁姆针对阅读本身，对当前学界蔓延的“幢幢魅影”进行了总结：“魅影之一就是‘作者已死’；再来就是主张虚构即自我；还有文学戏剧中的角色皆为符号之说。魅影之四，也是最有害的，即语言，而非我们，在思考。”[④] 这确实是当前学界的几种主潮（可以统括在“文化研究”的大旗下），而这些恰恰也是布鲁姆所不能接受的。

如果说《西方正典》解决了引导“普通读者”阅读什么的问题，那么《如何读与为何读》则是要告诉读者如何阅读，为什么阅读。这两部作品的发表使布鲁姆树立起了经典捍卫的旗帜。而布鲁姆经典捍卫的启示意义是不容否定的。

决定文学作品经典属性的因素有很多，但是否具有“穿越性”特质则是关键。因为文学作品的意义，绝不仅仅是由作家“创作意图”决定的，也不是由同时代的人，或某一时代的人决定的，而是一个累积的结果，亦即历代无数读者对此作品不断进行批评和解读的结果。这就意味着，任何历史主义的考察都会忽略文学经典本身具有的当下意义，而对

① ［美］哈罗德·布鲁姆著，余君伟、傅士珍、李永平、郭强生、苏榕译：《尽得其妙——如何阅读西方正典》，台湾时报文化出版企业股份有限公司，2002 年，第 17 页。

② Harold Bloom. *Shakespeare: the Invention of the Human*. New York: Riverhead Books, 1998, p. xviii.

③ ［美］哈罗德·布鲁姆著，江宁康译：《西方正典》序言与开篇，译林出版社，2005 年，第 1 页。

④ ［美］哈罗德·布鲁姆著，余君伟、傅士珍、李永平、郭强生、苏榕译：《尽得其妙——如何阅读西方正典》，台湾时报文化出版企业股份有限公司，2002 年，第 17 页。

文学经典的永恒价值视而不见。但是，我们也不应陷入绝对主义的陷阱，它忽视文学意义之形成的历史性的弊病是再明显不过的。因此，也许雷纳·韦勒克（René Wellek）是对的："我们必须接受一种可以称为'透视主义'（perspectivism）的观点。我们要研究某一艺术作品，就必须能够指出该作品在它自己那个时代的和以后历代的价值。一件艺术品既是'永恒的'（即永久保有某种特质），又是'历史的'（即经过有迹可循的发展过程）。""'透视主义'的意思就是：把诗，把其他类型的文学，看作一个整体，这个整体在不同时代都在发展着，变化着，可以互相比较，而且充满着各种可能性。"① 从这个意义上我们可以说，布鲁姆的经典观并没有超越韦勒克"透视主义"的范畴。布鲁姆强调必须将文学作品置于整个文学历史的整体中，如此考察才能最终确定其文学史意义，也才能最终确定其文学价值。只是，在布鲁姆那里，文学经典，就是那些在文学竞比中，通过误读前辈作品，克服了"影响的焦虑"，进而以独创性确定其文学史地位的作品。这种将文学作品置入文学的发展历程中加以考察的方式，既避免了绝对主义的弊病，同时也排除了相对主义忽视文学历史发展序列，将文学史"降格为一系列散乱的、不连续的残篇断简"的危险。布鲁姆这种将文学经典构成视作一种"行动"的观点，对我们如何看待经典问题不无启发。经典的构成史就是一个修正的历史，经典不是既成的事实，它"从来不可能是写在石板上的，而是写在抵达它或企图抵达它的行动之中"②。这也就意味着，在布鲁姆看来，文学的发展不是随意的，而是有其必然性，它是一个影响的过程，没有这个过程，就不会有经典作品的出现，它是从一个实体向另一个实体的有序发展，前者是后者误读的对象，也是它的"事实性"。

好的鉴赏力是靠阅读那些最优秀的作品获得的，歌德如是说。布鲁

---

① ［美］雷纳·韦勒克、奥·沃伦著，刘象愚等译：《文学理论》，生活·读书·新知三联书店，1984 年，第 36—37 页。

② ［英］彼得·沃森著，朱进东、陆月宏、胡发贵译：《20 世纪思想史》，上海译文出版社，2006 年，第 840—841 页。

姆是歌德这信条的坚定支持者。布鲁姆并没有如威斯坦·休·奥登（Wystan Hugh Auden）那样认为评论劣书有害人品，但他还是指出："读书必有取舍，因为实际上一个人没有足够时间读尽一切，即使他万事不做光读书也罢。"① 此外，他还认为阅读从本质上不是一种道德行为："深入研读经典不会使人变好或变坏，也不会使公民变得更有用或更有害。"② 在快餐文化、通俗文本、流行杂志充斥我们阅读空间的今天，深入的、与心灵的体验结合到一起的阅读变得与奢侈同义时，布鲁姆坚持将阅读经典与内在自我成长相结合的阅读观，无疑是具有冲击力和启示意义的。

布鲁姆提醒，面对经典时，我们不能希图它们能提供给我们一切问题的答案，更不能为了服膺意识形态去阅读它们，而那样根本就不能算是阅读。阅读经典只是一个心灵的自我对话过程，而"心灵的自我对话本质上不是一种社会现实。西方经典的全部意义在于使人善用自己的孤独，这一孤独的最终形式是一个人和自己死亡的相遇"③。布鲁姆之所以要这样提醒我们，原因在于学界风行一种社会文化学的文学批评方式，企图使文学成为道德统一的道具、意识形态教学的工具、社会竞争的利器、拯救社会的纲领。无论如何，文学不是万能的，文学只能，也只应该去发现文学能够，也应该去发现的东西。任何使文学承载更多的企图都将有害于文学，使文学失去其原本的价值，这当然也是它最大的价值。有鉴于此，布鲁姆的提醒和他对文学写作与文学批评的非文学化的反拨是一脉相承的。

此外，布鲁姆对西方经典谱系的建构是具有开创意义的。传统的文学史架构与传统的史学架构并没有什么本质区别，其基本的认识前提是：有一个当然的贯通的序列存在，而这些序列本身之间同样存在着当

---

① ［美］哈罗德·布鲁姆著，江宁康译：《西方正典》，译林出版社，2005年，第11页。
② ［美］哈罗德·布鲁姆著，江宁康译：《西方正典》，译林出版社，2005年，第21页。
③ ［美］哈罗德·布鲁姆著，江宁康译：《西方正典》，译林出版社，2005年，第21页。

然的贯通性关联，系统成为历史架构的必然结果，由此我们看到的“历史”就成了“序列之序列”①。抽象的思维能力使原本形象的历史成了一部图表式的系统图，整饬而有规律。布鲁姆的西方文学史建构，不失这样的系统性，我们从中不难发现其对“关联”“序列”以及“系统”的重视。虽然布鲁姆强调因强力误读造成的后世作家对前辈作家的修正，但并未因此而忽视传统的意义与价值。如果我们承认误读也是一种继承策略的话，那么在对待传统的问题上，布鲁姆不但没有忽视它，反而更充分地强调了它。正因如此，我们看到在布鲁姆的文学史中，既有序列与系统的存在，也有众多的形象，而这里所说的形象，不单是指文学作品中的人物形象，更主要是指丰满的作家形象，这种丰满来自于作家本人强大的误读力，这种误读力使文学创造者的精神隐含于原本冰冷的文学史中。如此，布鲁姆就将文学史真正还原为了活生生的历史。如果说，将“结构”与“生成”对立起来，对任何历史结构的界定都是无益的，因为这种对立无助于言说历史主体，那么我们就必须承认，布鲁姆的文学史体系显然避免了这种不恰当。

研究布鲁姆的经典观，并不只是为了确定其学术身份与成就，而是缘于一种深深的不安。这种不安也是布鲁姆甘冒“政治不正确”的天下之大不韪，勇敢立于时代大潮之前，捍卫文学经典的原因。这种不安与当前社会无所不在的混乱状态、标准缺失、固有价值受到普遍质疑紧密相关。质疑原有标准与价值，并非完全因为标准与价值本身的缺陷，而是因为其所处环境的混乱及被使用时的随意。在这个意义上，布鲁姆坚持以莎士比亚为中心，重建（实际上是固守）西方经典谱系，强调经典的审美与认知意义。布鲁姆的潜台词是易于察觉的——肯定标准、憎恨混乱、向往秩序。

在混乱时代，坚守文学经典的传统阵地，在一定程度上源于布鲁姆自年幼时培养起的“文学之爱”。在《影响的解剖》中，耄耋之年的布

① 福柯语。

鲁姆，对与“憎恨学派”及其“旅鼠们”对抗失去了兴趣，一种类似文学弥赛亚的时刻到来了。此时，对文学的爱就是他的教义，他再次回忆了自己与诗歌同坠爱河的经历。哈特·克莱恩（Hart Crane）的诗歌影响了十岁的布鲁姆，自此他与想象性文学结缘。阅读与研究想象性文学，于布鲁姆而言不是一种职业需要，而是一种生存状态，诚如该书的副标题——“文学作为一种生存方式”——所表明的那样。从其个人经验出发，布鲁姆强调文学与生命的结合，强调文学的个体性特质，而不是群体性诉求，更不是意识形态诉求。“任何区分文学与生命的企图都是误导。文学对我而言不只是生命的一部分，它就是生命形式本身，除此别无其他形式。”① 也许正是因为视文学为“个人性”的生命存在方式，布鲁姆绝不允许文学经典被任何非文学因素玷污。莎士比亚等经典作家的经典之作，于布鲁姆而言，并非只是一般意义上的文学作品，而是如《圣经》之于基督教、《古兰经》之于伊斯兰教那样，是一种神圣性存在。

简言之，文学经典就是布鲁姆的宗教，具体体现在三个方面。其一，布鲁姆认为莎士比亚的作品就是世俗“经典”，这里的“经典”意指《圣经》那样的宗教经典，即“正典”，可以说，莎士比亚的作品就是俗世的《圣经》。其二，布鲁姆将文学经典与宗教经典进行对比，发现了二者的同质性。布鲁姆尤其强调文学经典对人的精神和人性形成的作用——认为“莎士比亚创造了我们”即是典型一例——这与其认识中的宗教经典，有异曲同工之妙。其三，相对宗教经典，布鲁姆认为莎士比亚更具普遍性，“如果我们能设想出一种多元文化和多元价值的普遍性经典，那它的基本典籍不会是一种圣典，如《圣经》《古兰经》或东方经典，而是在世界各种环境中以各种语言被阅读和表演的莎士比亚戏

---

① Harold Bloom. *The Anatomy of Influence*：*Literature as a Way of Life*. New Haven and London：Yale University Press，2011，p. 4.

剧”[1]。我们可以想象，一个视文学为宗教的批评家，一个视文学经典为生命的阅读者（布鲁姆一直强调自己阅读者的身份），如何能忍受经典的当下境遇呢？

今天，当经典失去了在19世纪时的那份辉煌与强力，而不再成为人们阅读与关注的中心时，固守精英主义象牙塔的布鲁姆显得格外孤立。他因为这种孤立而愤怒，并将这一“恶果”归咎于“憎恨学派”。在布鲁姆看来，是这些人颠覆了文学经典，使其陷入了孤立之中。但是，真正的经典是无法被颠覆的，因为经典是经时间这个世间最伟大的批评家检验后的事实存在。要想颠覆经典，首先要颠覆时间，而颠覆时间又怎么可能呢？由此可见，布鲁姆为经典所唱的悲歌，也不过是他个人想当然的结果。也正因如此，布鲁姆那份站在经典“废墟”上高唱经典悲歌的悲壮，也就必然要大打折扣了。其实，布鲁姆在不经意间使自己成了一个悖论：他坚持认为应该排除一切从社会文化学角度对经典进行解读的方式，而应该坚持审美化的阅读与阐释，使文学真正回到属于文学的领地。但谁又能否认，这种文学的回归带来的必然结果就是文学失去了其以往的辉煌与强力（那份辉煌与强力，不正源于文学承载了太多它不应承载的东西吗?），退到人们视界的边缘。这不正是文学本身应该得到的待遇，也是最好的待遇吗？这不也正是布鲁姆本人一再追求的吗？那么，“经典的悲歌”又悲从何来呢？

文学经典坚持的，也就是文学本身的意义所在。如果我们还将文学经典看作是一种记忆的艺术——如布鲁姆所认为的那样，那么我们就应该承认，文学经典说到底是我们洞察世界的方式，虽然我们不能因此将文学缩约为一种探索世界的力量，尽管在一定情况下，文学也会表现出这样的野心，但文学说到底只是文学而已，我们只能在“文学可能如何”的范畴内衡量文学的力量。首先，真正使诗人得以屹立的最重要条

---

① ［美］哈罗德·布鲁姆著，江宁康译：《西方正典》，译林出版社，2005年，第27页。

件，或者是使作品得以在经典中立足的首要条件，就在于创作主体内在自我之充盈。新诗人面对前驱诗人及其创作，唯有使自身趋于陌生，即相对于前驱诗人之内在自我，具有更强烈的内在性——唯我主义——才能真正在这场俄狄浦斯式的对抗中脱颖而出。后来者诗人将前驱者那“想象的一瞥”抛于身后——虽然这并不意味着前驱者“想象的一瞥”真正失去其笼罩的力量。布鲁姆在《影响的焦虑》一书中，通过修正范登堡（Vandenberg）的观点，鲜明地表达了这一点：“范登堡在一篇论述人类行为的意义的惊人的文章中提出了能够产生这种意义的三个领域：场景、内在的自我、他人的一瞥。假如我们在诗人的风度和姿态之意义上——就像我们一般地议论一个人一样——去寻找诗的行为的意义，这些领域就变成：陌生化、唯我主义、前驱者想象的一瞥。为了把前驱者的场景取为己用，新人必须使这一场景与自己更加陌生。为了达到比前驱者的自我更为内在的自我，诗人就必然变得更加唯我主义。为了回避前驱的想象中的一瞥，新人就试图将其局限在一个范围之内；但是，这种局限反而悖乎常理地扩大了前驱者那一瞥的规模，反而使得它简直难以回避。”①

其次，在布鲁姆那里，文学经典，特别是莎士比亚的作品，被视作一种类似宗教正典的存在，而莎士比亚则被等同于“上帝”。正是在这样的认知中，文学经典的意义得到彰显。诺曼·N. 霍兰德（Norman N. Holland）曾有言：不存在神的视野，我们永远不能迁出自身之外。布鲁姆说，文学经典只与人的内在性增长有关。也就是说，在他那里，文学经典或者说莎士比亚就是神，其作用就在于使我们得以认知自身，通过“迁出”得以由“现象走向本体”，最终达于对本体的认知，即一种人对自身的认知。这种对人之根本性的观照，绝非社会关怀、哲理言说、意识形态诉求、政治需要等这些单一元素可以比拟的。布鲁姆坚持

① ［美］哈罗德·布鲁姆著，徐文博译：《影响的焦虑》（增订版），江苏教育出版社，2006年，第107页。

文学的审美与认知意义，与其对文学经典本身复杂性的认知有关，因此布鲁姆强调“审美自主性”，因为只有审美批评可以“使我们回到文学想象的自主性上去，回到孤独的心灵中去，于是读者不再是社会的一员，而是作为深层的自我，作为我们终极的内在性”①。纵观布鲁姆整个批评生涯，他都在不断提醒自己，将立场确定为朗吉努斯式的，而非哲学式的——既非柏拉图式的，也非亚里士多德式的，因为那样，文学经典的根本意义会随着对外在的强调而失去。文学经典是对人之内在性的终极关怀。

《影响的解剖》(2011)

自幼年起，布鲁姆与文学结缘，这种缘分从未间断。至耄耋之年，在写作《影响的解剖——文学作为一种生活方式》时，布鲁姆总结了他一生的文学之爱。我们对布鲁姆的文学之爱无须怀疑，他一生著作等身，撰写了近四十部学术专著，编著及编辑并为之作序的书目有五百种之多，试想一下就会明白：文学占据了布鲁姆人生绝大部分的时间，“文学作为一种生活方式”——《影响的解剖》的副标题——再清楚不过地表明了这一点。在一个文学不断遭受质疑，功利主义盛行与利益至上的年代，坚持对文学的热爱，坚持一种审美至上的文学研究事业，究竟是为了什么？布鲁姆用其一生回答了这个问题。在当下写作伦理混乱的文学界，布鲁姆常被视为异类，也许正因其异类，才不失其对抗性的典范意义。

一、“天鹅之歌”中的“文学之爱”

2011年，布鲁姆推出了他的新作《影响的解剖：文学作为一种生

① ［美］哈罗德·布鲁姆著，江宁康译：《西方正典》，译林出版社，2005年，第8页。

活方式》。布鲁姆称该书为他的“天鹅之歌”。在接受《纽约时报》采访时，布鲁姆手拄拐杖，颤抖着掏出手帕缓缓擦去嘴角流出的口水，这不由让人生出一种英雄迟暮之感。曾经那个咆哮的、时时为想象性文学振臂高呼、不断卷入各种文学论争的布鲁姆，终于无法抵挡时光之刃，已垂垂老矣。但是，布鲁姆奉想象性文学为宗教的思想没有改变，他特立独行的不羁个性也一直未变。

作为一部总结性著作，布鲁姆试图在这本书中详细地阐明他近半个世纪以来一直在思考的问题——想象性文学之间的影响关系是如何运作的？这是对他近半个世纪持续不断地思考影响问题的一个总结。这个问题之所以重要，是因为我们任何人都无法逃离被影响的事实，对于诗人而言，影响问题更是不可回避的“唯一真实背景”：“影响，在生命中随处出现，在诗歌中尤为强化。对于强力诗歌来说，影响是唯一真实的背景，因为它是真正诗歌不可或缺的要素。”① 据他说，《影响的解剖》一书的书名来自罗伯特·伯顿（Robert Burton）的《忧郁的解剖》，而非来自诺思罗普·弗莱的《批评的解剖》：“我推测《忧郁的解剖》的作者之所以书写是为了治疗自身的博学，而我书写也是为了治疗，治疗我从孩童时代受西方经典中最伟大作品过度影响的感觉。”②

这种总结性著作的通常写法是自回忆始。回忆似乎也是所有老年人的“通病”，但这并不适用于布鲁姆在《影响的解剖》中的回忆。布鲁姆对自己过往阅读与批评文学经典的回忆，被看作是一种叙述策略也许更为恰当。“文学之爱”成为布鲁姆老生常谈式的话题，在该书中他更不惜设专节论说这一点。他再次回忆了自己与诗歌同坠爱河的经历。哈特·克莱恩的诗歌影响了十岁的布鲁姆，从此他与想象性文学结缘。阅读与研究想象性文学，于布鲁姆不是一种职业需要，而是一种生活状

① Harold Bloom. *The Anatomy of Influence*: *Literature as a Way of Life*. New Haven and London: Yale University Press, 2011, p. 12.

② Harold Bloom. *The Anatomy of Influence*: *Literature as a Way of Life*. New Haven and London: Yale University Press, 2011, p. 21.

态，诚如该书的副标题——“文学作为一种生存方式”——所表明的那样。从其个人经验出发，布鲁姆强调文学与生命的结合，强调文学的个体性特质，而非群体性诉求，更不是意识形态诉求。“任何区分文学与生命的企图都是误导。文学对我而言不仅是生命的一部分，它就是生命形式本身，除此别无其他形式。”① 对文学个体性特质的强调，一如它一贯的作风，必然使作者本人被冠以“精英主义”的帽子而受到诟病，但这也许就是布鲁姆的价值所在。在一个标准丧失、中心消解、精神之维沦陷的时代，布鲁姆对想象性文学的坚守显得异常孤独。

在强调文学之爱的基础上，布鲁姆回顾了其以“影响的焦虑”理论为中心的一系列批评概念：误读、防御、竞比、崇高、陌生性等。从不避讳评价自己作品的布鲁姆，在总结自己对影响问题的思考、总结自己半个世纪以来的文学事业时，忽视《影响的焦虑》一书是不可想象的。布鲁姆对此早就有过清醒的认知：“虽然我还能写，哪怕将来我还会再写三十五本书——假如我还能活着的话，我必须要接受的事实是：直到我死的时候，我被人们记住，一定因为我是《影响的焦虑》一书的作者。”② 他对自己过去作品的评价，如对“文学之爱”的回忆一样，因对某种价值的坚守而产生一种力量。更为重要的是，布鲁姆借此指出，“影响的焦虑”理论是有效对抗当下诗歌意识形态化的批判武器：“它构筑起了诗歌反抗的最后防线，并强烈抗议诗歌被意识形态所吞噬。”③

布鲁姆在《影响的解剖》一书的主体章节中所谈及的问题可以概括为两个方面：一个是以莎士比亚为中心的西方正典，一个是以爱默生为原点的“美国式崇高”。这两方面正是布鲁姆批评生涯的重心。在该书中，布鲁姆设计的西方经典脉络仍然是以莎士比亚为中心，并从他出

① Harold Bloom. *The Anatomy of Influence*: *Literature as a Way of Life*. New Haven and London: Yale University Press, 2011, p. 4.

② Imre Salusinszky. *Criticism in Society*. London : Metheun & New York, 1987, p. 49.

③ Harold Bloom. *The Anatomy of Influence*: *Literature as a Way of Life*. New Haven and London: Yale University Press, 2011, p. 5.

发，然后到雪莱（Shelley）等浪漫主义文学，接着转向布鲁姆的“美国英雄”惠特曼。

在《西方正典》一书中，布鲁姆以莎士比亚为中心，以但丁为次中心，构建起了西方文学的经典谱系。在布鲁姆看来，考察前人或后辈是否为经典作家都需以莎士比亚为准。因为他在认知的敏锐、语言的活力和创造的才情上，与但丁一样超越了所有其他西方作者。这三种禀赋汇合成了他的一种本体性激情，即一种欣喜的能力。这使他毋庸置疑地成为经典的中心。① 更为重要的，莎士比亚还是我们的创造之神，“莎士比亚将继续解释我们，部分是因为是他创造了我们”②。布鲁姆对莎士比亚的认知，在《影响的解剖》中并未发生根本改变。他仍然认为莎士比亚广阔的意识体现在其创造的诸多形象中，诸如哈姆莱特、福斯塔夫、伊阿古和克里奥帕特拉等。而莎士比亚的意识已经深入我们的骨髓，“没有莎士比亚，我们不会像现在这样看待自己”③。虽然我们对莎士比亚进行了深入的研究，但他犹如宇宙中的黑洞，不断地把人们吸入其中，“我们仍无法把握这些形象，无法把握这些剧作”④。

作为一位犹太裔美国批评家，布鲁姆虽然不断表明这一身份的决定性意义，但他并没有因此而否定美国文化，相反在他看来美国文化与犹太文化有相通之处。他认为，美国有一种精神，这种精神足可以与犹太精神达成一致，从而允许犹太文化的存在。布鲁姆强调，“人只有从自己那里才能找到自己，否则那将是一场灾难”⑤。这与爱默生强调“自立”的思想，在精神倾向上是一致的。布鲁姆将此定义为“美国式崇

---

① ［美］哈罗德·布鲁姆著，江宁康译：《西方正典》，译林出版社，2005年，第35页。

② Harold Bloom. *Shakespeare*: *The Invention of the Human*. New York: Riverhead Books, 1998, p. xviii.

③ Harold Bloom. *The Anatomy of Influence*: *Literature as a Way of Life*. New Haven and London: Yale University Press, 2011, p. 8.

④ Harold Bloom. *The Anatomy of Influence*: *Literature as a Way of Life*. New Haven and London: Yale University Press, 2011, p. 47.

⑤ Harold Bloom. *Omens of Millennium*: *The Gnosis of Angels*, *Dreams*, *and Resurrection*. New York: Riverhead Books, 1996, p. 13.

高”：“我可以接受被称为‘美国式崇高’的理论家，这一传统由爱默生创造，由惠特曼发扬光大，最终由斯蒂文斯确定并做出榜样示范。”①

布鲁姆对“美国式崇高”代表性思想家和诗人的论述再次向我们表明，布鲁姆这个纯粹的美国人，是美国文化的代表，而不是其他的什么。这种身份诉求集中体现为他试图从美国本土寻找理论根源与批评武器，使自己得以最终挣脱英国的、新教的和浪漫主义的传统的束缚，那无疑是他最沉重的负担和最大的焦虑。② 事实上，这与其说是“影响的焦虑”在发挥作用——如艾伦（Allen）所说的那样，不如说是任何学术研究都必然回归本土这一趋势的体现：如果失去本土诉求这一最具根源性，也最具现实意义的理论鹄的，那么其理论的价值与意义必然会大打折扣。

布鲁姆认为“自主与创新是强力阅读的目标，如同它们也是强力写作的目标一样”③。如此重视创新的布鲁姆却将《影响的解剖》一书写得给人以似曾相识之感，这与他回忆式的书写策略不无关系；他的论述对象——莎士比亚、雪莱、惠特曼等——也并不是新鲜的话题。但是，如果因此对布鲁姆的创新视而不见，也有失偏颇。在布鲁姆看来，文学的历史就是一部文本间性史，“压根儿不存在文本，而只存在文本之间的关系，这些关系取决于一种批评行为，即取决于误读或误解——一位诗人对另一位诗人所作的批评、误读和误解”④。在《影响的解剖》一书中，布鲁姆对这一观点又有所修正和提升，他认为除了要关注诗人与诗人、文本与文本之间的关系外，还应关注诗人在精神意识层面的自我

---

① Harold Bloom. *The Anatomy of Influence*: *Literature as a Way of Life*. New Haven and London: Yale University Press, 2011, p. 17.

② Graham Allen. *Harold Bloom*: *A Poetics of Conflict*. New York: Havester Wheatsheaf, 1994, pp. 129—130.

③ Harold Bloom. *Agon*: *Towards a Theory of Revisionism*. New York and Oxford: Oxford University Press, 1982, p. 38.

④ ［美］哈罗德·布鲁姆著，朱立元、陈克明译：《误读图示》，天津人民出版社，2008年，第1页。

影响。虽然诗人或批评家的精神意识是一个自足世界，但其前后期存在影响关系也是必然的。自我影响（self-influence）是一个瓦莱里式的概念，就是在这个意义上，布鲁姆说他的《影响的解剖》在一定程度上是一个瓦莱里式的探察。他以莎士比亚和惠特曼为例指出，这二人的力量是明显的，不只体现在一长串的后继者身上，而且也体现在他们的“自我占有”（self-possession）上：耗尽其前驱的方式就是最终展现他与自己之前工作的联系。同时，布鲁姆也指出，不能在狭隘的意义上理解他所使用的“自我影响”一词，它不是自我反思或自我参考，更不是意指自恋或唯我主义。它是“自我占有”的崇高形式。[①] 这种自我影响最终使诗人变得更加强大，创造出属于自己的世界。从这一意义上说，布鲁姆超越了他自己。2011 年 7 月，布鲁姆在接受开源广播（Open Source Radio）的亚当·菲茨杰拉德（Adam Fitzgerald）采访时曾表示，他试图在《影响的解剖》中逃离《影响的焦虑》与《误读图示》中的图示，因为在他看来，这两本书的内容过于复杂，过于晦涩，这是不人道的。“人老了，就希望批评——与教学、阅读和写作一样——不仅是人文主义的，而且还要是人道的。这要求将文学之爱放在首要位置。也就是说，这首先是一本关于爱的书。”我们也许很难评价布鲁姆的这一转变，但有一点是再清楚不过的：视文学为宗教的热情并没有离布鲁姆而去。

正是因为坚持“文学之爱”，在布鲁姆八十岁时，文学的弥赛亚最终来临：“在一个充斥着虚假信息的时代，文学批评的功能为何？仅通过简单一瞥，我们就可以窥见其功能的某些方面。公开评价之后的欣赏是关键。对我而言，莎士比亚是律法，弥尔顿是教义，布莱克和惠特曼是先知；作为一位犹太人而非基督徒，我无须置换《福音书》。文学的弥赛亚是什么？当我年轻时，我与现代主义者或新批评的斗争，现在他们的论证是那么不真实，以至我无法再有热情与之争论。八十岁转折于

---

① Harold Bloom. *The Anatomy of Influence*: *Literature as a Way of Life*. New Haven and London: Yale University Press, 2011, p. 29.

我有一个很奇怪的影响，而七十九岁时就非如此。我不再与‘憎恨学派’及其他的‘旅鼠们’相抗争。我们将最终一起埋葬。”[①] 最终布鲁姆从“文学之爱”走向了宗教意义上的“普世之爱”，他不再“憎恨”，转而相信“公开评价之后的欣赏”。从这个意义上说，布鲁姆通过“文学之爱”最终实现了自我救赎，他的弥赛亚时刻降临了。这是一种顿悟，是“文学之爱”达于极致的体现。但是，并不是所有文学研究者都能实现自我救赎，布鲁姆得以如此，在于他持续地关注文学中的精神存在，也就是人的精神存在。

二、透过文学的望镜认知精神存在

虽然布鲁姆的“影响的焦虑”理论关注的是文本之间的竞比问题，但他从来没有因此忽视精神存在问题。竞比的本质就是强力精神间的对决，更何况在布鲁姆那里，所有的文本都是作者精神的存在场：“是人在思考，是人在写作”[②]，这本身就是对写作中精神问题的强调。也许正是出于这样的原因，布鲁姆在构建他的误读或文本竞比理论时，虽然排除了其他所有历史因素，却留下了文学传记。

布鲁姆对经典文本的阐释是以审美为武器进行的文本解剖，但他更重视作品中，特别是人物形象中所蕴含的生命力、精神性。在莎士比亚戏剧的诸多人物形象中，布鲁姆最欣赏哈姆莱特和福斯塔夫这两个形象，对其分析也最为充分。在布鲁姆看来，在莎士比亚塑造的所有人物中，这两个人物所表现出的心智和智慧是最全面的。“莎剧迷们喜欢福斯塔夫和哈姆莱特远甚于其他人物，我们也是这样，因为胖杰克和丹麦王子清楚地展现了在文学中的最全面的意识，这种意识要比圣经作者的耶和华，马可福音中的耶稣，但丁和乔叟的圣徒，唐吉诃德，艾瑟·萨

① Harold Bloom. *The Anatomy of Influence*: *Literature as a Way of Life*. New Haven and London: Yale University Press, 2011, p. 24.

② ［美］哈罗德·布鲁姆著，朱立元、陈克明译：《误读图示》，天津人民出版社，2008年，第59页。

默森，普鲁斯特的故事叙述者和利奥波德·布卢姆要广大得多。”[①] 正是在这个意义上，布鲁姆觉得，“也许正是福斯塔夫和哈姆莱特，而不是莎士比亚才是真正意义上的世俗上帝，可能是他们最伟大的心智和智慧使他们的创造者被神圣化了”[②]。这是因为这两个人物体现了生命的博大，体现了人性的丰富。依靠阅读这些人物形象，我们得以更全面、更深刻地认知人。

在哈姆莱特和福斯塔夫身上，布鲁姆看到了一种将自我倾听（或自言自语）发挥到极致的力量，也就是一种自由反思的内省意识。在这个意义上，布鲁姆说：“哈姆莱特心灵上每时每刻都在上演一出戏中戏，因为他比莎剧中任何其他人物都更是一位自由的自我艺术家。他的得意与痛苦同样植根于对自我形象的不断沉思之中。”[③] 布鲁姆对哈姆莱特的这一洞见建立在他准确把握莎士比亚人物心灵世界的基础上。在他看来，莎士比亚创造的戏剧人物都是典型的自我倾听者，正因如此他们体现出心理的复杂性与多变性，布鲁姆甚至认为这是莎士比亚之所以成为经典核心的关键。借此，布鲁姆又将以哈姆莱特和福斯塔夫为代表的这一特色推而广之，使其具有了普遍性：“我们每一个人现在都会不停地自我倾诉与倾听，然后才进行思考并依照已知情况行事。这并不全是心灵与自己的对话，或内在心理斗争的反映，这更是生命对文学必然产生的结果的一种反应。”[④] 也就是说，生命只要进入文学书写的范畴，必然表现为一种自我倾诉与倾听，由此，文学或想象性写作就发展成了一种表现“如何对自我言说”的艺术。

其实与作品中人物心灵的对话过程，也就是阅读者发现作家心灵世

① Harold Bloom. *Shakespeare*: *The Invention of the Human*. New York: Riverhead B, 1998, p. 4.

② Harold Bloom. *Shakespeare*: *The Invention of the Human*. New York: Riverhead Books, 1998, p. 4.

③ ［美］哈罗德·布鲁姆著，江宁康译：《西方正典》，译林出版社，2005 年，第 53 页。

④ ［美］哈罗德·布鲁姆著，江宁康译：《西方正典》，译林出版社，2005 年，第 35 页。

界的过程。我们常常从布鲁姆的文学阅读中发现其洞悉作家精神世界的丰富与精妙。虽然我们对莎士比亚的生平与内心生活所知甚少，也难以从他的创作中发现一个莎士比亚本人的影子，但布鲁姆发现，通过多年锲而不舍地阅读莎士比亚，至少可以逐步了解他不是什么。通过分析莎士比亚不是什么，布鲁姆暗示我们：莎士比亚的内心世界是绝对自由的，这是一种四下弥漫而又不可限制的精神，正是这种脱离了教条和简单化道德的自由精神使莎士比亚的戏剧具有了一种自然的恢宏，其塑造的人物及其个性具有了一种难以企及的变化多端的特点。

更为重要的是，布鲁姆强调将作家置于文学传统的关系链中，从强力作家间的竞比关系入手，发现所有强力诗人都是通过对抗先驱使自己获得存在的可能性的。这是一个影响的过程。而这个过程，绝非理想式的善意的传递过程，而是一种你死我活的搏杀过程，因此，“每一位诗人的发轫点（无论他多么‘无意识’）乃是一种较之普通人更为强烈的对‘死亡的必然性’的反抗意识”[①]。如此，布鲁姆就深入到了作家意识与精神世界的最深层——死亡意识或反抗死亡的意识。

从另一个角度来看，与作品中的人物和作家本人心灵的对话过程，或洞悉他们内在世界的过程，就是阅读者回归自我的过程，在布鲁姆看来，真正的阅读说到底都是一个向孤独心灵的回归、叩问深层自我的过程。所谓真正的阅读，就是一种以审美为出发点，也以其为落脚点的阅读，而不是从哲学或意识形态的立场出发或以其为最终目的阅读。这种阅读使我们得以回到文学想象的自主性上去，“回到孤独的心灵中去，于是读者不再是社会的一员，而是作为深层的自我，作为我们终极的内在性”[②]。如此，文学的阅读过程也就成了阅读者心灵的展示过程、阅读者与文学中存在的心灵世界的对话过程：“我们之所以阅读……是为

---

① ［美］哈罗德·布鲁姆著，徐文博译：《影响的焦虑》（增订版），江苏教育出版社，2006年，第10页。

② ［美］哈罗德·布鲁姆著，江宁康译：《西方正典》，译林出版社，2005年，第8页。

了锻炼自我，认识自我真正的兴趣……阅读的乐趣的确是为了自己的私利，而不是有益于社会公益”，“文学评论若说还有功能的话，那便是为给这些自了读者看，他们是为了自己而读，而不是为了自身之外的好处而读”。[①] 也就是说，在布鲁姆那里，阅读成了一个纯粹的内在行为，是“自我修习精进”的过程。

由是观之，布鲁姆与海德格尔之间的距离并没有他本人想象的那样远，只是布鲁姆对存在的关注更倾向于其精神层面，并且这种关注从来没有试图抛弃文学的望镜。

三、内在生命是书写的真正旨归

布鲁姆的批评先驱，也是他心目中的批评英雄——约翰逊博士曾说：只有傻瓜，才为了钱之外的事写作。布鲁姆对约翰逊的这一座右铭欣然赞同。但至耄耋之年，布鲁姆说，钱，或者说经济利益现在只是他的第二动机，他之所以仍在坚持阅读、坚持讲课、坚持写作，是因为“我们内部的那个伟大的声音，它响起，作为对沃尔特·惠特曼的声音和莎士比亚所创造的千百种声音的回应”[②]。书写最终是指向内部世界的，是指向精神存在的。这种声音是对自我的充分肯定，是对自我内在精神强力的承认。这也许就是我们破解文学缪斯之所以在当下伤痕累累这一谜团的金钥匙，是引领文学批评走出尴尬之境的明灯。

首先，只有对文学怀有赤诚之心的批评者，才可能做出最具说服力的批评，才可能叩问文学中最深层的精神存在，也才可能透过文学的望镜窥见自己的心灵世界。但就是这样最简单的道理却被当下众多批评实践弃置了。因此我们看到诸多以文学为工具而非本体存在的批评，于是文学成为谋求利益的资本，成为换取身价的筹码，成为人情往来的“礼

① ［美］哈罗德·布鲁姆著，余君伟、傅士珍、李永平、郭强生、苏榕译：《尽得其妙——如何阅读西方正典》，台湾时报文化出版企业股份有限公司，2002 年，第 9—10 页。

② Harold Bloom. *The Anatomy of Influence*: *Literature as a Way of Life*. New Haven and London: Yale University Press, 2011, p. 18.

盒”。文字不再从心灵流出，当然无法打动读者，因为这样的文字没有生气，没有写作者生命的律动。“强力批评家和强力读者知道，假如我们怀疑真正的写作者和读者的文学之爱，我们就不能理解文学。伟大的文学，崇高的文学，需要的是感情投入而非经济投入。”① 这就意味着，有关文学的“真正”书写也必然发乎真心，以解释人的心灵世界和精神存在为旨归，这是真正的批评的生命力所在。福柯说：“我忍不住梦想一种批评，这种批评不会努力去评判，而是给一部作品、一本书、一个句子、一种思想带来生命；它把火点燃，观察青草的生长，聆听风的声音，在微风中接住海面的泡沫，再把它揉碎。它增加存在的符号，而不是去评判；它召唤这些存在的符号，把它们从沉睡中唤醒。也许有时候它也把它们创造出来——那样会更好。下判决的那种批评令我昏昏欲睡。我喜欢批评能迸发出想象的火花。它不应该是穿着红袍的君主。它应该挟着风暴和闪电。”② 福柯的意思是说，批评并不依靠“权力”获得力量，而是依靠批评者强大的生命力，唯具生命力的批评才可能迸发出想象的火花。从这个意义上来看，布鲁姆的文学批评无疑具有这样的品质。

其次，只有相信内在性的深度是一种力量，才可能在批评中敞开自我，拥抱文学中的精神世界，也才可能洞穿文学中的精神城堡，进而与伟大作家的内在精神相契合。“一位大作家，其内在性的深度就是一种力量，可以避开前人成就造成的重负，以免原创性的苗头刚刚崭露就被摧毁。伟大的作品不是重写即为修正，因为它建构在某种为自我开辟空间的阅读之上，或者此种阅读会将旧作重新打开，给予我们新的痛苦经验。”③ 这就意味着，所有的创作，无论是文学写作，还是批评写作，

---

① Harold Bloom. *The Anatomy of Influence*: *Literature as a Way of Life*. New Haven and London: Yale University Press, 2011, p. 17.

② ［法］米歇尔·福柯著，严锋译：《权力的眼睛——福柯访谈录》，上海人民出版社，1997年，第104页。

③ ［美］哈罗德·布鲁姆著，江宁康译：《西方正典》，译林出版社，2005年，第8页。

都必须建构在“某种为自我开辟空间的阅读之上”①，只有这样的强力阅读才可能与前人强大的内在性相对抗。

但是，关注精神性、内在性强力，并不意味着必然遮蔽文学的审美属性，相反，通过发现文本的叙述策略有助于深入精神的世界，并进而与人的存在状态相沟通，洞悉作家的身份认同。布鲁姆对卡夫卡的“经典性忍耐”和“不可摧毁性”的分析颇能说明这一点。卡夫卡有意识地用“严厉冷酷”的叙述抵制情感的狂欢，努力拒斥一切心灵的表面化探寻，这是通过其作品中冷漠的基调及书写人物没完没了的“无意义”的语言和行动来实现的。因为他真正要表现的是一种没有任何希望可言的人的生存处境——“不可摧毁的存在”。在卡夫卡那里，所有的希望都是能被摧毁的意识，只有人们内心深处隐秘的存在，即深层自我是不可摧毁的。对深层自我不可摧毁性的发现与布鲁姆的犹太人身份是分不开的，一定程度上是其犹太人身份与处境的理论展现。布鲁姆认为，这也是卡夫卡经典性的体现：“卡夫卡作为本世纪最经典的作家，是因为我们都把存在和意识的分裂视为他的真正主题，他把这一主题等同于犹太人身份，或者至少是特别等同于流亡犹太人的身份。”② 存在与意识的分裂，正是流亡犹太人的生存现状。在意识中他们眷恋着曾经的荣光——作为上帝选民的神赐荣光。虽然这份荣光属于过去，虽已久远，但并没有随着他们不得已的流亡而消逝，反而随着岁月流逝更加清晰了。但现实的存在状态是不可回避的，于是他们回归了内心最深处的自我，这是一种生存意志的体现。在这样的生存现状中，只有忍耐是通往真知即不可摧毁性的可行途径。“忍耐与其说是卡夫卡心目中的首要美德，不如说是生存下去的惟一手段，就像犹太人的经典性忍耐一样。”③这样布鲁姆就找到了解读卡夫卡的一把钥匙——虽然不是唯一的，却是

① ［美］哈罗德·布鲁姆著，江宁康译：《西方正典》，译林出版社，2005 年，第 8 页。
② ［美］哈罗德·布鲁姆著，江宁康译：《西方正典》，译林出版社，2005 年，第 360 页。
③ ［美］哈罗德·布鲁姆著，江宁康译：《西方正典》，译林出版社，2005 年，第 365 页。

有效的。“经典性忍耐”确实是解读卡夫卡思考和概括犹太人生存状态，甚至是整个人类生存状态的一个关键词：“人类有两大主罪，所有其他罪恶均和其有关，那就是：缺乏耐心和漫不经心。由于缺乏耐心，他们被逐出天堂；由于漫不经心，他们无法回去。也许只有一大主罪：缺乏耐心。由于缺乏耐心，他们被驱逐；由于缺乏耐心，他们回不去。”①

通过这样的分析，我们应该可以断定什么样的批评才是真正的批评，才是可以让读者信服的批评，也只有这样的批评才不会遭遇身份的尴尬，你可以不同意其中的观点，但你不能忽视它。这一切都源于批评者从来没有把自己等同于一个技术工人，一个机械的操作者，而是要把自己视为一个精神性的存在，在他面前，需要他去破解的同样是人类精神的秘密。只有精神之刃才能切开精神的坚壳，只有思想之矛才能戳穿思想的铠甲，也只有视文学为生命的批评家，才能最大限度地激发文学的生命。

当然，我们不能忽视问题的另外一面：也许正是过于强调文学对于人之内在精神的意义，布鲁姆才视文学为宗教，视其为“一种存在意义上的严肃之物”，所以他在《西方正典》里没有给游戏性留下任何立足之处。罗伯特·奥尔特（Robert Alter）对弗兰克·克默德（Frank Kermode）在加州大学伯克利分校“坦纳人类价值讲座”做的演讲及之后与杰弗里·哈特曼、约翰·基洛利（John Guillory）和凯里·佩罗夫（Carey Perloff）的答辩曾有过这样的评价：“对游戏性（playfulness）的忽略是我们这个严肃的知识环境下的一种症状”，并且认为，在这次演讲及答辩中的几位学者虽然都不是布鲁姆的支持者，但是，“他们似乎在分享他的观点，即文学是一种存在意义上的严肃之物”②。诚然，

① ［奥］卡夫卡著，叶廷芳、黎奇译：《卡夫卡散文》，浙江文艺出版社，2003年，第1页。

② 作为这次讲座内容出版书籍时的编辑者，罗伯特·奥尔特为此专门写了引言。在这个引言中，奥尔特认为，克默德及三位评论家都不约而同地回避了经典文本的愉悦中有时可能含有的不严肃之物。参见［英］弗兰克·克默德著，张广奎译《愉悦与变革：经典的美学》引言，译林出版社，2009年，第10页。

文学经典除去作为存在意义上的严肃之物外，还有其不严肃，甚至是“粗俗”的一面，这是布鲁姆没有注意到的，至少是他没有刻意强调，也不愿去强调的一点。但是，如果我们注意到“后时代”经典的尴尬境地，如果我们明白消费时代精神的沦落之境，如果我们知道在这个混乱时代标准的弥足珍贵，那么我们也就理解了布鲁姆忽略经典之“游戏性”的良苦用心。

无论是否如布鲁姆所预测的那样，他的批评终将被其他的批评所替代，但布鲁姆这位被马克·爱德蒙森（Mark Edmundson）誉为西方传统中最有天赋、最具原创性和最具煽动性的文学批评家，一定会因他对文学自身的捍卫及对人之内在精神强力的推崇，被镌刻在人类精神史的巨柱上。

保罗·德曼

保罗·德曼（Paul de Man）是美国最重要的解构批评家之一，与哈罗德·布鲁姆、J. 希利斯·米勒、杰弗里·哈特曼一起被学术界称作“耶鲁学派”（the Yale School），并被认为是“耶鲁学派”领头羊式的人物。“耶鲁学派”的解构批评是 20 世纪后期美国文学批评最为重要的组成部分，对当时及以后的文学批评产生了深刻而持久的影响。

德曼 1919 年出生于比利时一个非常有社会地位的家族，这使得他从小就接受到比较好的文化教育，为以后从事社会科学研究奠定了坚实的基础。在比利时时，德曼曾在布鲁塞尔大学学习社会科学。第二次世界大战结束后，德曼决定到美国发展，并分别于 1958 年和 1960 年取得哈佛大学硕士和博士学位。此后，他先后执教于美国的康奈尔大学、约翰·霍普金斯大学以及耶鲁大学。1983 年，德曼因肺癌逝世。

德曼对解构批评最主要的贡献是从修辞维度提出了解构策略。在“耶鲁学派”那里，文本不是一个闭合的整体，它是开放的，且是一个没有统一确定意义的系统，是文本中语言符号的游戏。德曼的修辞批评将目光放在了修辞学对文本的解构上，认为一切语言都是具有修辞性的，“修辞手段不是语言的派生的、边缘的或反常的形式，而是典型的语义学范例。比喻结构不是其中的一种语言模式，而是它就照这样来体现语言的特征”①。这样一来，在文学语言中，比喻义就高于了字面意

① ［美］保罗·德曼著，沈勇译：《阅读的寓言——卢梭、尼采、里尔克和普鲁斯特的比喻语言》，天津人民出版社，2008 年，第 111 页。

义，只有充分挖掘文本隐含的比喻义才能对文本做出丰富的多重阐释，也就达到了德曼所提出的解构的目标，即“在所谓一元性状的总体中揭示潜在的组合和分裂”①。

德曼的主要著作有《盲视与洞见》《阅读的寓言》《浪漫主义修辞学》《对理论的抵制》《批评文集（1952—1978）》《浪漫主义与当代批评》《审美意识形态》《马拉美、叶芝以及后浪漫主义的困境》等。现今国外对德曼的研究主要集中于五个方面：关于德曼前期对浪漫主义以及象征主义的研究；关于德曼作品中的政治指涉性研究；关于德曼历史问题的研究；关于德曼对美学意识形态论述的研究；关于德曼后期作品中语言以及修辞解构问题的研究。近几年来，国内关于德曼修辞解构批评的研究也在系统深入地展开。保罗·德曼的学术成就极高，他的解构主义理论最早在美国打开了新的批评空间，在某种意义上奠定了美国20世纪90年代之后文学批评的基础。但是他由于在第二次世界大战期间的亲纳粹行为和发表的反犹言论招致批评，至今仍是一个具有争议性的学者。

《审美意识形态》(1996)

《审美意识形态》（*Aesthetic Ideology*）一书是保罗·德曼的论文集，收录了保罗·德曼有关意识形态理论的一些笔记和演讲稿，在德曼去世以后由沃敏斯基（Andrzej Warminski）及其同窗收集整理并为其做了详细的介绍。在《审美意识形态》一书中，德曼将意识形态与美学在认识论基础上进行关联分析，认为美学意识形态的实质是语言修辞的“转义”结构，既与物本身无关，又无法闭合自身，因此具有不确定性。有学者指出，“德曼的美学意识形态理论从认知结构和语言机制的内在

① ［美］乔纳森·卡勒著，陆扬译：《论解构》，社会科学出版社，1998年，第225页。

理路揭示了政治权力和政治行动间的自毁关系……指涉出当今意识形态理论发展的某种趋向，并提出‘物质的事件’的历史观”①。

“‘意识形态’这一概念是法国人特拉西 1796 年提出的，指‘观念学说’（doctrine of ideas）或观念科学（science of ideas），其意在于研究和说明认识的起源与阈限、认识的可能性与可靠性等认识论中最基本的问题。但特拉西提出‘意识形态’并不仅仅是认识论意义上的，而是希望在理性的基础上，通过实践，使一种观念系统，或他所谓的‘观念科学’，能够解释世界和改造世界，从而造福人类。”② 这样，“意识形态”可以被理解为一种观念的集合，也可以理解为对事物的理解、认知，它是一种对事物的感观思想，它是观念、观点、概念、思想、价值观等要素的总和并且来源于社会存在。而“审美”作为一种自发的、非理性的情感活动和认识活动，也被赋予了与理性同样的教化职责，即通过审美对人进行道德教化，从而建立、维护一种正常的、和谐的社会秩序，只不过审美的教化活动进行得更为隐秘罢了。但是正因为“审美的认知活动和情感活动作为人的自由意志的表征方式，从它诞生之日起也就携带着反抗一切规则和束缚的因子”③，它不自觉地对道德法则的批判和质疑更进一步成为社会革命的组成力量，对现有的社会秩序进行颠覆。这是存在于审美之中的矛盾性力量，既对社会秩序进行维护，又对社会秩序进行颠覆。正是因为注意到了审美的矛盾性，康德（Kant）才会表明美是无目的的合目的性。美除了外在以外，它的内在追求其实是人们内心中的道德法则，即“美者是道德上的善者的象征”④。从意识形态和审美活动对社会的维护作用来看，二者其实具有一定的共性：

① 孙云霏：《物质、转义、述行：意识形态的认知结构与语言机制——论保罗·德曼的美学意识形态理论》，《深圳社会科学》，2020 年第 3 期。

② 李映冰：《审美意识形态的模式研究》，苏州大学，2013 年，第 10 页。

③ 李映冰：《审美意识形态的模式研究》，苏州大学，2013，第 4 页。

④ ［德］伊曼努尔·康德著，李秋零译：《康德著作全集》（第 5 卷），中国人民大学出版社，2007 年，第 368 页。

审美活动来源于现实生活，但是又高于现实意识形态，最终被社会生活所决定，不过意识形态在反映现实方面表现得更为理性、更为客观，而审美表现得更为感性、更为主观。“但不论是理性客观的意识形态还是感性主观的审美，因为种种复杂的因素，在很多时候很大程度上都可以携手合作，从制度的建立到观念的传播，共同维护社会秩序的稳定和某种社会管理模式。”①

西方较早研究“审美意识形态”理论的学者是特里·伊格尔顿，他在其《审美意识形态》（*The Ideology of The Aesthetic*）一书中谈及了意识形态对审美的影响，将审美和意识形态放到一起进行研究，从意识形态上来对美学运行机制进行探索。伊格尔顿认为审美意识形态可从两个层面上进行阐释：一方面是一般意识形态的审美分支，另一方面是审美的意识形态。审美意识形态是指：“一般意识形态中的特定审美领域，它与伦理、宗教等其他领域相连接，为一般生产方式所最终决定。”②在对伊格尔顿的研究中，冯宪光指出，“伊格尔顿的审美意识形态概念表明一切与审美活动有关的要素都无可避免地具有意识形态特性，甚至特定的审美情趣、艺术技巧、审美思潮、艺术理论都渗透着意识形态意味”③。这就表明作者在文学艺术创作实践中，以审美的方式加工文本，而在这一过程中，意识形态转化成审美意识形态。在对西方美学进行回溯的过程中，伊格尔顿发现，美学其实是一个具有独特性离心力的意识形态话语。在他那里，美学是一个资产阶级概念，它产生之初便与当时社会政治问题的解决有着密切的关系，“可以解读为专制主义统治内在的意识形态困境的预兆”④。在伊格尔顿看来，美学其实与政治同行，

---

① 李映冰：《审美意识形态的模式研究》，苏州大学，2013，第 20 页。

② Terry Eagleton. *Criticism and Ideology*：*A Study in Marxist Literary Theory*. Londen：Verso，1976，p. 60.

③ 冯宪光：《新编马克思主义文论》，中国人民大学出版社，2011 年，第 90 页。

④ ［英］特里·伊格尔顿著，王杰、傅德根、麦永雄译：《审美意识形态》，广西师范大学出版社，2001 年，第 3 页。

统治阶级将情感、信念、审美情趣等融入理性精神，借助美学将意识形态转化为国家机器，从而获得更牢固的政治、文化领导权。作为一位文学批评家，他认为文学是意识的表现方式，可以直接或间接地表现统治阶级的意识形态，一切文学批评即为政治批评。他的许多批评作品在文本分析中加入意识形态批判，以此揭示文艺、审美背后的意识形态根因，从而找出意识形态话语与文学叙事相结合之所在。中国最早对审美意识形态理论进行研究的是童庆炳、钱中文两位先生。童庆炳在《文学理论教程》中提出："文学审美意识形态属性，是指文学的审美表现过程与意识形态相互浸染、彼此渗透的状况，表明审美中浸透了意识形态、意识形态巧借审美传达出来 。"① 从马克思主义理论来说，"审美是人们以一种无功利的、形象的和情感的状态去掌握世界的一种特殊形式，而意识形态则是由社会经济基础决定的上层建筑的分支。文学作为社会意识形态必然具有意识形态性，然而文学又通过一种审美的方式来表达思想。这就是文学的审美意识形态论的具体内涵。"②

保罗·德曼的《审美意识形态》正文部分由 8 篇论文组成，分别是《隐喻的认识论》《帕斯卡的说服之寓言》《康德的现象与物质》《黑格尔美学中的符号和象征》《黑格尔的崇高精神》《康德的唯物主义》《康德和席勒》《反讽的概念》，最后是德曼对雷蒙德·格斯（Raymond Geuss）的回应。可以看出该书所收集的论文是德曼在对康德的纯粹理性批判和黑格尔（Hegel）的美学研究的基础上提出的审美意识形态论。对德曼而言，康德和黑格尔都不是出于对美学的热爱从而把美学纳入二人的哲学系统中，而是"出于哲学上的利己主义原因"③，"对于康德和黑格尔而言，将美学作为能够承受'批判'（在整个康德意义上）的范畴进行的投资是相当可观的，因为它们各自的系统有可能自我封闭（即作为系

① 童庆炳：《文学理论教程》，高等教育出版社，2008 年，第 57 页。

② 李晓文：《童庆炳"审美意识形态论"浅析》，《佳木斯职业学院学报》，2016 年第 7 期。

③ Paul De Man. *Aesthetic Ideology*. Minneapolis/London: University of Minnesota Press, 1997, p. 4.

统）依赖于此：在康德那里，美学是作为理论和实践理性之间明确表达的原则；在黑格尔那里，美学是客观精神和绝对精神之间过渡的时刻”[①]。在对康德和黑格尔的理论进行分析后，德曼从康德对“先验的”原则和“形而上学的”原则的区分入手，认为意识形态属于形而上学的原则。在《对抗式诗学》（*The Resistance to Theory*）一书中，德曼对“意识形态”下了这样一个定义：“我们所谓的意识形态恰好就是将语言现实同自然现实相混淆，将语言的指称同现象论相混淆。其结果是，研究文学性的语言学，比包括经济学在内的其他任何形式的探究，都更突出地成为一种揭示意识形态偏差方面的强有力的必不可少的重要工具，以及一种解释这些偏差发生原因的决定性因素。那些谴责文学理论忘却了社会和历史（亦即意识形态）现实的人，只不过是在诉说他们自己的担忧，担忧这一正受自己贬损的工具会揭穿他们自己的意识形态的神秘现象。”[②] 可以说，在保罗·德曼那里，“意识形态”是一种试图将这些截然不同的命令混为一谈的姿态，怀旧地追寻着单词中事物的纯粹存在，并因此赋予了物质存在的所有感性、积极性意义。意识形态努力将口头概念和感觉直觉联系起来，但是真正批判（或“解构”）思想的力量是证明话语的隐喻形象。这里其实透露出的是作为德曼解构批评基础的寓言式阅读的理论。在保罗·德曼那里，政治文本和文学文本一样，都具有修辞性质，文学性的语言本身经历了表意的表象化之后也已经建立了意识形态（以及当时的审美意识形态）。“都在自身中包含了自我颠覆的因素，从而可以在寓言式阅读中批判统治阶级意识形态的虚假表象”[③]，进而实现对意识形态的解构。这也体现了德曼的坚持只能依靠批判性的语言分析来解决意识形态问题并由此扩展到解决政治问题的坚

① Paul De Man. *Aesthetic Ideology*. Minneapolis&London: University of Minnesota Press, 1997, p. 4.

② Paul De Man. *The Resistance to Theory*. Minneapolis &London: University of Minnesota Pres, 1986, p. 11.

③ 罗良清：《保罗·德曼：阅读的寓言理论》，《马克思主义美学研究》（第9辑），2006年。

持。换句话说，从表面上纯粹的语言问题发展到更开放地谈论意识形态和政治本身的过程，是德曼基于对修辞学—行为学系统的批判语言分析而进行的。

如果说按照内容将其全部章节进行分类，在《隐喻的认识论》《帕斯卡的说服之寓言》《康德的现象与物质》《黑格尔美学中的符号和象征》这几个章节中，德曼谈到的是作为分析基础的语言的修辞性进而说明了意识形态的修辞性，在《黑格尔的崇高精神》《康德的唯物主义》《康德和席勒》《反讽的概念》中他所指出的是审美中所包含政治性的可能性，即审美意识形态。在《帕斯卡的说服之寓言》这一章中，德曼指出寓言是真理的提供者，因此寓言所负担的是用叙事或构成的说服顺序阐明真理和欺骗的认识论顺序。在一个稳定的表示系统中，这种表达是没有问题的。例如，表述具有说服力，并且在说服力很强的情况下具有说服力，其方式与论点在说服力很强的范围内说服力完全相同。说服力和证明原则上不应相互区别，数学家也不会称其为寓言。然而，寓言的发生恰好表明可能的复杂性。“在几何学的语言中，名义定义和原始术语是共同延伸的，但是原始术语的语义功能却是相同的。因此，它获得了一种既不控制其存在也不控制其方向的指示性功能（‘帕斯卡的寓言’）。”① 如果它无法控制原始术语引入的指示功能，那么几何话语就会变成参照性异常话语。这就意味着，帕斯卡（Pascal）的认识论话语的指称/修辞地位不同于文字学家所说的哲学或哲学话语，更像是寓言而不是证明；同时也意味着我们自身所说出的话语可以自我延伸，我们能做到的仅仅是“足够真实”。在《隐喻的认识论》一章中，德曼讨论了洛克（Locke）、康德和康迪拉克（Cadillac）等人的语言学观点，从而证实了隐喻的破坏性。在《康德的现象与物质》一章中，德曼分析了康德在先验原则和形而上学原则之间的困难和重要的区别。“与我们有

① Paul De Man. *Aesthetic Ideolog*. Minneapolis&London：University of Minnesota Press，1997，p. 26.

关的先验概念与形而上学概念之间的区别在于，后者隐含了一个经验时刻，该经验时刻必定在该概念的外部，而前者则完全是概念间的。形而上学原理导致对自然原理的识别和定义，而该自然原理本身并不是一个概念。先验原则导致对可能存在的概念性原则的定义。形而上学的原则陈述了事情发生的原因和方式。”① 说明物体由于重力而运动是为了在形而上学领域中得出一个结论。“先验原则规定了使一切可能发生的条件：身体能够改变的第一个条件是存在或发生诸如身体和运动之类的事物。身体存在的条件称为实质；指出物质是物体运动的原因（正如康德在引用的段落中所做的那样），是要严格审查它们存在的可能性的。另外，形而上学原理将其客体的存在理所当然地视为经验事实。它们包含有关世界的知识，而这些知识是至关重要的。”② 因此，先验原则的对象总是以形而上学知识为目标的批判性判断。康德在纯粹的概念性和经验确定的话语之间建立联系的方式就是美学，并通过“崇高”将其表述出来。在康德看来，美学虽然是形而上学和意识形态的原则，但崇高的精神却成为一种超越一切的事物。在《黑格尔美学中的象征和符号》一章中，德曼看到了黑格尔所指出的语言的指示性或说明性功能固有的逻辑困难以及有关符号的意识形态论。黑格尔的哲学，与他的美学一样，既是历史哲学（也是美学），也是哲学史（也是美学），而黑格尔的哲学的确包含了这两个方面的文本。对其更加对称的称谓实际上是关于哲学与历史，或者更为严格的是在文学与美学之间，或者更狭义上是在文学经验与文学理论之间的脱节的寓言的关注。文学理论之所以如此糟糕，是因为思想和理论的出现并不是我们自己的思想可以阻止或控制的东西。

在《黑格尔的崇高精神》一章中，保罗更加清晰地分析了黑格尔对

① Paul De Man. *Aesthetic Ideology*. Minneapolis&London：University of Minnesota Press，1997，p. 71.

② Paul De Man. *Aesthetic Ideology*. Minneapolis&London：University of Minnesota Press，1997，p. 71.

美学政治意义的看法。黑格尔指出，从客观到绝对精神的转变必然通过艺术，并通过审美作为对艺术的批判性反思。在试图将国家视为历史行为的政治思想的最高级阶段与哲学思想之间的这一至关重要的交汇处，黑格尔在《哲学科学百科全书》中提出了艺术定位。“从一开始就可以确定的一件事是，仅凭黑格尔体系的结构，唯有在政治秩序与哲学秩序之间的关系这个更大的问题的背景下，才有可能考虑到美学。这意味着，由于在黑格尔哲学中，美学比政治反思更属于投机思想的更高级且最接近的阶段，因此，只有通过批判的美学理论才能获得真正富有成效的政治思想。也就是说，政治智慧属于我们通常所说的唯美主义。这可能意味着对政治思想和政治行动的某些最敏锐的贡献来自‘审美’思想家。”① 在《康德的唯物主义》一章中，德曼指出“崇高”在康德那里的确是建立了审美与纯粹理性顺序的一致性，这就使得人在情感之间的斗争中获得胜利，并使得找到实践理性、实践法律和理性政治的道德世界成为可能。在《康德与席勒》一章中，保罗·德曼分析了席勒（Schiller）对康德美学观念的误读。在《反讽的概念》一章中，德曼主要表述的是弗里德里希·施莱格尔（Friedrich Schlegel）对“反讽”进行的解读。在对雷蒙德·格斯的回复中，德曼重复了自己文学理论中的“不确定性”。

关于对审美意识形态的看法，德曼还补充道：“理论对根深蒂固的意识形态构成了挑战，因为它揭示了意识形态的运作模式；理论也违反了美学家们的哲学传统，对文学经典提出了质疑，模糊了文学和非文学话语的界限。”② 德曼对意识形态的阐释反映了支持与反对文学意识形态性的批评家之间的冲突。文学理论是应该对所处的意识形态进行反映并参与其构建，还是应该完全脱离意识形态而专注于文学性的研究，这

---

① Paul De Man. *Aesthetic Ideology*. Minneapolis&London：University of Minnesota Press，1997，pp. 106—107.

② Paul De Man. *The Resistance to Theory*. Minneapolis &London：University of Minnesota Press，1986，p. 11.

是理论的支持派和反对派争论的焦点之一。这一分歧体现了文学及文学理论的审美功能和意识形态功能之间的矛盾。反对意识形态的批评家们认为，文学的颠覆力量能够摆脱意识形态的桎梏。文学文本自身远非封闭，因而其反意识形态论述能够削弱任何意识形态叙述的整体性。而以伊格尔顿的观点来看，文学理论都带有某种政治倾向，他将文学理论视为当代政权和资本主义经济体制化的一部分，是政治意识形态的体现。德曼并不否认文学理论及作品中的意识形态功能，但对保罗·德曼而言，文学不应该成为意识形态的反映，而应该成为揭露其虚妄的实质工具。

《浪漫主义修辞学》(1984)

《浪漫主义修辞学》（*The Rhetoric of Romanticism*）出版于1984年，是一本以欧洲浪漫主义和后浪漫主义文学为主题的文集，收集了保罗·德曼写于1956年至1983年的论文，其中有一半以上的文章写于1960年至1966年。此书虽是在德曼去世后才得以出版问世，但却由他亲自编辑而成，而且论文的遴选与编排也均出自其手。该书内容涵盖了德曼的前期作品和晚期论述，有助于我们更好地理解《阅读的寓言》中提出的“修辞、阅读与解构”理论，同时确立了德曼作品在浪漫主义思想研究中的重要地位。

德曼深受德里达解构主义的影响，形成了独具特色的批评风格，糅合了富有思辨性的欧陆哲学传统和细读式的新批评传统，这既可以视为一种激进的哲学，又可以称为一种另辟蹊径的文学批评方式。一方面，他致力于重新评价浪漫主义与后浪漫主义诗歌，重视对文学文本的细读，这种批评取向与米勒、布鲁姆、哈特曼等人不谋而合。另一方面，他密切关注语言中修辞与语法的张力，批判整体化的审美意识形态，强调意识之于语言的局限性，因此其思想的深刻性与激进性似乎更接近德里达。①

人们习惯上将德曼扑朔迷离的思想历程分为两个阶段——转向修辞学之前和转变之后。大约在 1967 年到 1969 年，也就是德里达在约翰·霍普金斯大学国际会议上发表《人文科学话语中的结构、符号与游戏》一文后，德里达与美国学界的接触日益密切。因此，德曼在继续跟踪他关心的课题的同时，有意识地调整、转变批评的取向与方法。这时，他的批评术语中出现得最多的字眼不再是"意向性""主体性"和"时间性"，而是"语言""修辞"和"寓言"。如果说，文学与自我（或意识）的关系是德曼前期关注的焦点问题，那么他后期关注的重心则从自我的维度滑向了语言的维度。修辞逐渐从德曼的论述中凸显出来，成为最关键的问题。② 然而，尽管德曼的批评有过一次"从自我到修辞"的方法论转变，但前后期在很多方面并没有发生实质性的变化。比如，认知失败论、文学本体论、时间性概念和对修辞的关注一直贯穿了德曼的整个批评生涯。③ 这是因为保罗·德曼注意到，"语法"是相对确定的，可以进行逻辑分析的，而"修辞"则是隐秘的，不确定的，甚至是难以认知的，即无法做逻辑分析："修辞从校本上将逻辑悬置起来，并展示指称反常的变化莫测的可能性。"④ 如果说文学有什么独立存在的合法性的话，那么一定是因为文学与这个世界的难以把握性和不确定性具有同构性，这也许就是德曼"毫不迟疑地将语言的、修辞的、比喻的潜在性视为文学本身"⑤ 的原因。

---

① 周颖：《阅读之旅：从主体性到修辞性——论保尔·德曼的解构历程》，中国社会科学院研究生院，2003 年，第 5 页。

② 周颖：《阅读之旅：从主体性到修辞性——论保尔·德曼的解构历程》，中国社会科学院研究生院，2003 年，第 8 页。

③ 周颖：《阅读之旅：从主体性到修辞性——论保尔·德曼的解构历程》，中国社会科学院研究生院，2003 年，第 9 页。

④ ［美］保尔·德曼著，沈勇译：《阅读的寓言》，天津人民出版社，2007 年，第 11 页。

⑤ ［美］保尔·德曼著，沈勇译：《阅读的寓言》，天津人民出版社，2007 年，第 11 页。

在论文《浪漫意象的内在性结构》中，德曼首先提出在西方文学史上，意象作为诗歌语言维度的重要性并非一成不变，这一点可从隐喻的突出和结构的不断变化中得到印证。16 世纪法国诗歌中的意象比 17 世纪中的意象更丰富多样，15 世纪中世纪诗歌与 13 世纪诗歌中的意象大不相同。与此同时，在这一时期的批评文本和诗歌文本中，“想象力”一词的复杂性和重要性也在不断增加。这种诗歌术语的演变与诗歌用词结构的变化相对应。变化经常采取一种更具体的回归形式，一种自然物体的增殖，恢复语言中已经部分丧失的物质实体。同时随着矛盾辩证法的发展，语言的结构愈发地隐喻，象征外衣下的或者神话的意象被视为最突出卓越的风格。这种倾向在如今的诗人或评论家中比较普遍，也很自然地出现在理论研究中。德曼指出，丰富的形象是与自然物数量的丰富相一致的，想象力主题与自然主题紧密相关，这种根本性的不明确性造就了浪漫主义诗学的品格。两极之间的张力从来没有消失过，我们应该设法说明这一出现在一些特定的诗学短文中的潜在张力结构。① 毫无疑问，两个极端之间的张力关系是一直存在的，德曼试图通过荷尔德林(Holderlin)《面包与美酒》中的一些段落来说明这种潜在的张力结构。

诗歌《面包与美酒》中富含诗意化的词语并非是荷尔德林的随意取用，而是希望这些词语在命名时可以发挥其最高功能。通过分析“花”的起源可以发现自然客体的本源由其自身的存在所决定，其形成的方式与起源方式一致，存在和本质一贯保持一致：“称它们（花儿）为自然物，是想说，它们的起源仅由它们自己的存在决定。它们的成长过程与它们产生的模式始终一致：就像是花儿那样，它们的历史就是自身，完全是由它们自己的身份定义的。它们的存在不会有一丝变化，存在与本质总是恰好一致。”② 不同于其他意指产生的词语，“花”的字面意就是

① Paul de Man. *The Rhetoric of Romanticism*. New York: Columbia University Press, 1984, p. 2.

② Paul de Man. *The Rhetoric of Romanticism*. New York: Columbia University Press, 1984, p. 4.

它本身，即像花一样的起源，因而诗意词语的意图是努力摒弃所有的隐喻，使之变成完全的字面意思。我们只能从差异的角度来理解本源，本源的出现是因为需要以某种地点或物质的形式展现，而不是现在像这里的样貌。试图从本源的角度去设想自然对象，就会产生一种先验理论概念，即对以自然对象为出发点的理论探索，始于具体化的“微小的特殊物”，并逐步上升到先验的本质。“Wie Blumen，entstehn”（鲜花迸放，来表达它）作为一种先验原则自然流露，作为一种顿悟而出现。19 世纪的诗歌以无数种形式和版本体验了失败的冒险。有时，浪漫主义思想和浪漫主义诗歌似乎很接近对物体的怀旧，以至于很难区分物体和意象、想象与感知、表达性和构成性以及模仿与字面语言的差异。事实上，那些说“物质和意识之间有一种‘愉快的关系’”的批评家们没有意识到，这种关系必须建立在语言媒介上，而这也证明了这种关系实际上并不存在。[①]

《荷尔德林诗歌中的卢梭意象》：早在 1914 年，荷尔德林最忠实的编辑诺伯特·冯·海林格拉斯（Nobert Von Hellingrath）就曾表达过“明确荷尔德林与卢梭之间关系”的必要性。[②] 几乎所有关于荷尔德林的著作都有关于他和卢梭关系的评论，但这些评论都很零碎。另外，评论家注意到，卢梭明确地出现于荷尔德林文学生涯中三个不同时期的三首诗歌中。他们对这些诗歌，尤其是对长诗《莱茵河》进行了研究。但是，关于这一问题的洞见都囊括在一份始于 1956 年的关于荷尔德林研究状况的报告中。但随着对荷尔德林与卢梭研究的增多，以及由于德国对卢梭的不信任而造成在讨论中对卢梭形象的损毁，均在一定程度上妨碍了荷尔德林的译者解决斯瓦比亚诗人和日内瓦公民之间的关系问题。这时，荷尔德林对卢梭的崇拜就显得多少有些尴尬，而这种尴尬背后事

---

① Paul de Man. *The Rhetoric of Romanticism*. New York：Columbia University Press，1984，p. 8.

② Paul de Man. *The Rhetoric of Romanticism*. New York：Columbia University Press，1984，p. 19.

实上隐藏着对这个问题的抵制。因此，这个问题的重要性远远超过了文学历史和评价问题。海林格拉斯（Hailin Glass）认为这个主题具有基础性，以至于它实际上触及了我们历史状况的根源，这也是人们试图绕过而不面对这个问题的原因所在。

由于篇幅限制，我们很难从整体上审视这个问题。德曼通过简化形式，从三个方面入手分析了这一问题。首先，对荷尔德林作品中的相关段落进行注解，着重考察卢梭以被命名或典故的形式出现的段落。其次，荷尔德林的*Oeuvre*（《全集》）由复杂且紧密结合的主题构成，因而不得不将“卢梭”这个主题放进更宽泛的主题背景中。再次，在上述操作的基础上，将其得出的结论与历史上的卢梭进行比较。如此，才可负责地谈论卢梭对荷尔德林的影响及对欧洲浪漫主义起源的重要性。

《华兹华斯与荷尔德林》：德曼认为，他写下此文时，欧洲浪漫主义比较研究仍处于起步阶段。欧洲和美国的比较文学史都在很大程度上关注“前浪漫主义”，尽管一些研究有助于修正人们对启蒙运动时期的刻板印象，但这仍不足以帮助人们对浪漫主义进行更为普遍的理解和接受。当然，一些有价值的贡献已经完善了我们对“时期”的理解。德曼以艾布拉姆和韦勒克为例指出，他们的研究大大加深了我们对浪漫主义和后浪漫主义“时代”思想潮流的认识，但因为研究目标的原因，“他们的研究必然贴近真正的诗歌文本”①。奇怪的是，这种大胆尝试一直没有后继者，虽然自阿尔贝尔·贝甘（Albert Beguin，1901—1957，瑞士学者和翻译家）的书问世以来，解释方法已经取得重大进展。但是，这并不能归因于浪漫主义对“现代”思想影响的减弱，相反，浪漫主义问题继续主导着史学和文学批评的其他问题，当代方法论和意识形态的争论围绕的要点总是可以直接追溯到浪漫主义的遗产，这在英语国家尤其明显。在这些国家，由于偶然的历史原因，浪漫主义代表一种比在欧

---

① Paul de Man. *The Rhetoric of Romanticism*. New York: Columbia University Press, 1984, pp. 47—48.

洲大陆更明显的局限现象。在欧洲大陆，文学研究得到显著发展在很大程度上归因于一种有意的努力，即将我们自己的历史处境与浪漫主义运动联系起来。新批评则不同，它更注重文本的内在性而非文本之外的社会历史因素。这无疑会造成欧陆理论界与英美理论界之间的巨大分歧，进而引发其关于“浪漫主义”的争论。美国哲学家和历史学家阿瑟·O. 洛夫乔伊（Author O Lovejoy）曾在他1924年的文章《浪漫主义的歧视》中建议放弃表达“浪漫”，认为它没有意义。在德曼看来，洛夫乔伊的论点早已被驳倒，而且学界在与其辩论的过程中研究浪漫主义所取得的方法论进展相当可观。可是，如何全面理解浪漫主义在根本上仍然存在难以解决的问题。尽管如此，通过比较的方式来接近浪漫主义的本质还是有了一定的可能性，而这种可能性已经开始出现在一些专业批评作品里面。如果我们把注意力转移到当代两位最伟大的诗人华兹华斯和荷尔德林对这个问题的看法上，可能会更好地理解浪漫主义难以解释的原因，以及解释浪漫主义的必要性。

德曼通过对华兹华斯《序曲》（*The Prelude*）第二卷、第五卷和第六卷中的诗歌分析得知，在华兹华斯的诗歌世界中，似乎有两种倾向，它们在从一种倾向过渡到另一种倾向的瞬间被分开了。这个序列——通过对可变性的诗意理解的中介，将一种回声语言转变为另一种想象的语言——也是诗歌中反复出现的主题。有鉴于此，对华兹华斯来说，没有历史末世论，只有对末世论时刻的无休止的反思。而这个末世论总是由于过度的内在性而失败。“诗歌具有内在性，又具有反思性。诗歌是一种心灵活动，使它从一种活动转向另一种活动。”① 带着这些结论和术语德曼转向了对荷尔德林的考察，在他看来，这一研究路径（指从华兹华斯与荷尔德林之间的关联）“就像这位英国诗人当年的阿尔卑斯山之

① Paul de Man. *The Rhetoric of Romanticism*. New York: Columbia University Press, 1984, p. 59.

旅走过的路那样隐蔽”①。通过对荷尔德林《记忆之神》(*Mnmeosyne*)的解读可以发现，某种诗歌有可能实现从泰坦神到解释的内在性的过渡，并同时保留这两种元素的痕迹。许多浪漫主义诗人的英雄主义和预言主义元素都来自泰坦神，但诗歌从不允许这种力量盲目奔向未知的死亡未来。“诗歌回归自身，成为世俗维度的一部分，尽力保持与大地的关联。”② 这是诗歌的一种自我防御，但这种防御只有在泰坦式英雄主义结束后才可能出现，于是诗人必须以回忆的形式肯定英雄的死亡，记忆的悲伤几乎将其引向同样的死亡。对诗人来说，这种死亡只是一种失败：悲伤的希腊英雄必须死去，但诗人的悲伤是错误的。

浪漫主义作为意识史上比较活跃的时刻，必然以一种任何去神话化都无法完全消解的巨大光芒的形式出现。浪漫主义列强吸引着一些人，同时也遭到一些人的排斥，这种态度的巨大分歧取决于我们是强调革新还是强调风险。通过对华兹华斯与荷尔德林对行为和解释之间关系的思考，德曼得出结论：我们不能回避浪漫主义先驱者留下的解释性任务，不能让由意识所赋予的诗意陷入遗忘。

《作为破相的自传》：德曼对自传的态度举世皆知，在他眼中，自传存在诸多问题，这篇论文可以说集中反映了德曼的自传观。德曼认为，自传理论被一系列重复出现的问题和方法所困扰，这些问题和方法不仅是错误的，而且还很牵强。由于自传理论自身在具体运用过程中的一些固有问题，经常遇到阻碍，具有可预见的单调性。其中一个问题是试图定义自传，将它作为一种文学类型来对待。但无论从经验上还是理论上来看，自传都不适合一般的定义，每个具体实例似乎都是标准的例外，这些作品本身似乎总是逐渐变成类似的或彼此互不相容的学派。或许最能说明问题的是，在悲剧或小说中具有极大启发性价值的讨论仍然令人

① Paul de Man. *The Rhetoric of Romanticism*. New York: Columbia University Press, 1984, p. 59.

② Paul de Man. *The Rhetoric of Romanticism*. New York: Columbia University Press, 1984, p. 63.

沮丧。另一种反复出现的问题是尝试划分特定界限。虽然也不确切，但肯定比普通分类更有价值，因为这涉及自传和小说之间的区别。自传似乎更依赖于真实或者不太矛盾的可证实的事件，它似乎属于更简单的指涉模式、表征模式和叙事模式，其中可能包含大量的幻想和梦想，但这些脱离现实的偏差仍然植根于一个单一的主题，其身份是由它的专有名称的无争议的可读性定义的。热奈特（Gérard Genette）的"旋转门"比喻指出，小说和自传之间的区别并不是非此即彼，而是无法决定。在德曼看来，"自传不是一种体裁或风格，而是在某种程度上会出现在所有文本中的一种阅读或理解方式"①。这就意味着自传存在于一切文本中。但正如我们认为似乎所有文本都是自传体，出于同样的原因，我们应该说它们都不是，也不可能是。自传的兴趣点并不是它揭示了可靠的自我认知，而是以惊人的方式，展示了由对位替换构成的所有文本系统的封闭性和累加性的不可能。从这个意义上说，自传一直渴望逃离这个体系的威压。自传作者和作家自传都痴迷于从认知到解决和行动，从猜测到政治和法律权威的需要。菲利普·勒热纳（Philippe Lejeune）的作品如此彻底地运用了自传的所有方法，以至于成为顽固和坚持的模范。德曼认为勒热纳的坚持和顽固是因为它似乎未建立在论点或证据之上——自传的身份不仅是表征和认知的，而且是契约的，其基础不是修辞而是言语行为。扉页上的名字并不是能够自我认识和理解的主体的专有名称，而是赋予契约法律（尽管不是认识论上）的权威签名。勒热纳将"专有名称"和"签名"交替使用的事实，说明了问题的混乱与复杂性。从作者的镜像形象来看，读者成为法官，具有审查签名的真实性、签字人行为的一致性、签字人尊重或不遵守契约程度的监督权力。先验的权威首先要在作者和读者之间决定，或者在文本的作者和以他名字命名的作者之间决定。但勒热纳的阅读方式和理论阐述表明，读者对这个

① Paul de Man. *The Rhetoric of Romanticism*. New York: Columbia University Press, 1984, p. 70.

契约“主体”（实际上已不再是主体）的态度，是将其视作一种先验权威，允许他做出判断。如此，“镜像结构被置换，但并未被克服，就在我们宣称离弃它的那一刻，便重新进入了一个比喻系统”①。德曼以自传体典范之作——华兹华斯的《论墓志铭》——为例指出了自传研究身陷双重运动困境的必然性。

由此不难发现，在德曼看来，自传的人物不过是一种拟人法，一旦我们理解了拟人法的修辞功能，就会明白，它不过就是让那些虚构人物、缺席者、已故者表现为正在说话和行动罢了。“自传体写作掩盖了心灵的污损，而它本身就是造成这种污损的原因。”②

《华兹华斯与维多利亚时代》：维多利亚时代，人们对华兹华斯的评价很低，这在很长一段时间里影响了后世的华兹华斯批评。在德曼看来，这是因为维多利亚时代的文本，主要强调道德和审美判断，甚至不惜牺牲哪怕是最细微的分析性“阅读”，其在现在看来是过时的，因为许多由此产生的观点令人感到奇怪。马修·阿诺德（Matthew Arnold）颇具代表性，“他身陷诗人华兹华斯和思想家华兹华斯捍卫者之间，没有定论的反复论战中，他用一句很随意的话就轻易否定了整首《序曲》”③。此后很久一段时间，人们都没有真正认真地去解读华兹华斯。新批评之后，弗莱和艾布拉姆斯等人的批评终于使华兹华斯重新受到重视，20世纪50年代左右兴起的“重估浪漫主义运动”推动了包括华兹华斯在内的浪漫主义诗歌研究。德曼认为，当我们充分考虑到华兹华斯的某些神秘之处时，问题仍然存在，维多利亚时代的人们和当代的评论家们都一定程度上注意到了华兹华斯的某些神秘之处，但不知道现今是

---

① Paul de Man. *The Rhetoric of Romanticism*. New York：Columbia University Press，1984，p. 72.

② Paul de Man. *The Rhetoric of Romanticism*. New York：Columbia University Press，1984，p. 81.

③ Paul de Man. *The Rhetoric of Romanticism*. New York：Columbia University Press，1984，pp. 83—84.

否比阿诺德和佩特（Pater）时代更接近对他的认知。以性禁忌为例，这是自前弗洛伊德时代以来，衡量解放进程的普通标准。但在从禁忌到庸俗的迅速转变过程中，最引人注目的或许是人们还没有摆脱19世纪的人们理解和评价华兹华斯的标准。

德曼认为华兹华斯令我们感到困惑的一点是他是一位诗人还是一位哲学家，或者说，他的作品为什么促使我们思考诗歌与哲学之间的相容性问题。常识告诉我们，诗歌和哲学是有区别的两种话语模式，但华兹华斯的语言似乎没有将分析严谨性和诗意说服力明显区别开来。在华兹华斯的作品中，意义不可能被简化为意识哲学所允许的形象图示，词汇亦不可能是完全连贯的。他的作品只有在禁止我们发现的层面上才是道德的或宗教的。如果我们不考虑像“face”或“hang”这类明显带有比喻性的词语，而是考虑华兹华斯用词的句法和语法基础，比如“even”或“but”或经常出现的“not”及其他同源词，这一点就会更明显。事实上，维多利亚时代和当代，华兹华斯的批评总是对这类语言的复杂性做出回应，且不可避免地，他们从伦理学和美学的角度对这些复杂性进行了辩护。相信我们能直面华兹华斯这个纯粹语言的诗人，无疑是天真的，但如果认为我们可以逃避他所知道的一切就更天真了。

《面目全非的雪莱》：德曼将托马斯·哈代（Thomas Hardy）的小说《格瑞比古屋的芭芭拉》中的一段文字作为题记，放在了他这篇有关雪莱的论文的篇首：“挖掘新地基时，掘出了一尊大理石雕像的碎砾。当这些碎砾被呈送到各种各样的文物研究者面前时，他们说根据这些破碎的残片，可以得出的看法是：这尊雕像可能是严重残缺的罗马的森林之神，又或者是死神的寓意形象。只有一两个当地老人猜出了这些碎砾原本是谁的雕像。”① 就像哈代这段文字所表现的那样，包括雪莱作品（比如他的最后一首诗《生命的凯旋》）在内的一些英国重要的浪漫主

① Paul de Man. *The Rhetoric of Romanticism*. New York: Columbia University Press, 1984. p. 93.

义作品一样，都是“经过发掘、编辑、重构的诗歌片断”①，却引发了人们的广泛讨论。德曼认为，我们可以从多种角度，运用多种方法，对雪莱的这首诗进行研究、展开讨论，但历史的复杂性使我们很难确定雪莱的本来面目，正如那些文物研究者很难确定那些碎砾的本来面目一样。

被发掘出的一些片断，也就是这首诗被丢弃的早期版本，向我们展示了雪莱与先驱之间关系的巨大变化。雪莱通过这首诗表明了他与卢梭之间的关系，当然，这种关系在诗中被“戏剧化”了。通过分析发掘出的一些片断，德曼发现这首诗的早期版本，“揭示了雪莱与卢梭，抑或卢梭及其先驱者之间的关系，随着这首诗的展开，这种关系发生了可观的变化”②。可以说，雪莱在这首诗中表达了他如何摆脱卢梭式命运的可能性，以及他对卢梭的看法，这构成了《生命的凯旋》的叙述主线。

德曼结合卢梭的个人生平，从结构、字词、意象等方面对《生命的凯旋》进行了深入的解读。从中我们不难发现德曼深厚的文本细读功力和他对历史、人物心理等问题的深刻把握。

德曼认为，阅读就是一个“毁容”的过程：“阅读就是去理解、诘问、熟知、忘记、抹除，进而使其面目全非和重复，也就是说，是没完没了的拟人化。通过拟人化，死人重获音容笑貌，并得以向我们诉说他们一生的寓意，又让我们回过头把他们抽象起来。”③ 从这个意义上说，雪莱在《生命的凯旋》中对卢梭进行了一种阅读，是一个使之面目全非的“毁容”过程，因为“语言对自身位置的重复抹除”④ 就可以称为

---

① Paul de Man. *The Rhetoric of Romanticism*. New York: Columbia University Press, 1984. p. 93.

② Paul de Man. *The Rhetoric of Romanticism*. New York: Columbia University Press, 1984. p. 95.

③ Paul de Man. *The Rhetoric of Romanticism*. New York: Columbia University Press, 1984. p. 122.

④ Paul de Man. *The Rhetoric of Romanticism*. New York: Columbia University Press, 1984. p. 119.

“毁容”。众所周知，在德曼眼中，卢梭的“毁容”完全展现在文本内部根源性的场景中，德曼对卢梭的解构式阅读其实就是要在其文本内部发现其“自行解构”——即语言行为与陈述效果之间的相悖——的因素与结构，而文本的“自行解构”则是其自身修辞性的结果。在此基础上，文本的阅读又必然是一个误读过程，这“是阅读之无以避免的命运”①。《生命的凯旋》同样无法逃脱“毁容”和误读的命运，这与雪莱的死亡和随后的被毁容不无关系。雪莱因不顾风暴冒险乘船出海而被淹死在斯贝齐亚海，他那被海水泡肿的尸体“填补”了手稿最后一页的空白处，已然成为诗歌不可分割的一部分。于是读者在雪莱缺席（已死）的情况下，必然使自己的阅读走向重写“毁容”，最终使雪莱面目全非。这种将文本历史化，进而赋予它们美学内容的做法，无疑是天真的，正如试图定义、理解和限制浪漫主义与我们和其他文学运动的关系也是天真的一样。有鉴于此，阅读《生命的凯旋》的最后考验取决于人们如何解读雪莱之死的文本性，如何处理雪莱“毁容”的尸体。就此，德曼指出：“《生命的凯旋》告诫我们，一切的一切，无论是行为、词语、思想或文本，都不发生在过去、未来或其他事物的关系中，无论这种关系是正面的还是负面的，它仅是一种偶发事件，它的效果有如死亡的效果，在于其发生的随机性。它还告诫我们，这些事件为什么且怎么样被重新整合进一个历史和审美的，并无视其破绽百出地重复着自身的复原系统。”②由此可见，德曼对《生命的凯旋》的解读具有鲜明解构主义色彩（虽然他从来没有在文章中用过“解构主义”这一术语），延续了他一贯的阅读策略，即从文本的内部“纵聚合”（paradigmatic form）形式中寻找叙述者有意或无意掩盖的东西。这样的阅读在德曼看来，“在某种程度

---

① ［美］卡勒著，陆扬译：《论解构：结构主义之后的理论与批评》，中国社会科学出版社，1998年，第254页。

② Paul de Man. *The Rhetoric of Romanticism*. New York：Columbia University Press，1984. p. 122.

上抵制历史主义，从历史角度来说，比历史考据更加可信”[①]。弗兰克·伦特里奇亚（Frank Lentricchia）也许是对的，他将德曼定义为纯粹的文本主义者，完全割裂了文本与历史、社会、文化等语境之间的联系，“将文学话语置于它不用为历史生命负责的领域。文学话语就像是自主、封闭、壁垒一般的世界，它不允许其他类型话语的限制和介入，除非这些话语在受到文学语言的自我解构活力蒙骗时，它们能够去掉本身那种限定性力量”[②]。

在《面目全非的雪莱》的最后一段中，德曼认为“以往人们对卢梭的解读和“毁容”，使雪莱成为‘猜出这些碎砾原本是谁的雕像’的读者之一”[③]，但我们却无法相信德曼是猜出雪莱雕像的读者，因为根据他本人的理论，他对《面目全非的雪莱》的阅读与其他人的解读一样，无法逃脱误读的命运。

在《华兹华斯和叶芝诗歌中的符号景观》一文中，德曼区分了被“贴上浪漫主义标签的两类诗人”[④]：一类是以华兹华斯为代表的浪漫主义诗人；另一类则是以叶芝为代表。二者在对待“自然”的态度上存在明显差异。像华兹华斯这样“天生的”浪漫主义者，他主张“时刻都在坚定地看待这个主题”，人们可能会把诗人想象成画家，其语言仅仅是记录和模仿感官。然而，众所周知，这种对主题的关注只是华兹华斯的出发点，他也许比任何诗人都更能体会到当目光与物体相遇时所发生的复杂性。在感知和想象之间微妙的相互作用中，最为复杂的莫过于对自然景物的描绘，这一描绘在华兹华斯诗意语言的有序形式中被转化和回

① Paul de Man. *The Rhetoric of Romanticism*. New York：Columbia University Press, 1984. p. 123.

② ［美］弗兰克·伦特里奇亚著，王丽明等译：《新批评之后》，南京大学出版社，2017 年，第 387 页。

③ Paul de Man. *The Rhetoric of Romanticism*. New York：Columbia University Press, 1984. p. 123.

④ Paul de Man. *The Rhetoric of Romanticism*. New York：Columbia University Press, 1984，p. 132.

忆。这位“湖畔”诗人将风景既看作现实，又视作一种指向彼岸的意象性存在：“在地球上，平静在其所在，它为那些可以听到其声音的诗人存在，不是因为他（指华兹华斯）被赋予了超自然的智慧，也不是因为他居于空间或生命的限界上，而是因为他具有这种双重幻象，使他既将风景看作客体，又将其视作是进入超越可见的自然世界的大门。”[①] 在德曼选取的能够作为典型范例的十四行诗《格拉斯米尔湖畔》（*Composed by the Side of Grasmere Lakec*）中可以看到，将一幅风景的两种截然不同的态度并置在一起，这两种态度通过戏剧性的进展结合在一起，构成了解释的关键。在整个作品中也可以看到类似的张力。华兹华斯的视野虽然广阔，但永远不会包含叶芝偶然提出的完全拒绝自然现实的主张。叶芝对“自然事物”的间断性蔑视与华兹华斯专注而持续虔诚的“看自然事物”有相当大的距离。叶芝对华兹华斯的赞美比他对布莱克和雪莱的赞美要含蓄得多。在对被贴上“浪漫主义”标签的两位诗人之间的根本差异进行任何推测之前，无论是历史的还是其他，都需要澄清这种差异的本质。可尝试的一种方法是，将叶芝后期诗歌中对风景的独特运用与华兹华斯诗歌中的同样具有代表性的例子进行比较。德曼取了华兹华斯的十四行诗《格拉斯米尔湖畔》和叶芝的《库尔公园和巴里塔》（*Coole Park and Ballylee*，1931），通过对它们进行细致分析，从诗歌中的景观解读其背后的象征主义。叶芝对风景的描写和模仿与华兹华斯的观点非常相似，主张将自然视为一种外在物体。但叶芝的象征主义与华兹华斯的象征主义语言毫无共同之处。诚然这两者都是从物质到精神的洞察，但华兹华斯的想象始终停留在视觉的物理过程，而叶芝的参照系则是由本质决定的。按叶芝的话说，这是源于其自身没有与世俗对等的经验。因此，在他1900年以后的诗歌中，他的语言结构呈现为复合的风格：一方面，自然景观和意象的“美”诱惑着诗歌；另一方

---

① Paul de Man. *The Rhetoric of Romanticism*. New York: Columbia University Press, 1984, p. 125.

面，非自然甚至反自然语言的运用使诗歌获得了更深层次的结构和思想内容，将两个完全相容的风格概念并置，甚至比华兹华斯在感知和想象之间的微妙平衡更不稳定。在叶芝看来，想象实际上蔑视感知，但似乎又离不开感知，如果剥去了它的自然属性，诗歌就会变成一个没有生命的骨架。在叶芝大师的笔下，结果可能是极其戏剧化的，但它肯定不会像华兹华斯的十四行诗那样，以"宁静"的承诺结束。

在《叶芝的形象和象征》中，德曼认为叶芝有一种"惊人的洞察力"，"他描述了自己反德国浪漫主义教化观念传统的诗歌发展过程"[①]。叶芝的诗歌具有一种文体独特性，批评家们已经清楚地意识到叶芝作品中文体因素的重要性，而大多数试图对其进行一般性解读的尝试实际上都是对文体变化的解读。尽管目前还没有对这一问题进行系统的研究，但对这些变化的或多或少的零碎和直观的描述强调了类似的因素：早期和晚期诗歌词汇的对比；从纯粹的抒情诗过渡到更戏剧化的媒介；早期诗歌深奥的、僧侣体的意象与后期诗歌更具象、更自然的意象之间的差异；从重复的、咒语般的节奏到复杂多变、突兀的韵律模式的变化；反讽和歧义的增加使用；从新浪漫主义维多利亚时代的"诗意"措辞到生硬的"现代"称呼形式（通常被认为更接近现实说话）的过渡。人们对这些变化的总趋势的看法在一定程度上具有一致性，虽然这些认知仅是基于快速印象，而非翔实的分析。对叶芝的文体批评会使这幅相对简单的图画更加复杂化。

叶芝以惊人的批判性眼光通过反对德国浪漫主义传统中的教化概念，描述了自己的诗歌发展。德曼认为，叶芝诗歌发展的模式是堂吉诃德式，而不是浮士德式。在叶芝的案例（诗歌）中，最初的承诺难以捉摸，而他的实际承诺决定了他诗歌复杂的语言策略，就像马拉美（Mallarme）那样不能从自己明确的陈述中推断出来。叶芝很清楚地表达了

---

① Paul de Man. *The Rhetoric of Romanticism*. New York: Columbia University Press, 1984, p. 145.

他的诗学理论和相关论述，但是无论出现在诗歌、戏剧还是评论性作品中的陈述，都超越了它们的特定意义。他的语言不是真理的语言：它由一种意图决定，这种意图使用语言并将语言卷入其中，但这种意图仍然能在一个元逻辑领域，有时甚至能在反逻辑的领域中找到它的最终理由。德曼指出，理解叶芝的诗歌王国以及他在19世纪诗歌传统中的地位的关键在于观察他的文体演变，并且认为，在做其他考虑之前，要牢记这种变化不可能容易被观察到，这不是单一的变化，而是多个变化，并且不能肯定这些变化会朝着同一方向发展。风格的客观特征并不能理解成诗歌的意图，例如口语词汇的流行必然表明诗歌比传统的“诗意”词汇选择更贴近现实；自然意象的频繁出现必然意味着经验的具体化；戏剧性的句法和结构必然比抒情的语法和结构更受社会关注。所有这些外在风格特征都必须被置于一个高度复杂的动机和意图网络中，才可能准确地说明它们的初步意义。

德曼认为对文体变化的研究确实是解读叶芝的最佳途径，但需要对决定文体特点的意图原则有稳定的认识，需要观察叶芝认为的与主题结构不同的意图模式。和所有浪漫主义诗歌一样，意象最能说明文体风格。叶芝曾说他早期诗歌中的许多意象偏装饰性，如“有花纹的刺绣品”。他早期诗歌的主要基调是自恋式的自我沉思，风格带有明显的英国浪漫主义和后浪漫主义传统的印记。后来，叶芝发现了他与象征主义的相似之处。但他的诗歌从未比1885年之前更接近它们，而那时的叶芝对象征主义作品知之甚少。德曼认为这种情况出现的原因在于诗歌意识的普遍性，使它必然会遇到类似的问题，并尝试类似的文体手段，无论实际接触或影响如何。然而，有些非常普遍的共同来源是存在的，虽然它们不能解释更深层次的亲缘关系，但至少也提供了一些历史事实的基础。

当叶芝称自然意象为伪装的、尚未被理解的象征时，这似乎是一件小事，但它代表了对西方诗学传统主要原则的背离。重要的是，叶芝的象征风格先于他的发展，并通过一种更符合浪漫主义和象征主义传统的意象呈现出来。人们对造成这一变化的原因有着不同看法，从形象到象征的转变很可能是叶芝的策略尝试，它不是一个类似于神谕的不可抗拒的命令的结果，又或是叶芝的精神困境在其早期创作风格中的一种反映。因此，“在后来的作品中，叶芝努力架起象征与自然意象之间的桥梁，或者更确切地说是消弭二者之间的鸿沟”①。显然，叶芝对语言的象征性概念的“转换”是不完整的。归根到底，他仍然忠实于自然事物，忠于他所继承的诗歌传统，尽管他充分意识到这只会导致他陷入麻痹自恋。由此产生的矛盾决定了他诗歌后来的发展。这种冲突的证据出现在《风中芦苇》(*The Wind among the Reeds*)时期。但叶芝很快就厌倦了这种纯粹的象征风格，认为其是寓言性的，或者说是过于花哨，并在1900年后回归到一种似乎更自然的意象。德曼就此指出，叶芝的这种回归说明，“他意识到象征之于他是一补充力量，却无法令其满意。他真正的痛苦仍然是与物质的浪漫性疏离”②。

死亡主题似乎与静止、宁静密切相关。在叶芝早期的作品中，安静是最重要的主题之一，“对宁静或宁静结果的追寻，世界的纷杂对安静的侵扰，是贯穿其早期诗作的一个主题”③。总之，对1900年前后发生的风格变化的解释，最好是借助分析此前不同类型的意象。这种变化是决定性的，因为它在酝酿了一段时间之后深刻影响了叶芝1916年以后的诗歌创作。这一变化非但不是令人兴奋的经历，反而是叶芝自己的牺牲，损失了他最想拥有的东西。在叶芝后期的自传体作品中，他对自己这次转变的描述是模糊不清甚至语无伦次的，令人费解。无论如何，“这一时期，死亡代替了早期诗歌中那种消极且易于满足的宁静主义，

---

① Paul de Man. *The Rhetoric of Romanticism*. New York: Columbia University Press, 1984, p.170.

② Paul de Man. *The Rhetoric of Romanticism*. New York: Columbia University Press, 1984, p.172.

③ Paul de Man. *The Rhetoric of Romanticism*. New York: Columbia University Press, 1984, p.174.

现在死亡是一种痛苦的、荒谬的英雄行为”①。此外，随着意象变得越来越具体，以及叶芝年龄的增长和技巧的成熟，爱的主题不仅变得更重要，而且愈发坦率，也与性相关。因而，人们很容易认为叶芝是在克服精神与物质分离的诗人，他在浪漫主义传统的“情感分离”方面比其他诗人走得更远。

通过修辞手法的作用对其进行解构是叶芝成熟作品中反复出现的策略，也是他应对自然意象困境的特殊方式，《亚当的诅咒》（*Adam's Curse*）和《在学童中》（*Among School Children*）可为例证。德曼认为，“叶芝的成熟风格是建立在物质与功能的奇怪而又复杂的二元性基础之上的”②。他经常把舞蹈看作舞者，也就是说他把象征性动作伪装成自然意象来呈现；另外，当诗歌意象更明显地具有象征意义时，通常会被他对化身为美的价值主题的坚持抵消掉。在德曼看来，雪莱的二元论是“一种脆弱的平衡”③，其本身当然不失为修辞与风格方面的壮举，但双方并未成达和解，更枉谈构成一种辩证关系了。

德曼认为叶芝在风格与修辞上的壮举确实对读者具有一定的迷惑性，使读者在两极间摇摆，这体现为两种占主导地位的解读趋势：要么屈服于自然形象的诱惑，主张不假思索的阅读，反对任何“系统性”或“学究式”的解读；要么将其视作深奥的阅读对象，把阅读它们看作是一种信仰行为。④ 但叶芝可以迷惑读者，却无法欺骗自己，他本人的根本性困惑迟早会出现。在他的晚期诗歌中，转变再次出现，这次转变“以主题危机的形式”呈现出来，最终叶芝走向了神秘主义，“毁灭的启

① Paul de Man. *The Rhetoric of Romanticism*. New York: Columbia University Press, 1984, p. 183.

② Paul de Man. *The Rhetoric of Romanticism*. New York: Columbia University Press, 1984, p. 203.

③ Paul de Man. *The Rhetoric of Romanticism*. New York: Columbia University Press, 1984, p. 204.

④ Paul de Man. *The Rhetoric of Romanticism*. New York: Columbia University Press, 1984. p. 204.

示录景象”占据了他的诗歌。① 德曼通对叶芝晚期诗作的解读指出，叶芝晚期的诗作虽然没有放弃对自然意象与情色意象的书写，但他要表达的则是这些意象与神性的距离。“叶芝通过破坏自然与情爱的方式，实现了从自然到神的转变，这一进程表达了他在‘象征性’高峰时期的坚定信仰。”② 但信仰如果失去了现实基础，必然走向虚无主义，叶芝也难逃这样的命运，虽然他也曾试图回归现世，很可惜，从象征的天堂重回荒芜大地的桥梁早已被他烧毁，也正是在这个意义上，德曼说：那些身陷后浪漫主义困境的焦虑中，指望从叶芝那里获得慰藉，或者希图从虚无主义的麻木状态中解脱出来的人们，注定会失望。叶芝通过向那些貌似充满希望，实则虚妄的解决方案发出危险示警，完成了语言的最高形式在当前能够完成的一切。③

《抒情诗中的拟人与比喻》：拟人有时包含隐喻和转喻，但对二者没有补充作用，也无法对之进行综合，因为转喻和隐喻也不一定就是拟人。为了说清抒情诗中的转义辞格问题，德曼对尼采有关“真理”的一句话进行了解构。尼采说：“什么是真理呢？就是隐喻、转喻、拟人化的流动大军。”④ 在德曼看来，尼采的真理定义是辞格的集合（如“军队”，除去其他内涵，至少是一个集合名词），只是一个纯粹的结构定义，并不具备规范性；它暗示真理是有关系的，是一个主语（如“真理”）和一个谓语（如“一组修辞”）的衔接，允许定义一个问题（如“什么是真理”）的答案，而不是单纯的同义赘述。在这点上，说真理是一种修辞，则意指它是陈述命题的可能性；说真理是一组不同的辞

---

① Paul de Man. *The Rhetoric of Romanticism*. New York: Columbia University Press, 1984. p.205.

② Paul de Man. *The Rhetoric of Romanticism*. New York: Columbia University Press, 1984. p.217.

③ Paul de Man. *The Rhetoric of Romanticism*. New York: Columbia University Press, 1984. p.238.

④ Paul de Man. *The Rhetoric of Romanticism*. New York: Columbia University Press, 1984, p.239.

格，则意指它声明几个命题的可能性是一个主题。根据不一定相同的发音原则将几个谓词与一个主语联系起来：真理是通过无限不同的命题集来定义的可能性。尼采的这一断言纯粹是对一种不受挑战的语法可能性的描述，因此它没有批判推力，也没有声称：断言真理是一种修辞，并没有内在的破坏性。但拟人不同于转喻和隐喻，它不仅仅是辞格，而且是对物质层面上的认同。它以一个实体作为另一个实体，因此暗示特定实体的结构先于它们的混淆，把某物作为另一物，然后可以假定是被给予的。拟人将修辞转换和命题的无限链冻结为唯一的断言或本质，因此排除了其他的断言或本质。真理现在由两个不相容的断言定义：真理要么是一组命题，要么就是一个专有名称。然而，从修辞到解释系统（如拟人）的趋势很明显的是建立在比喻概念的基础之上。尽管比喻与拟人不相同，但拟人的结构却像比喻一样：跨越从修辞到名称的障碍很容易，可一旦跨越了这个障碍，就不可能再回到“真理”的起点了。“真理是一种修辞；修辞产生规范或价值；这种价值（或意识形态）不再是真实的。修辞确实是不再真实的意识形态的生产者。”① 尼采说，真理是一支移动的修辞军队。德曼认为尼采的这种提法不仅奇怪，而且可能会造成误导。真理并非要统领众多修辞去与谬误战斗，它只是对谬误的一种否定性认识罢了。真理要对抗的是愚蠢，而非谬误。德曼对《痴迷》（*obsession*）和《感应》（*correspondances*）这两首十四行诗的分析表明，其关系是任何文本的内在特征，即都需要作为理解来阅读。我们所谓的抒情诗是表征语态的实例，便于阐明修辞和主题特征，使其成为语法、修辞和主题之间互补关系的范例。“抒情诗不是一种体裁，而是用来标示理解的防御运动及未来阐释学之可能性的几个名称之一。”② 从这个角度来看，通用术语之间没有显著区别：都具有明显的内在性与

① Paul de Man. *The Rhetoric of Romanticism*. New York: Columbia University Press, 1984, p. 242.

② Paul de Man. *The Rhetoric of Romanticism*. New York: Columbia University Press, 1984, p. 261.

时间性功能。诸如“抒情诗”（或“颂”“田园诗”“挽歌”）之类的泛称，以及“浪漫主义”或“古典主义”等伪历史时期术语，都是抵制和怀旧的术语，与现实历史的实质相去甚远。

《审美形式化：克莱斯特的〈论木偶剧〉》：本文以席勒致科尔纳的一封信开篇，在信中，席勒对他理想中完美的审美社会进行了描绘。席勒的英语译者和评论家伊丽莎白·威尔金森（Elizabeth Wilkinson）和威洛比（L. A. Willoughby）援引了席勒信中的一段话，并认为这段话反映了《美育书简》这本书作为一个整体其哲学与美学的复杂性。德曼认为，席勒的文本，及其关于它的评论“将复杂的审美意识形态缩约成了一系列富于暗示性的概念，这些概念因其表达的愿景具有真正的普遍性，而非因其本身是老生常谈而获得普适性”[①]。在席勒那里，审美主要是一种社会和政治模式，其理论基础显然是康德的自由观。席勒的审美观不无激进性，指向的是现实与政治问题。但问题在于，文学的主题重复（即表现所有人共有的思想和感情）和形式的严格（即有其自身的编码和规则）、无限丰富间存在一种紧张关系。德曼认为，无论是席勒的《美育书简》还是有关它的那些评论，都没有考虑到这种紧张关系，而作为同一文学传统之内的，关于这一主题的版本——克莱斯特的《论木偶剧》——则“讲述了不一样的故事，并揭示了席勒美学意识形态背后隐藏的一些东西”[②]。

克莱斯特的《论木偶剧》不是由论点、论据与论证过程等要素构成的文本，而是由三个独立的故事组成。三个故事分别由“我”和“他”讲述。整篇文章就像一部剧作，既有舞台场景，又有对话。通过《论木偶剧》中的三个故事及其人物关系的分析，德曼认为这篇文章不仅包含着修辞场景和教导场景，也包含着阅读场景，意蕴异常丰富，“在很短

---

① Paul de Man. *The Rhetoric of Romanticism*. New York: Columbia University Press, 1984. p. 264.

② Paul de Man. *The Rhetoric of Romanticism*. New York: Columbia University Press, 1984. p. 265.

的篇幅内，浓缩了主要的文体修辞手段，通过这些手段，叙事成功地遵守和颠覆了模仿的要求，并在这种要求下运行”①。这里所说的模仿，既指《论木偶剧》中的故事与前辈作家作品和现实的关系，更是指《论木偶剧》中三个故事之间的关系。这种关系就如同木偶与木偶操控者之间的关系：木偶本身没有动，只是操控木偶的人在动，木偶与人由线和线组成的系统连接在一起。木偶表演所有的美学魅力来自于木偶师的线性运动转变过程，于是它成了令人眼花缭乱的曲线和阿拉伯花纹的展示，但动作本身没有任何审美趣味和审美效果。审美的力量既不来自于木偶本身，也非操控者，而是源于纠缠于他们之间的文本。“这个文本是一个转换系统，是线的扭曲变形，成为椭圆、抛物线、曲线的修辞。这些修辞被量化成了运动系统。”② 如此可见，木偶戏的审美效果主要是由修辞性的形式法则来决定的，而非由激情或情感的动力决定。这就是为什么克莱斯特在《论木偶剧》中说，木偶遵循“纯粹的万有引力定律”，他们的运动只为修辞而存在，而非相反，这就“保证了真正优美的运动模式的一致性和可预测性”③。如此修辞就使得审美被完全形式化了，当然也被完全机械化了，同时也会造成语法“变格”（falle）的机械性可预测，而在德语中，“变格”这个词也有“陷阱”的意思，“陷阱不仅是这个文本，也是所有文本的最终模式，审美教育的陷阱不可避免会混淆舞蹈的优雅和由文字的力量造成的语言肢解。无论是以诠释的镜子、模仿、历史或击剑比赛的形式出现，还是以修辞的变形转换形式出现，这种舞蹈最终都是一个陷阱，不仅无可避免且致命”④。

---

① Paul de Man. *The Rhetoric of Romanticism*. New York: Columbia University Press, 1984. p. 274.

② Paul de Man. *The Rhetoric of Romanticism*. New York: Columbia University Press, 1984. pp. 285—286.

③ Paul de Man. *The Rhetoric of Romanticism*. New York: Columbia University Press, 1984. p. 286.

④ Paul de Man. *The Rhetoric of Romanticism*. New York: Columbia University Press, 1984. p. 290.

J. 希利斯·米勒

J. 希利斯·米勒（J. Hillis Miller）是美国20世纪重要的文学批评家，欧美文学与比较文学研究的杰出学者，与哈罗德·布鲁姆、保罗·德曼、杰弗里·哈特曼一同被视为解构主义耶鲁批评派的“四人帮”。米勒曾就读于哈佛大学并获得博士学位，先后任教于约翰·霍普金斯大学、耶鲁大学，其研究深受德里达和德曼的影响。他在《小说与重复》和《解读叙事》中围绕“重复”理论和“线条”理论，集中阐述了自己的解构主义叙事理论，力图瓦解文本的权威性和单一性，用理论和实践展示出文本的无穷可能性，引起了广泛而深刻的影响。

国内外学者对米勒的文学批评理论和实践的研究各有其侧重点。国外学者主要通过对米勒文学理论的研究来呈现米勒的小说批评理论，而国内学者则更加关注解构主义相关理论研究。尽管解构主义理论是各国误读的集中地带，但是随着交流与对话的深入，对相关理论的理解也在不断更新与深化。总体上，米勒的学术研究历程可以分为四个阶段，分别是新批评时期、现象学批评时期、解构主义批评时期和文学言语行为分析时期。国内有学者将其研究路线概括为“语言——意识——语言——言语行为”①。他的重复理论与解构批评的实践提示了经典作品丰富多样的内涵和意义，以及解读文学作品的无穷可能性与潜在的多样性，对文学批评理论的开拓与建设做出了不可磨灭的贡献。米勒的文学批评大致分为两个阶段。第一个阶段是意识批评阶段。任教于约翰·霍

① 陈聪：《J. 希利斯·米勒小说批评理论研究》，辽宁大学，2019年，第123页。

普金斯大学期间，米勒主要受乔治·布莱（George Poulet）的影响，接受了日内瓦学派的思想，注重研究文学作品的整体主观思想结构，认为文学是一种意识形式，文学体现的是一种思想状态。第二阶段是解构主义批评阶段。这一时期他则主要受与布莱同样强调文本阅读的德里达的影响，转向了解构主义批评。这一时期他的基本论点是：文学文本的语言是关于其他语言和文本的语言；语言是不确定的；一切阅读都是“误读”；通过阅读会产生附加的文本，破坏原有的文本，而且这个过程永无止境；阅读可以改进人们的思维，提高人们的意识，增强辨析问题的能力等。此后，米勒依然笔耕不息，不断进行新的学术探索。

作为一名具有鲜明时代性的文学批评家和理论家，米勒始终以其独特的视角和鲜明的理论影响、引导着美国文学理论的发展。同时，作为改革开放后最早来到中国讲学的西方学者之一，米勒与中国学者之间长期的学术交往，不断推进着中西文论的对话与交流，对中国当代文论的持续发展有着重要意义。

《小说与重复》(1982)

出版于1982年的《小说与重复：七部英国小说》是耶鲁解构主义批评学派成员J. 希利斯·米勒的经典作品之一，主要内容是通过分析七部英国小说中重复现象的呈现方式，识别其中重复出现的现象，进而深层解读这些重复现象衍生的意义。

《小说与重复：七部英国小说》中共有八章，分别是《重复的两种形式》《〈吉姆爷〉——作为颠覆有机形式的重复》《〈呼啸山庄〉——重复和“神秘莫测”》《〈亨利·艾斯芒德〉——重复和反讽》《〈德伯家的苔丝〉——作为内在构思的重复》《〈心爱的〉——被迫中止重复》《〈达洛卫太太〉——使死者复生的重复》《〈幕间〉——作为推断的重复》。

全书可划分为总、分两个部分——重复理论的介绍与解释和对文本的细读与分析。虽此书颇有理论著作之相，但作者米勒却开宗明义地指出："我开头就说这本书并不真是一本'理论'著作，我把它看作是竭尽全力对这七部小说的文本进行解释的一次尝试，这意味着我不打算搞出一整套系统严密的专门术语来论述小说中的重复现象。"[①] 米勒尽可能运用该小说中的语言或者特别切合它的语言[②]，对之进行阐释，旨在帮助读者能够以开阔的眼界和更充分的思想准备去发现他们之前在作品中未曾注意到的地方。

一、重复理论的介绍与解释

米勒在第一章《重复的两种形式》中，介绍了重复的两种形式和重复的三种规模。

（一）重复的两种形式

米勒受吉尔·德鲁兹（Jill Druze）《感觉的逻辑》的影响，赞成德鲁兹将尼采与柏拉图二人的重复概念进行对照的做法。德鲁兹将重复的两种形式形容为"仅仅那些与自身相像的事物之间才有差异"和"只有存在差异，事物才彼此相像"两种命题。[③] 前者为"'柏拉图式'的重复"，要求我们在预设相似或基础相同的前提下去思考问题，并在这种假设下催生出两种观念：其一，以事物间的相似性为基础，提炼出隐喻的表现方式；其二，文学中模仿概念的基础是模仿物与模仿对象相吻合。后者为"尼采的重复"，要求我们将相似，甚至同一看作是一个本质差异的产物，认为世界的基础是差异，事物之间均有着本质区别，具

---

① ［美］J. 希利斯·米勒著，王宏图译：《小说与重复：七部英国小说》，天津人民出版社，2008年，第24页。

② ［美］J. 希利斯·米勒著，王宏图译：《小说与重复：七部英国小说》，天津人民出版社，2007年，第24页。

③ ［美］J. 希利斯·米勒著，王宏图译：《小说与重复：七部英国小说》，天津人民出版社，2008年，第7页。

有唯一性。与前者将世界定义为“摹本”、视作“图像”不同，后者将世界定义为“幻影”，描绘为“幻象”。因为相似基础的缺乏，尼采式的重复带有神秘性。关于两种类型重复之间的区别，瓦尔特·本雅明（Walter Benjamin）的《普鲁斯特的意象》做了进一步的阐明。本雅明将两种类型的重复比作两种记忆，第一种记忆可称为“自觉的记忆”，表现为理智与受意识支配，并构筑了清晰的模型，这种记忆与“‘柏拉图’式的重复”不谋而合。第二种记忆则可被称为“不自觉的记忆”。这种记忆形式构造的是虚构的、逼真的生活，与德鲁兹所说的“尼采式的重复”相对应。本雅明将这由许多相似点构成的“珀涅罗珀式的遗忘的结晶”又称为“不透明的相似”，但他并未对“不透明的相似”下定义，而是借助“象征”的标记来举例说明。如普鲁斯特文本中的“它是一只袜子，但它也是我的妈妈”，前者与后者十分不同，却又令人感到相像，即“不透明的相似”。①

重复的两种形式形成的思维是对立的，前者是根据两种事物之间的相似点，在合乎逻辑的坚固基础上形成，后者则是根据两种事物之间的差异，形成于难以捉摸的非逻辑基础。但是它们之间还相互关联，有着奇特的关系。第二种重复依赖于第一种重复，它不仅不是第一种重复的否定和对立，反而是其“对应物”，与此同时第二种重复又潜藏在第一种重复的内部，随时准备将其瓦解与颠覆。因而，两种重复虽然在形式上互不相容，实际上却同时存在于文本中，遵循着一种“非逻辑性或别一种逻辑”。

（二）重复的三种规模

米勒认为“一部小说的阐释，在一定程度上要通过注意诸如此类重复出现的现象来完成”②，并在解构主义理论的基础上，通过对英国维

---

① ［美］J. 希利斯·米勒著，王宏图译：《小说与重复：七部英国小说》，天津人民出版社，2008年，第8—14页。

② ［美］J. 希利斯·米勒著，王宏图译：《小说与重复：七部英国小说》，天津人民出版社，2008年，第3页。

多利亚时代的七部经典小说进行文本细读与分析，将重复的规模概括为以下三种：

第一种从细小处着眼，是言语成分的重复。言语成分的重复又可分为两种情况：其一是关于词语、修辞格、外形或内在情感的描绘。这种重复并不稀奇，在任何文本中都可看到。如在《亨利·艾斯芒德》中经常会看到“再生”“重新”“再次”等词汇，这意味着一种事件一直在重复进行。其二则是在文本中以隐喻方式出现的较为隐蔽的重复，米勒认为此种重复较前者更为精妙。譬如在《德伯家的苔丝》中屡屡出现的“红色”，不仅突然刺激读者的观感，又暗示了女主角苔丝不幸的命运。例如，“苔丝头发上系的红丝带”“红赤赤的，好像蟒蛇的嘴一般”“亚雷强迫她吃下去的红草莓，亚雷送给她、她用来刺自己下巴的玫瑰”“收割时她手腕上红色的伤痕”① 等，所有红色意象都潜藏着极具创造性与毁灭性的力量，太阳也是其表现形态之一。哈代在文本中并没有用文字直接描写苔丝被侵害一事，而是借助强力的红色意象——太阳光的摄入——完成这一隐喻表达，即“除夕那天，白天很短，下午太阳快要落下时，阳光从一个窟窿眼儿射进屋里，像一条金棒，投到苔丝的下摆上，把下摆像颜料那样染了一块”②。

第二种重复需从大处着眼，是同一文本中事件、场景、主题的重复。如《德伯家的苔丝》中苔丝受侵害一事其实是重复了其祖辈中男子曾对那些农家女所犯下的罪行，苔丝的死亡方式也重复了耶稣被钉死在十字架上的惨剧。

第三种重复则是关于同一作家在其不同作品中的动机、主题、人物或事件的重复。例如，哈代分别于 1891 年、1892 年、1895 年和 1897 年发表了《德伯家的苔丝》、《心爱的》（第一版）、《无名的裘德》和

---

① ［美］J. 希利斯·米勒著，王宏图译：《小说与重复：七部英国小说》，天津人民出版社，2008 年，第 140 页。

② ［美］J. 希利斯·米勒著，王宏图译：《小说与重复：七部英国小说》，天津人民出版社，2008 年，第 141 页。

《心爱的》(第二版)。《德伯家的苔丝》早先拟定的标题是《太迟了亲爱的》。从标题上看,《德伯家的苔丝》与《心爱的》均属于悲剧爱情故事,它们在主题和形式上存在共性,彼此相互呼应。《心爱的》第一版发行后三年内,哈代创作出了《无名的裘德》,这也激发了《心爱的》第二版的创作构思。米勒不仅仅只是从时间方面来判断三部小说的相似和联系,更是从主题、措辞、人物乃至戏剧性的结构等方面找到了三部小说的深层相似之处。如《无名的裘德》中裘德、布赖德黑德和艾拉白拉三者之间的关系与《心爱的》中乔瑟琳、马西娅和爱维斯三者之间的关系以及《德伯家的苔丝》中苔丝、克莱尔、亚雷三者之间的关系具有非常明显的类似性。米勒指出,“不仅哈代的小说和诗歌在主题上互相重复——正如它们经常出现的主题展示的那样:各个互相抵触的意愿间奇异的不协调;在爱情上持久的不满足,而且各个事例中使人受苦受难的爱的根源也与重复联系在一起。哈代所有的小说都以这种或那种方式提着这一问题:‘为什么大多数人会梦游般地活着,在爱情上不由自主地重复着同样的过错,使他们自己和别人一再遭受同样的痛苦?’”①。

二、重复理论下的文本细读与分析

米勒在该书中对七部小说中的重复现象进行了理论概括,并对它们进行了细致的分析与阐释,而后从解构主义的立场出发,通过具体的批评实践指出:重复具有颠覆、神秘化、反讽、丰富内在构思、被迫中止、死而复生和推断七种效果。

米勒将康拉德(Conrad)的《吉姆爷》作为叙述中重复的两种形式交叉的第一个大型事例,认为《吉姆爷》包含了自我阐释的因素。作品中对语词和符号的解释大量地借助于其他的语词,像叙述者相互追随,

① [美] J. 希利斯·米勒著,王宏图译:《小说与重复:七部英国小说》,天津人民出版社,2008年,第170—171页。

或如叙述中套叙述。[1] 米勒曾在《维多利亚时期小说的形式》中说："时间形式、人际关系、虚构与现实的关系是小说三个基本的构造原则。"[2] 首先，从人际关系结构来看，维多利亚时期小说的结构框架往往由一个全知全能式的、承载社会集体智慧的叙述者来维系与支撑，这样的叙述者虽然从来没有明确成为故事叙述的基础，却可以提供可靠的视角和稳固的立脚点，帮助读者观察角色的情感和精神活动。但是，康拉德并没有在《吉姆爷》中设置带有上帝视角的叙述者，甚至作品中的任何视角都并非完全可靠。《吉姆爷》中有许多吉姆对马洛的叙述。在这些叙述中，吉姆力图通过明确的语言进行自我表达，同时解释他的体验；然后，马洛对吉姆的这一自我解释重新加以解释，透露出自己对吉姆的解读和评价；最后，马洛的听众在听完马洛的解释之后再次进行了解释与讲述。这些多次的叙述和解读也就构成了重复。其次，《吉姆爷》的时间结构也有着相似的复杂关系。"如果说叙述者中有叙述者，那么时间中同样蕴含着时间——时间的转折、时间的停顿、预见、逆行、复述以及在讲述故事某一部分前经常出现的暗示"[3]，如马洛这位叙述者多次在世界的不同偏僻之处讲述吉姆的故事。该作品的时间结构不仅复杂，而且是开放的："《吉姆爷》是一连串的重复，每个事件都可回溯到其他事件，它解释它们，又被它们所解释，与此同时，它又预示那些将会发生的事情。每个事件都作为无穷无尽的回归、前行这一过程的一部分而存在，在这一过程中，小说的叙述在整段时间中断断续续地来回推移，在它的流动变易中徒然地追寻着某个稳固的基点。"[4] 康拉德的这

---

① ［美］J. 希利斯·米勒著，王宏图译：《小说与重复：七部英国小说》，天津人民出版社，2008 年，第 26 页。

② ［美］J. 希利斯·米勒著，王宏图译：《小说与重复：七部英国小说》，天津人民出版社，2008 年，第 35 页。

③ ［美］J. 希利斯·米勒著，王宏图译：《小说与重复：七部英国小说》，天津人民出版社，2008 年，第 38—39 页。

④ ［美］J. 希利斯·米勒著，王宏图译：《小说与重复：七部英国小说》，天津人民出版社，2008 年，第 39 页。

一安排彻底打破了年代的次序，成功诱使读者看到了一系列相互重复的事件。最后，米勒认为，《吉姆爷》更多是康拉德通过他漫长曲折的想象和虚构的路径去理解真实世界所做的一次尝试，是其对历史的“解释”，是神秘莫测的“文献”，是虚拟而不可信的。而且，作品中的某个段落在通过预示或者追忆与其他段落发生联系时，却并未令读者在转向另一段落时，对之前的段落达到更容易理解的效果。也就是说，作品中没有能成为其他段落基础的初始因段落。作者康拉德有意的重复设计使《吉姆爷》犹如一本字典，一个词永远指涉其他词，构成无限循环圈。

艾米丽·勃朗特（Emily Bronte）的《呼啸山庄》凭借浓烈的色调，和对人物心理、社会情形与自然景色的细腻描绘，以及吸引人们解释的感性材料（即小说中明显具有言外之意的段落）勾起读者的阅读兴趣，吸引读者从整体上理解和解释整本小说。这些解释清晰地将细节融为一个整体，而使读者相信的众多细节就是重复着隐秘阐释的源头的标记。这其实也在传达注意细节的重要性，因为有些细节就蕴藏着文本的意义。当然，不只是细节，文本中如实表现出来的描写也可能蕴含着被作者隐藏的意指。如“我在那温和的天空下面，在这三块墓碑前流连。望着飞蛾在石南丛和兰铃花中扑飞，听着柔风在草间飘动，我纳闷有谁能想象得出在那平静的土地下面的长眠者竟会有此不平静的睡眠”① 中的“扑飞在石南丛和兰铃花中的飞蛾”与“在草间飘动的风”明显具有象征意味。读者也在此类段落的引导下不断深入触及作品内核，怀疑和探索每个细节，对整部作品提出新的质疑。尝试对该作品进行解释的不只有读者，还有锡德尼·多贝尔（Sydney Dobel）、夏洛蒂·勃朗特（Charlotte Brontë）、多萝茜·范·根特（Dorothy Van Ghent）、C. P. 桑格（C. P. Sanger）、托马斯·莫塞尔（Thomas Mosel）、大卫·塞西尔勋爵（David Cecil）、马克·斯科勒（Mark Scholer）、J. H. 米勒

① ［美］J. 希利斯·米勒著，王宏图译：《小说与重复：七部英国小说》，天津人民出版社，2008 年，第 62 页。

(J. H. Miller)、乔治·巴塔耶（Georges Bataille)、加摩叶·帕格里亚(Gamoye Paglia)、弗兰克·科摩特（Frank Comot)、玛格丽特·霍曼斯（Margaret Homans)、列奥·巴萨尼（Leo Basani)、大卫·威尔逊(David Wilson)、阿诺德·凯特尔（Amold Kettle)、特里·伊格尔顿等，他们对《呼啸山庄》的解释皆言之凿凿，彼此间却又互不相关。不仅是各人的解释风格迥异，关注点不同，甚至是同一人也有着多种多样的解释，如夏洛蒂一人就提出了四种解释——仿效自然、原始生活方式、宗教寓言和被动消极的媒介物，每种解释都貌似有理，但同时又显出极大的片面性。米勒认为这些解释都是错误的，都有着各自的片面与不足，并指出“最好的解释是这样一些解释，它们最能清晰地说明文本的多样性——这种多样性表现为文本中明显地存在着多种潜在的意义，它们相互有序地联系在一起，受文本的制约，但在逻辑上又各不相容”①。

萨克雷（William Thackeray）的《亨利·艾斯芒德》以某种转换变异了的形式重现了他本人的真实生活经历，重现了他与他的家庭以及布鲁克菲尔德太太的关系，拥有重复和重复中套重复的错综复杂的组织系统，内含现实主义小说中的大多数重复样式，同时又成为缺乏理性比喻的绝佳例证，堪称维多利亚式的反讽杰作。《亨利·艾斯芒德》以差异的方式重复了18、19世纪小说的常规俗套，如亨利·菲尔丁（Henry Fielding）的《汤姆·琼斯》，可讽刺的是，该作品并没有将常规俗套重复到底，而是与其背道而驰，尤其与教育小说的英国模式相异，并非是孤儿或私生儿尝遍了世上的酸甜苦辣找到了他们的父母，而后踏上幸福生活之路的故事。阅读萨克雷作品的一个主要乐趣来自于他的文体风格，而这一乐趣就是反讽产生的效果，它源自于读者对“萨克雷本人”与他一时间显露的声音或语调间恒常的细微差异的感受。“萨克雷

① ［美］J. 希利斯·米勒著，王宏图译：《小说与重复：七部英国小说》，天津人民出版社，2008年，第57页。

本人”其实是萨克雷在他的作品中不断地将他自己表现为想象中的另一个人，以此来表现他自己。若将该作品与萨克雷分开来看，那该作品就是一部以即兴写作虚构出来的回忆录形式的英国小说。萨克雷在作品中虚构了一个人物，然后为他杜撰了回忆。在这回忆中，有着浓烈与微暗、包容与脱漏两相对立的结构。作品中的亨利，这个晚年写下回忆录的第一人称的“我”，以第三人称“他”记叙着早年的自我，以此复现年轻时的自我，将他移开的同时又把他拉近。出生即为私生子的亨利，即使遭受着贫困和遗弃的命运，也仍在试图争取地位。“他试图确认他的真名实姓，找到他的自我和他在这个世界上的位置，他采取的方式是在世界上找到一个正统的权威——通过给予他这些保障，它确认自身的权威。”① 然而，他逐渐发现，除他本身外，没有人真正值得崇拜，在没有上帝的世界里无人有资格去扮演上帝。除此之外，在亨利的叙述中，作品中其他人物身上的光鲜外衣被剥去，花哨庸俗和虚荣心被不断呈现出来。但小说中的亨利并没有将自己的外衣也一同剥去，而是作者萨克雷悄然通过其他人物的话语将亨利所创造的自我英雄形象拆穿了。亨利的女儿在序言中描述自己的父亲非常矮小，他的脸部特征很自然地让人想起一种可怕的疾病——天花。碧爱崔丽克斯称他为“伪君子”“全世界最可憎的骄傲的人”“阴沉脸、蓝胡须的小老头儿”。萨克雷也不止一次地将其称为“讨厌鬼”“道学先生”。萨克雷的这种反讽使作品充满了双重意义——亨利话语中的表层意义和读者体会到的意义。另外，作品中叙述形式的重复也使作品充满了反讽因素。亨利对自己的描述不仅由书中其他人物拆穿，他自身的语言也存在着多重反讽的因素。《亨利·艾斯芒德》中的语言大部分采用了“历史现在时”时态，它通过纸页上的语词，将幻想中存在的事物呈现为正在发生的现实。在这个“历史现在时”中，老亨利一直依靠回忆的力量扮演着青年亨利。并且，

① ［美］J. 希利斯·米勒著，王宏图译：《小说与重复：七部英国小说》，天津人民出版社，2008年，第108页。

无论是从老亨利的“我”出发的文字，还是描述青年亨利“他”的文字背后，都是萨克雷惟妙惟肖的扮演。米勒打趣萨克雷，“萨克雷自己那张多少有点可憎的尊容老是透过面具窥视着”。文本中的大多数语言都是由老年亨利、青年亨利和萨克雷共同组成的。萨克雷模仿着老年亨利的语调，而老年亨利又在模仿着年轻的自己，话语失去了源头，成为一种模仿的模仿。①

哈代《德伯家的苔丝》的叙述结构由语词、主题和叙述方面的重复构成，这也是一个有关重复的故事。“这部小说的正文为它的标题、副标题、卷首引语以及前后相关的四篇序言（或）注释重复着”②，哈代以自己的方式重复了女主人公苔丝的命运，他本身也无法脱离对过去发生的行为的重复。哈代在 1982 年写的序言中说道：“这一篇东西，当初我既然说了，管它有没有价值，我且留在这里；要是现在，大概就不会写出那种东西来了。”实际上，哈代又将它们重写了一遍。在 1912 年写的序言，涉及副标题时，哈代说：“不著一字，斯更佳矣（Melus frerat non scrihere），但这个副标题还是留在这儿吧。”他也曾表示“要是当初没写它则更好”，却也承认无法将它抹去。③ 米勒从内在构思的重复方面来解读《德伯家的苔丝》时集中分析了亚雷对苔丝侵害这一事件，发现“体现了文学特征的那种异质多样性的最明显的形式在于对苔丝遭遇多种多样互不相容的解释的同时并存。它们不可能全是真实的，然而它们全部寓于这部小说的语词之中”④。米勒把苔丝的悲剧命运归纳总结出五种阐释模式：第一种，苔丝的悲剧起源于白鹿的传说，苔丝的悲剧重复了她传说中的前辈（白鹿）被杀害的命运。第二种，苔丝的悲剧

---

① 武文静：《希利斯·米勒解构主义叙事理论研究》，山东师范大学，2020 年。

② ［美］J. 希利斯·米勒著，王宏图译：《小说与重复：七部英国小说》，天津人民出版社，2008 年，第 142 页。

③ ［美］J. 希利斯·米勒著，王宏图译：《小说与重复：七部英国小说》，天津人民出版社，2008 年，第 143 页。

④ ［美］J. 希利斯·米勒著，王宏图译：《小说与重复：七部英国小说》，天津人民出版社，2008 年，第 146 页。

起源于她与自然和谐一致的行为违背了公认的社会法律。第三种，苔丝的悲剧起源于因果报应，苔丝为她祖先所犯下的罪孽而受苦。第四种，苔丝的悲剧可由柏拉图的哲学思想解释，即“每个人都由一个男人与一个女人结合而成，构成了一个两性兼备的圆形整体。这个整体被神祇分裂成两半，从此以后分开的两半便在世上游荡，试图和他（或她）的另一半重新结合为一体”①。第五种，苔丝的悲剧来源于早已载入史册且不可变更的命运。这五种阐释模式均有其合理性，阻碍了读者做出单一明确的解释。当然，众多的解释也并未寻找到哈代设计的苔丝悲剧之源。

米勒通过分析哈代的《心爱的》，将重复的中止功能集中表现在两方面，分别是对痛苦爱情的中止和对文本单一性的中止。《心爱的》的男主角乔瑟琳先后爱上三代爱维斯。第一代爱维斯是他的表妹，第二代、第三代爱维斯分别是他表妹的女儿和外孙女。然而在 1892 年版《心爱的》和 1897 年版《心爱的》这两个版本的结尾处，乔瑟琳都并未收获甜蜜美满的爱情。小说含蓄地发出读者想要问的问题：“是什么迫使乔瑟琳像哈代其他小说中的主人公那样，去重复注定会招致痛苦和不满的爱的模式，尽管他在一定程度上力图避免反复地做同样的事？”②其实，这个问题的产生离不开乔瑟琳生活的自然环境与社会环境。乔瑟琳生活在一个四面环海的史林格岛，关键是岛民排斥与外来者或异乡人通婚，大力推行近亲通婚，尤其是在同一遗传家系内部近亲间进行互相婚配，导致岛上每个本地居民之间都有着亲近的血缘关系，爱维斯们也不可避免地与乔瑟琳有着十分密切的亲缘关系，因而某种类似于对乱伦禁令的东西阻碍着乔瑟琳与三代爱维斯的结合。由于岛上近亲通婚的缘故，三代爱维斯在本质上是一系列同姓氏的人，显现着几乎同样的面

① ［美］J. 希利斯·米勒著，王宏图译：《小说与重复：七部英国小说》，天津人民出版社，2008 年，第 153 页。

② ［美］J. 希利斯·米勒著，王宏图译：《小说与重复：七部英国小说》，天津人民出版社，2008 年，第 179 页。

孔。乔瑟琳希望通过和自己心爱的异性结合以完善自身，但他心爱的人是他的女神、母亲、姐妹、情人、镜中反射出来的互补者，是附在他身上的幽灵，与她们结合就好像是在心爱的人身上呈现的自己，乔瑟林明白这并不能让自己找到自我。在1897年版《心爱的》的结尾处，乔瑟琳说："感谢上帝，我终于老了！灾祸没了！"① 生活在这个四面环海且盛行近亲通婚的岛上，乔瑟琳这老去的呐喊代表他终于可以中止含有乱伦意味的感情生活，虽然理想的爱人仍未找到，缺失的自我仍未完善。作品中重复的中止功能还体现在对文本单一性的中止。读者习惯性地认为故事即使没有单一清晰的结局，至少也应该有一个明确的开端。比如，乔瑟琳爱上三代爱维斯，其实是因为乔瑟琳对第一代爱维斯的迷恋形成了爱的固定模式，以至于他自己无法摆脱这种模式的影响，让他不由自主地爱上与第一代爱维斯极为相像的第二代、第三代爱维斯。但事实却并非读者所想，爱维斯并不是乔瑟琳的第一个爱人，也不是他唯一的爱人。爱维斯在乔瑟琳烧毁的那捆旧日情书时明白了："我是——只不过是——长长的、长久的一排中的——一个"②，明白了她自己仅仅是那一系列中某处的一位数字。在这一系列中，开头和结尾得不到确定，文本的单一性也因此被中止。

米勒对弗吉尼亚·伍尔芙的《达罗卫太太》的分析解读注重文本中死者复生的重复，并说明了此种重复来源于小说的叙述方式。有时，小说最重要的主题并非那些直接明确表述出来的东西，而是存在于讲述故事的方式所衍生的种种意义之中。米勒认为，《达罗卫太太》值得探索的重点在于心灵与心灵之间的细微差别。而这种一个心灵能与其他心灵产生联系的假设促使伍尔夫在作品中采用了叙述者无所不知的小说叙述方式。"叙述者以现在时态讲述故事，现在的时间通过往事的再现或重

---

① ［美］J. 希利斯·米勒著，王宏图译：《小说与重复：七部英国小说》，天津人民出版社，2008年，第171页。

② ［美］J. 希利斯·米勒著，王宏图译：《小说与重复：七部英国小说》，天津人民出版社，2008年，第179页。

演，向将来推进，这一复述将过去作为完整的统一体带到现在，或者说，它朝着这样的完整境地进发”[①]，将过去、现在和未来融合为一个完满整体的闭合点。因而，叙述者可以毫不费力地从一个心灵转到另一个心灵：首先寓于克莱丽莎的头脑中，而后转到赛普蒂默斯的头脑中，再转到雷西亚的头脑中，亦可再转到彼得的头脑中，随后重新转回雷西亚的头脑中。因此，《达罗卫太太》中的所有人物都依赖于叙述者。通过叙述者，所有人物的思绪感悟、精神意象和内心话语等在过去的时光中再现并重新演绎，叙述本身便是重复。

另外，伍尔芙写作《达罗卫太太》时采用双重的时间形式。“在小说情节发生的那一天里，主要人物在记忆中零零碎碎地将他们共同度过的往昔生活里的中心事件复活出来，随后所有这些人物在克莱丽莎的聚会上又一次相逢。”[②] 双重的时间形式产生了双重复活的效果。“那些人物自顾自地生存在现实中——他们消逝了的往昔在现实里复活过来。在叙述者无所不包的头脑里，这些人物作为一个个无生命的男男女女生存着，凭借她的语词，他们才得以继续生存。当叙述圈趋于闭合之际，过去和现在交相叠合，那些看起来生机勃勃的人物露出了自己的本相：他们原来早已是冥国中的居民。”[③]

伍尔芙在《达罗卫太太》中通过大部分篇幅表现了以人物或叙述者的回忆为重点的重复形式，而在她最后一部作品《幕间》中表现了更为宽广的领域，将该作品中的焦点明确集中在以人类历史和文学史作为重复形式的情形里，不仅阐释了早已存在的重复系列的问题，而且在该系列中加入了新的元素，使得人类历史不致瓦解为一堆不相关的碎片。哈

① ［美］J. 希利斯·米勒著，王宏图译：《小说与重复：七部英国小说》，天津人民出版社，2008年，第201页。

② ［美］J. 希利斯·米勒著，王宏图译：《小说与重复：七部英国小说》，天津人民出版社，2008年，第224—225页。

③ ［美］J. 希利斯·米勒著，王宏图译：《小说与重复：七部英国小说》，天津人民出版社，2008年，第225页。

特曼曾在其论文《弗吉尼亚的网》中认为伍尔芙的主题是心灵的活动，并将这种活动定义为“插入”（interpolation）的行为，还认识到伍尔芙的作品中存在一股创造性的力量，尽管有障碍和犹疑，却还是在猛烈地前进。但是，米勒认为瓦勒里（Valerie）思考的“推断”（extrapolation）概念相比哈特曼提出的“插入”概念更接近伍尔芙的创作活动和读者解释《幕间》的活动。瓦勒里思考的问题并非是如何将心灵中的两个已知点联系起来，而是考虑如何突入已知和未知之间的空白区域，拓展他预设的那种带有普遍性的心灵的界域。并且，米勒为自己的推断寻找到了证据，他发现伍尔芙的兴趣也在于“推断”而非“插入”，如文中关于母牛吼叫的描写，其实将笔触伸向了尚未出现的将来。《幕间》中所有涉及主题的问题是有关已知向未知扩展的问题，而不是在早已为人所熟知的事物间确立联系，譬如历史的连续性是否能继续存在，战争是否将毁灭文明，屈罗勃小姐在经历她的历史剧表演失败之后还能否再写出新剧。伍尔芙力图在她的作品中填补空缺，将她的精神世界扩展到未知的领域，但有两种可能性对这项事业起到制约作用。其一，空缺真的存在，未知的领域的确是一片空白；其二，那表面的空缺背后潜藏着某个隐秘的存在——推断可以企及的某个先在的目标。若第一种可能为真，即空缺的确存在，则它将显露在作家的作品里，“通过摧毁节奏、突如其来的沉落、正文中空缺的书页、不完整、令人眩晕，能使那空白展示于众”[①]。《幕间》中的历史剧表演对莎士比亚、康格里夫（Congreve）和维多利亚时代的作家进行了滑稽模仿，显示他们只不过是一堆定了型的陈规惯例，从而摧毁了他们的存在，使得人们再也无法以同样的方式去看待莎士比亚后期的作品。在这种作为推断的重复中，小说通过历史剧的不断延展与破裂展现了去中心化、去权威化的构想，展现了女性能破除男性自我中心主义编制的虚假幕帐的特殊才干。《幕间》

---

① ［美］J. 希利斯·米勒著，王宏图译：《小说与重复：七部英国小说》，天津人民出版社，2007年，第253页。

体现了英国小说中发生作用的大多数重复模式，揭示了每部新出的作品在某种程度上都是以往系列作品的重复。伍尔芙由此推断出，作为推断的重复正是体现在它对未来所保持的开放态势之中。

米勒力图通过对这七部维多利亚时代英国小说的分析将重复现象尽可能精确、完整地呈现于读者面前，并借这些重复现象证实他在第一章中识别出的两种重复类型之间既互相对立又相互缠绕的复杂关系。

《解读叙事》(1998)

出版于1998年的《解读叙事》是米勒解构主义批评理论在叙事学方面的典范之作，被认为是后经典或后现代叙事理论的代表性作品。米勒在序言中指出，“本书可视为长篇评论，旨在探讨亚里士多德在阐述故事开端、中部、结尾时所出现的问题”[①]，并把讨论的重点集中于线条性叙事手法上。申丹曾评价道：“在有影响的英美解构主义学者中，只有J. 希利斯·米勒直接与结构主义叙事学展开了系统深入的对话。”[②] 在写作第一章时，米勒就通过分析亚里士多德的《诗学》和索福克勒斯（Sophocles）的《俄狄浦斯王》指出了本书的中心问题，即叙事的线条性是否存在的问题。传统的叙事学将叙事看作是有开端、中部、结尾的逻辑清晰的线条，不论是作家的创作活动还是读者的阅读活动，都会自动地为之找到一个理性的、充满逻辑性的中心点，所有的文字语言都围绕这个中心点进行活动，并最终自圆其说。但米勒却不这么认为：这种发端于两希的“西方文明”传统掩盖了“我们”的传统，“就‘西方传统’而言，我们一出生就是门外汉，早期的家庭和学校教

① ［美］J. 希利斯·米勒著，申丹译：《解读叙事》序，北京大学出版社，2002年，第1页。

② 申丹：《结构与解构：评J. 希利斯·米勒的“反叙事学”》，《欧美文学论丛》，2004年，第242页。

育也难以改变这种状况。至于我们文化中的主要经典著作，我们顶多能够参与受意识形态影响的误读。我们必须研究这一文化以及前人对它往往过于简单的阐释，否则就无法对其提出挑战”①。有鉴于此，米勒以解构批评的立场带着我们重新审视西方文化两个毋庸置疑的经典文本——《诗学》和《俄狄浦斯王》。在米勒看来，亚里士多德的《诗学》是西方逻各斯中心主义的最佳代表，在亚里士多德那里，“任何东西都能够而且应该得到合理的解释，应该回到主宰它的理性或‘逻各斯’那里”②。“逻各斯”一词在此处的含义有存在的理由，存在的目的、根据等。由此，亚里士多德认为一部好的悲剧，必然是合乎自身逻辑的，自身的行动必须遵照一个单一的目的或意义，这样才能使悲剧具有完整性和意义，“悲剧情节不能由不合逻辑的成分构成。应该尽量排除任何不合理的东西，至少得让其处在剧本的行动之外”③。由此米勒指出，在亚里士多德那里，“剧是越长越好，至少越长越美，但必须保证使人能从头到尾看清其来龙去脉。有条不紊就是合乎情理”④。针对这一观点，米勒给出的合理解释是“悲剧的作用就在于要通过虚构的场面激起怜悯、恐惧等非理性情感，然后在‘发现’（anagnorisis）使真相大白、万物回归理性时，让这些情感得到净化。这时观众可以说‘我现在全明白了。’这类似于猜谜语和判断比喻是否贴切时的情况：只要能洞察它，就能产生愉悦之感”⑤。由此，亚里士多德反复以索福克勒斯的《俄狄浦斯王》为例来证明他的悲剧观。《俄狄浦斯王》就是一部具有逻辑性和完整性的好的悲剧，因为它始终围绕神的预言与命运这一逻辑主线展开行动，并最终使观众得到净化的力量。

然而在米勒那里，《俄狄浦斯王》并非代表着亚里士多德口中的理

① ［美］J. 希利斯·米勒著，申丹译：《解读叙事》，北京大学出版社，2002 年，第 1 页。
② ［美］J. 希利斯·米勒著，申丹译：《解读叙事》，北京大学出版社，2002 年，第 3 页。
③ ［美］J. 希利斯·米勒著，申丹译：《解读叙事》，北京大学出版社，2002 年，第 3 页。
④ ［美］J. 希利斯·米勒著，申丹译：《解读叙事》，北京大学出版社，2002 年，第 4 页。
⑤ ［美］J. 希利斯·米勒著，申丹译：《解读叙事》，北京大学出版社，2002 年，第 4 页。

性，而是存在着许多非理性的因素，并不符合亚里士多德所提出的好悲剧的标准。在《诗学》中，亚里士多德将悲剧的情节放在第一要位，因为情节能够推动行为的发生。“根据我们的定义，悲剧是对于一个完整而有一定长度的行动的摹仿（mimesis），有的东西虽然完整，但可能缺乏长度。所谓完整，即有开头、中部、结尾。开头是指该事与其他事情没有必然的因承关系，但会自然引起其他事情的发生。结尾恰恰相反，是指该事在必然律或常规的作用下，自然承接某事但却无他事相继。中部则既承接前事又有后事相继。因此，结构完美的情节不能随意开始和结束，而应符合上述规则。”① 也就是说，在亚里士多德那里，悲剧中开头、中部和结尾的情节是一条清晰的唯一主题或者说逻各斯中心主义的延伸，符合逻辑性的因果律。亚里士多德在《诗学》中所表达的是对理性的绝对认同，对于叙事统一性、完整性的把握，也试图以《俄狄浦斯王》来证明其理论的合理性。然而在米勒看来，正是对《俄狄浦斯王》的理性分析才瓦解了亚里士多德的“逻各斯中心主义”的观点。从解构主义的立场出发，米勒认为在任何形式的叙事过程中，符号、作品、理论、叙述甚至语言本身都具有“异质性”的特点，是无穷变化与不可捉摸的，因此是不可能存在这样一条逻辑清晰的链条的。读者或观众能领略到的只是我们自己将文本理性化之后的一种合理的、想象的存在。尤其是在《俄狄浦斯王》这部悲剧中，故事情节的发展靠人物的行动推进，而不在于人物的语言。“《俄狄浦斯王》所‘摹仿’的‘行动’几乎只是人们站在那儿交谈或者吟唱。剧中所发生的一切全都是通过语言，通过（往往是问答形式的）对话展示的。在快速对答中经常使用的短小句子增强了读者或观众对剧中语言就是行动的感受。”② 从故事的情节来看，组成悲剧的不是一连串因果相连的事件而是具有偶然性的事件，开端是在某一天天神降下的“杀父娶母”的预言——也无法对天神

---

① ［美］J. 希利斯·米勒著，申丹译：《解读叙事》，北京大学出版社，2002 年，第 6 页。
② ［美］J. 希利斯·米勒著，申丹译：《解读叙事》，北京大学出版社，2002 年，第 7 页。

为何降下预言做出合理的解释，找到其源头，中部事件的发展也全是巧合性的事件无法与开端相联系，结尾更不是真正的终结。“剧终时，俄狄浦斯尚不清楚克瑞翁将如何处置他，也不知道究竟是否会允许他流放。我们知道还有下一步，克瑞翁会设法巩固他的新王权。此外，观众都很清楚，这一天发生的事件仅为故事中的一个片断，下面还有俄狄浦斯到科罗诺斯之后的死亡和变形升天，还有他的儿子间的兄弟之战，战争导致了安提戈涅之死。可以说，《俄狄浦斯王》不是一个独立自主的整体，而是从一个大的行动中任意切割下来的一个片断。情况的确如此，除非你将剧中的语言视为行动，认为该剧旨在表达语言能够实施的行动。”①

在亚里士多德那里，“一部好的悲剧必须合乎理性，情节是第一位的，词语是第二位的。悲剧之精彩在于其中的‘发现’，它使一切真相大白，合情合理。‘发现’导致命运的突变，遣词造句只是为摹仿行动助一臂之力”②。米勒认为，语言的不确定性带来的是意义的不确定，以语言代替情节的《俄狄浦斯王》是非理性的，是意义模糊的符号。“该剧最为恐怖之处在于俄狄浦斯的言词从他那儿被夺走。他本想表达某件事，但说出来的话却与其本意大相径庭。他的言辞不受他的主观愿望的控制。其‘心灵’层的逻各斯无法控制其‘词语’或者‘意思’层的逻各斯。他的言辞所获得的意思有违他的理性心灵的本意。就俄狄浦斯而言，逻各斯的两种意义——作为心灵的逻各斯和作为词语之意的逻各斯——注定是互不相关的。俄狄浦斯说的话被飘送至超凡的多重逻各斯的控制之中，从而表达出他自己尚未察觉的真理。这对于像俄狄浦斯（或亚里士多德）这么理性，以自己的清晰推理和表达能力为荣的人来说，是极为残酷的。”③《俄狄浦斯王》这部剧带给人们的不是人与命运

① ［美］J. 希利斯·米勒著，申丹译：《解读叙事》，北京大学出版社，2002年，第8页。
② ［美］J. 希利斯·米勒著，申丹译：《解读叙事》，北京大学出版社，2002年，第8页。
③ ［美］J. 希利斯·米勒著，申丹译：《解读叙事》，北京大学出版社，2002年，第19页。

的抗衡，而是人类对理性的追求及对事物永远无法追根究底的无奈。“《俄狄浦斯王》暗示我们，芸芸众生永远无法断定自己的施为话语究竟是否会按其本意行事。人们可以有所为，甚至可以通过言辞施为，但是，又常常做出有违自己本意之事，常常说出有违自己本之话。人们说话时永远都有口误的危险。正如《俄狄浦斯王》所示，人类的话语往往会失控，这十分可怕。”①

由此，在米勒看来，“《俄狄浦斯王》与《诗学》之间的关系具有深刻的反讽意义。亚里士多德将前者引入了后者，但引入者是寄生性的在场，它从根基上颠覆了后者的前提。通过《俄》剧，俄狄浦斯、其他人物与观众仅仅悟出了这么一个道理：无论我们说什么或者做什么，都可能受制于与我们的本意相违的完全不同的逻各斯。同样，叙事作品中的事件可以用不同的方式组合，以产生各种不同的意义”②。

在第二章叙事线条中，米勒引用亨利·詹姆斯（Henry James）的话再次点名了本书探讨的主旨：“这则小故事全在这里。我可以一点一点地触摸它，我所说的故事线条，就像穿在绳子上的一串彩珠。一颗珠子都不缺——至少我是这么想的：我就是想证实这一点，以此来获得乐趣。”③ 詹姆斯的话表明了传统的叙事观，即叙事是由一连串像珠子般的事件组成的，其开端、中部和结尾具有逻辑性与完整性。传统的叙事学意味着有关叙事的学问或科学，它力图详尽地探讨叙事特征以便在复杂的叙事线条中找到最为清晰的逻辑线条，完成对文本的架构。但在米勒看来，因为语言的隐喻性质和事物的非理性特点，是不存在逻辑清晰的叙事线条的，本书是一部“反叙事学”著作。“就小说中的一系列事件而言，无论它们是作为叙述出来的‘真实’事件还是作为叙述本身，都不会构成真实的线条。首先一点，它们是时间性的，而非空间性的。

① ［美］J. 希利斯·米勒著，申丹译：《解读叙事》，北京大学出版社，2002年，第20页。
② ［美］J. 希利斯·米勒著，申丹译：《解读叙事》，北京大学出版社，2002年，第32页。
③ ［美］J. 希利斯·米勒著，申丹译：《解读叙事》，北京大学出版社，2002年，第43页。

与此相对照，写作显然‘实实在在’地具有线性和空间性。诚然，写作也是对有形线条的某种使用，它构成表达其他事物的比喻，而且可以重复。一个词、一个字母或者象形文字本身就具有重复性，它已经有别于自己，处下自身之外，因为它指涉其他物体，而非自身。此外，任何符号只要得以生存，就必定会被重复，被反复使用。在重复时，后一个版本为前一个版本发挥符号功能提供了可能性。众所周知，在两者之间存在德里达所说的‘差异’，这种差异构成两者的意义之源。”① 德里达曾在《弗洛伊德与书写的意味》一文中明确提出：“本文是不存在确定性，哪怕过去存在的本文也不具有确定性。”② 作为德里达的忠实追随者，米勒的解构主义叙事理论是对他的吸收和改变。米勒认为作为由语言符号组成的叙事文本包含更多的异质性、不确定性，叙事语言作为一种表述方式和作者的意识之间的关系更是错综复杂，这就使得文本具有无限的开放意义；即便从头到尾地溯源一件事件，从而讲述出一个故事，这样的叙事也只不过是重复而已，任何叙事都带有“第二手”性质，“这种从一开始就有的复杂性导致再度双重、再度追寻或者再度追踪，由此带来理论上无限的复杂性”③。

第三章到第十四章是米勒为了说明不存在清晰的叙事线条所举的例证。第三章线条的末尾讨论的是叙事结尾的无限可能性。有关叙事结尾或叙事线条的末尾问题，米勒认为很难有一个准确的描述来定义它。西方批评家们对于小说的结尾应该是封闭式的还是开放式的没有一个统一的结论，一些批评家认为在文本的创作过程中，故事的结尾应该起到的是收拢所有叙事线条的作用，而在亚里士多德那里，悲剧的创作分为“复杂症结”和“解开症结”两部分，“处于行动（action）之外的事件不断与行动之中的某一部分相结合，构成复杂症结，余下的部分就是解

---

① ［美］J. 希利斯·米勒著，申丹译：《解读叙事》，北京大学出版社，2002 年，第 43 页。

② ［法］德里达著：《弗洛伊德和书写的意味》，见胡经之、王岳川主编《文艺学美学方法论》，北京大学出版社，1994 年，第 393 页。

③ ［美］J. 希利斯·米勒著，申丹译：《解读叙事》，北京大学出版社，2002 年，第 45 页。

开症结"①。米勒指出，亚里士多德的这一观点仿佛暗示了解开症结这一行为的无穷性，叙事过程可能自始至终都在"解结"。米勒认为，打结和解结在一个文本中往往是纠缠在一起的，因此这种划分模式是无法确定叙事的开头和结尾的。"真正具有结束功能的结尾必须同时具有两种面目：一方面，它看起来是一个齐整的结，将所有的线条都收拢在一起，所有的人物都得到了交代；同时，它看起来又是解结，将缠结在一起的叙事线条梳理整齐，使它们清晰可辨，根根闪亮，一切神秘难解之事均真相大白。""我们之所以很难断定一部叙事作品的结尾究竟是解结还是收拢打结，是因为无法判断该叙事究竟是否完整。"② 在第四章对开头的讨论中，米勒提出了一个涉及开头的悖论："既然是开头，就必须有当时在场和事先存在的事件，由其构成故事生成的源泉或支配力，为故事的发展奠定基础。这一事先存在的基础自身需要先前的基础作为依托，这样就会没完没了地回退。小说家甚或不得不一步步顺着叙事线条回溯，但永远也找不到任何线外之物来支撑该叙事线条。"③ 这就意味着开头既需要作为叙事的一部分身处故事之内，又需要作为先于故事存在的生成基础而存在于故事之外，造成的结果就是开头仅仅是一个任意的开场白，任何场景理论上都可以成为文本的开头。

从本书的第五章到第十四章讨论的是文本中部的不确定、不连贯性的问题。"不论是在叙事作品和生活中，还是在词语中，意义都取决于连贯性，取决于由一连串同质成分组成的一根完整无缺的线条。由于人们对连贯性有着极为强烈的需求，因此无论先后出现的东西多么杂乱无章，人们都会在其中找到某种秩序。"④ 然而处于开头和结尾之中的中间部分要想获得连贯性会遇到一系列困难，原因之一在于无法确定一个具体的规则来断定在中部哪些情节是与主题中心紧密相关的部分、哪些

① ［美］J. 希利斯·米勒著，申丹译：《解读叙事》，北京大学出版社，2002 年，第 49 页。
② ［美］J. 希利斯·米勒著，申丹译：《解读叙事》，北京大学出版社，2002 年，第 51 页。
③ ［美］J. 希利斯·米勒著，申丹译：《解读叙事》，北京大学出版社，2002 年，第 54 页。
④ ［美］J. 希利斯·米勒著，申丹译：《解读叙事》，北京大学出版社，2002 年，第 59 页。

部分又是偏离中心的部分。安东尼·特洛普洛（Anthony Troplo）认为小说中不应该出现“插曲式”的事件，并且“插曲式”的事件应该与叙事主干具有明显的分界线。然而在叙事时，由于各种叙事手法的应用和艺术加工，故事线索往往不再单一而具有双重甚至多重属性，“如果说第一个故事就已经是重复，那么它自身就总会包含进一步重复的可能性，其表现方式包括引语、戏仿、颠覆、双重、从属情节和阻挠主要情节的对抗性情节等”①，以至于人们无法判断某一事件是否为“不相关事件”。斯特恩（Stern）将理想的叙事看成一条完美的直线，从头到尾一气呵成，中部没有偏离中心主题的地方。这一观点在米勒看来是丝毫不能引起读者的阅读兴趣的，因为“叙事之趣味在于其插曲或者节外生枝。这些插曲可以图示为圆环、结扣、线条的中断或者曲线”②。所以线条在米勒那里可以用来比喻说明叙事连贯性或者非连贯性，可以代表处于故事开始和结束之间的整个中间段，但是与传统叙事学不同的是，米勒的这根线向其前后两端无穷尽地延伸。

第六章（《对巴尔扎克之蛇的解构》）米勒分析了作为叙事学典范规则的“巴尔扎克之蛇”。“巴尔扎克之蛇”这一规则的形成，在米勒看来代表了西方传统叙事学的发展。“巴尔扎克之蛇”的出现是巴尔扎克对斯特恩笔直线条的误读，他“将原来的竖立线条变成了平行的，解开了特利姆下士线条士的结，并将原线条有的地方变粗，有的地方变细，看上去隐隐约约地像是有（遗作版中加上去的）蛇的头和尾”③。自此，叙事线条从抽象的、自由的变成了弯弯曲曲的、形象的概念。“巴尔扎克之蛇”“象征一个有既定方向的序列，一个溯源性的、有目的、有根据的序列”，并且“将持续不断的环扣连接为一体，成了表达叙事文所有预先假定的微型缩影”④，体现了传统叙事向中心回归的原则。

---

① ［美］J. 希利斯·米勒著，申丹译：《解读叙事》，北京大学出版社，2002 年，第 62 页。
② ［美］J. 希利斯·米勒著，申丹译：《解读叙事》，北京大学出版社，2002 年，第 66 页。
③ ［美］J. 希利斯·米勒著，申丹译：《解读叙事》，北京大学出版社，2002 年，第 77 页。
④ ［美］J. 希利斯·米勒著，申丹译：《解读叙事》，北京大学出版社，2002 年，第 78 页。

在第七章中，米勒列举了亨利·詹姆斯的论文及作品来说明叙事中部的复杂性。作家在进行文学创作中常常会遇到以下两个问题：第一，在创作中，作家如何确定素材与中心主题的相关性？在素材中是否存在着一个明晰的边界？第二，在边界中的素材如何能被物尽其用来明确表达出中心主题及其相关性？詹姆斯在一篇论文中对这些问题进行了回答，连贯性、完整性和有限形式在詹姆斯那里就是最好的叙事三要素。但是在米勒那里，这三种要素是不可能实现的。原因之一在于对于一个特定的主题来说，并不存在内在的限制，由中心主题延伸得到的关系网是无穷无尽的；原因之二在于语言的隐喻性使得文本中的语言具有自我指涉与自我建构的能力。

在第八章中，米勒探讨了线条的多重性。线条的中部“永远也不是一条单一的直线，不是一个单一的叙事描述，它总是以某种方式双重化，三重化，四重化，具有无限多重的潜力”①。这样一来，“中部有可能将自己这根线条摧毁，叙事线条永远也像从一地到另一地的安全手段，只要有人在上面走，它就可能不堪重负而折断，犹如一根一压就会断的陈旧杂技钢丝”②。“叙事线条额外的复杂性来自各种式的双重：叙述者的双重、叙述者的层层相嵌、间接引语中谜一般的双重、多重情节里的重复；还有各种形式的置换，其原因在于采用了引言、卷首引语、序言、插入信件和招牌（即字面意义上的布告牌）、题词、墓碑上的标志——这些小说中各种形式的插入文字与基本叙述属于不同的话语层次。”③ 小说中插入的信件使人疑惑语言的本质；不断转换叙述视角的间接引语使文本产生了叙事裂缝；《恋爱中的女人》这部小说中的序言甚至预先对它的故事进行颠覆性的解构……这些不同的话语层次会造成文本中心的悬置，对叙事线条的统一性进行永久的破坏。

---

① ［美］J. 希利斯·米勒著，申丹译：《解读叙事》，北京大学出版社，2002 年，第 105 页。
② ［美］J. 希利斯·米勒著，申丹译：《解读叙事》，北京大学出版社，2002 年，第 105 页。
③ ［美］J. 希利斯·米勒著，申丹译：《解读叙事》，北京大学出版社，2002 年，第 106 页。

在第九章《柏拉图的双重叙述》中，米勒主要讨论的话题是使叙事作品双重化的主要手段之一：对他人话语的引用。为了解释“对他人话语的引用”造成的双重叙事效果，米勒引用了柏拉图《理想国》中对“单一叙述”和“双重叙述”的比较阐释。对于柏拉图来说，“单一叙事”就是诗人直接用自己的声音说话或者上帝直接发话，这是较为简单的叙述，“当诗人假扮另一个人并摹仿他的声音说话时，就出现了摹仿性的叙述”①。在柏拉图那里，摹仿是危险又不道德的谎言，原因在于摹仿缺乏一个在场性的源头。“它是飘浮在空中的语言，与任何直接在场的起源相分离。这样的语言会衍生出无穷无尽的谎言或者杜撰。这种增生是语言生成语言的自我繁衍。它不受任何构成源头或者基础的心灵这一逻各斯的控制。”② 哪怕在一个单一的叙述中，如果出现了一个很小的摹仿，它就会使“语言与直接产生它的心灵之源相分离。而这种分离，仿佛一旦开始，便无法终止”③。即便是对他人语言最为客观的转述也会构成语言的双重线条，摹仿使原本单一的叙事线条掺入了杂质，而且不可能再使其回归单一的逻各斯。

第十章，微型对话“在莎士比亚的《特洛伊罗斯与克瑞西达》中，有一个片断十分精彩地体现了心灵一分为二的含义。这发生在独白性的叙事线条成为对话性的双重线条，即叙述成为摹仿之时。这一片断也戏剧性地展示了巴赫金所说的‘微型对话’，即在单一词语中出现的对话”④。正如莎士比亚所示，“当一个逻各斯变成两个逻各斯（犹如一个圆变成具有两个中心的椭圆）时，西方逻各斯中心主义的桎梏便被统统解除”⑤。“如果逻辑秩序是一种假定，如果它是一种虚构的语言系统（对这一系统来说，由专有名词命名、具有逻辑思维的自我统一体并非

① ［美］J. 希利斯·米勒著，申丹译：《解读叙事》，北京大学出版社，2002 年，第 122 页。
② ［美］J. 希利斯·米勒著，申丹译：《解读叙事》，北京大学出版社，2002 年，第 123 页。
③ ［美］J. 希利斯·米勒著，申丹译：《解读叙事》，北京大学出版社，2002 年，第 123 页。
④ ［美］J. 希利斯·米勒著，申丹译：《解读叙事》，北京大学出版社，2002 年，第 127 页。
⑤ ［美］J. 希利斯·米勒著，申丹译：《解读叙事》，北京大学出版社，2002 年，第 127 页。

其本源，而只是一种结果，即诸种因素中的一种因素），那么，单一的心灵就完全应该成为对话性的，应该有违自身而分裂为二。这样一来，它就会同时容纳两个互不相容的逻辑系统，每一个都会假定一个作为其基础而存在的不同自我，都会预设一个不同的外在世界。”① 正如上文对《特洛伊罗斯与克瑞西达》那一片断的解读所示，这素材从根本上说是混杂的。它们既包含了以逻各斯为中心的形而上学，又包含了对它的颠覆。“这种颠覆渗入了西方概念、比喻和神话，犹如阳光下的阴影。任何利用该传统中语言资源的连续话语、故事或叙事文均为对话性质，而非独白性质。其对话性表现在根本无法将其简化为一根单一的故事线条，即一根以一个作为源泉和舵手的超凡心灵为中心组织起来的线条。”② “‘解构主义’在以各种方式对经典文本进行解读时，并非简单地在文本中寻找对话性异质的痕迹。古往今来，人们早就认识到了异质的危险性，譬如柏拉图就意识到了并设法减少诡辩派所带来的威胁。而解构主义则旨在颠覆那些界定对话性的术语所隐含的等级制度。它将独白性和逻各斯中心主义的东西界定为从对话性中衍生出的效果，而非对于对话性所干扰之物的崇高肯定，对话性绝非附属于阳光的阴影。解构主义的方法之一是颠倒西方形而上学中的前后顺序，从而振荡性地替代整个西方形而上学的系统。”③

第十一章，《卷首引语》。米勒借助 R 的话语时卷首引语进行讨论：“我在本书中讨论叙事线条之颤动、繁殖和最终消失时，就是以这种形式开始的。是谁在一部小说里说出或者引出其卷首引语？是作者吗？是叙述者吗？是那段引语的原作者吗？是印刷商或者编辑吗？是某个人物吗？是非个人化的传统之声吗？这根本无法确定。”④ 旨在说明卷首引语悬在一片空白之中与正文相隔离，是叙事线条上与中心远去的分支。

① ［美］J. 希利斯·米勒著，申丹译：《解读叙事》，北京大学出版社，2002 年，第 134 页。
② ［美］J. 希利斯·米勒著，申丹译：《解读叙事》，北京大学出版社，2002 年，第 141 页。
③ ［美］J. 希利斯·米勒著，申丹译：《解读叙事》，北京大学出版社，2002 年，第 141 页。
④ ［美］J. 希利斯·米勒著，申丹译：《解读叙事》，北京大学出版社，2002 年，第 145 页。

第十二章，《多重话语（Polylogology）的“错格”谎言》。“多重话语将成为，或者已经成为‘非罗各斯’（alogism），即不存在任何可以确定的逻各斯；而且读者再也无法根据单一意识的分门别类，对叙事作出直觉性的理解。‘非逻各斯’另有它名，即‘反讽之永久性悬置’。”① 米勒通过对《追忆似水年华》中片断的分析指出文本细读的功夫至关重要，只有细读文本才会发现语言细节中隐藏的信息：“普鲁斯特作品的这一片断涉及（在说谎和叙述之双重意义上的）故事的叙述，记忆在此摇摇欲坠地支撑着故事的连贯性，错格则在叙述和谎言中起作用。错格使故事线条双重化，结果故事极可能变成谎言。故事中部之动荡不安主要见于小范围的语言细节”②。而所谓错格“即句法上的不一致（例如句中从第一人称到第三人称的转换）产生出一根前后矛盾的故事线条”③。“譬如《养老院院长》和《克兰福德镇》中的间接引语、《匹克威克外传》中与主要情节不合拍的小插曲，《吉姆老爷》中叙述者的转换等等。无论是哪一种错格，都至少有两个头脑作为其语言的来源，并由此表明：通常认为一个文本产生于一个单一的头脑，这只不过是一种规约而已。”④

第十三章，《间接引语和反讽》。“我现在要探讨的是间接引语，这是小说中叙述故事的主要技巧之一，也是在故事中部扰乱秩序、令人烦恼的一种非常重要的因素。本章为倒数第二章，将更加集中关注故事中的反讽，最后一章则以相当长的篇幅对佩特和盖斯凯尔的作品进行探讨。我为本章选择了三个实例，分别出自安东尼·特罗洛普的《养老院院长》、伊丽莎白·盖凯尔的《克兰福德镇》和狄更斯《匹克威克外传》的开篇，这些看上去都是纯正的间接引语的片断。”⑤ 间接引语在一定

① ［美］J. 希利斯·米勒著，申丹译：《解读叙事》，北京大学出版社，2002 年，第 147 页。
② ［美］J. 希利斯·米勒著，申丹译：《解读叙事》，北京大学出版社，2002 年，第 147 页。
③ ［美］J. 希利斯·米勒著，申丹译：《解读叙事》，北京大学出版社，2002 年，第 148 页。
④ ［美］J. 希利斯·米勒著，申丹译：《解读叙事》，北京大学出版社，2002 年，第 149 页。
⑤ ［美］J. 希利斯·米勒著，申丹译：《解读叙事》，北京大学出版社，2002 年，第 155 页。

程度上会构成一种自身的歪曲行为，“就像某人对你说了什么之后，你马上不无反讽地用同样的语调进行重复，从而歪曲原意”①。在米勒看来，所引用的片断采用改变人称和时态的间接引语来复述先前的思维状态和言语行为就是一种无意识的歪曲行为。间接引语的使用使读者不能确定人物的语言和叙述者的语言，会造成叙事的模糊性打破叙事思维的连贯性。“究竟什么是连贯意识（即用单一的个人特有语言风格表达出来的永恒在场的自我）的原线条？这根线条是所有双重和再度双重的‘源泉’，当线条的颤动逐渐平息或者被抑制之后，线条就会安全地回归这一源泉。是作者吗？是叙述者吗？是作者对年轻时的自我和语言的回忆吗？是一个又一个的人物吗？是‘社区意识’，即那个集体的‘我们’吗？伊丽莎白·盖斯凯尔、文本或读者对于这些想象出来的人物究竟持什么态度？是审视，同情，理解，或是发出屈尊的笑声？对于这些问题，无法给出有根有据的回答。间接引语内在的反讽悬置或者分裂叙事线条，根本无法将其简化为一个单一的轨道。”②

第十四章是米勒使用上述方法对《克兰福德镇》和《阿波罗在皮卡第》的解读。

在米勒看来，任何故事都有不断向下发展的潜能，能够使故事不断地讲下去。故事本身也包含着自我建构的种子。对于佩特而言，阿波罗与雅辛托斯的故事与狄俄尼索斯遭肢解的故事一样，具有不断再现的力量，这也意味着具有反复讲述的力量。对盖斯凯尔来说，克兰福德的女性将男性同化与中和的故事也同样可以不断再生。这是一连串反讽性的轶事趣闻，具有一个接一个不断延续下去的潜能。任何叙事都不是为了到达终点，而是为了使这根重复的线条、系列或者链条不断向前发展。

---

① ［美］J. 希利斯·米勒著，申丹译：《解读叙事》，北京大学出版社，2002 年，第 159 页。
② ［美］J. 希利斯·米勒著，申丹译：《解读叙事》，北京大学出版社，2002 年，第 162 页。

《文学死了吗》(2001)

2001 年，七十三岁的米勒应西蒙·克里奇利（Simon Critchley）之邀写了《文学死了吗》这一文学理论的入门读物。面对自己终身为业的文学日益式微的窘境，米勒立足高远、视野宏观，重新审视了文学最根本的问题，简明扼要地回答了文学是什么、为什么阅读文学、怎么阅读文学等基本问题。在书中，米勒忠实于自己独特的阅读感受与体验，以大量古今中外的名篇佳作为依托，深入浅出地阐发了自柏拉图到后结构主义者的文学理论观点，其中尤以亨利·詹姆斯的“绝对”、瓦尔特·本雅明（Walter Benjamin）的“纯语言”、莫里斯·白朗修（Maurice Blanchot）的“纯时间”、德里达的“理想对象”等概念为重。他试图在“文学终结”的时代喧嚣下重新唤起读者阅读文学时如梦似幻的感受与记忆，重拾文学的感动之情。在某种意义上说，米勒恰恰是在努力高扬文学存在的意义与价值。正如布赖恩·狄龙（Brian Dillon）在《泰晤士报文学副刊》上撰文评价米勒该书时所说：“该书的任务并非是面临现代科技大举入侵时夺回文学的老一套尝试，而是在雄心勃勃地努力去回应那些虚拟现实时确立我们的基石。”

米勒在书中提出的第一个也是最重要的问题就是文学终结论的问题。其实早在 2000 年，米勒在北京召开的“文学理论的未来：中国与世界”国际学术研讨会上就已发表了这一看法。会后，演讲内容被翻译成中文，2001 年《文学评论》以《全球化时代文学研究还会继续存在吗?》为题予以刊登，由此引发了国内学术界对“文学终结论”的激烈争论。在国内学界对这一问题的讨论上，反对的声音是占大多数的。其中以童庆炳、杜书瀛为代表的一大批学者对米勒的文学终结论予以反驳，并从“人类情感”“文学审美”等角度对文学存在的合理性与必然性、意义与价值进行了论证。实事求是地说，这些学者片面地理解了米勒的文学终结论，他们的反对是对米勒文学观的一种误读。而在《文学死了吗》一书中，米勒对“文学终结”这一问题做了清晰严谨的解答。

该书以一段悖论式的论断开头，一面揭示文学死亡的到来，一面却又说文学是永恒的：“文学就要终结了。文学的末日就要到了。是时候了。不同媒体有各领风骚的时代。文学虽然末日将临，却是永恒的、普世的。它能经受一切历史变革和技术变革。文学是一切时间、一切地点的一切人类文化的特征。”① 紧接着米勒引经据典，从语源学的角度确定了“文学”一词的内涵，即 17 世纪末，首先出现于西欧的、能从其形式美或情感效果角度加以考量的文章。至 18 世纪中叶，约瑟夫·华顿（Joseph Wharton）和托马斯·华顿（Thomas Wharton）这两位浪漫主义先驱赋予了“文学”以现代定义。② 由此可见，米勒对文学的定义是一种有特定条件和范围的狭义的文学概念，而不是自古至今普遍意义上的广义的文学概念。正是在这一基础上，米勒指出，“随着新媒体逐渐取代印刷书籍，这个意义上的文学现在行将终结”③。在米勒看来，现代意义上“文学”的产生是多方面因素合力造成的结果：17、18 世纪印刷行业的大规模发展使得公民识字率普遍上升，文学的阅读者也随之增多；17 世纪后期，西方现代民主政体的完善使得国家开始普及国民教育，同时国民也拥有了出版物与获取出版新书的权利；现代民族国家的兴起导致欧洲拉丁语逐渐衰落，出现了以各民族国家和各地方言进行文学创作的民族文学；现代研究性大学不仅一直负有对文学的储存、编目、保护、评论、阐释等责任，还与非学院的批评家等共同创造了现

① ［美］J. 希利斯·米勒著，秦立彦译：《文学死了吗》，广西师范大学出版社，2007 年，第 7 页。

② ［美］J. 希利斯·米勒著，秦立彦译：《文学死了吗》，广西师范大学出版社，2007 年，第 8 页。

③ ［美］J. 希利斯·米勒著，秦立彦译：《文学死了吗》，广西师范大学出版社，2007 年，第 8—9 页。

代文学观；言论自由不仅使文学获得了几乎可以言说和虚构一切的权利，也使作家的责任大为增强；近代西方哲学对“自我”的发现和确立构成了现代文学观念中作者的中心地位。同时也正是这些条件共同塑造了“文学”的特征。但随着互联网的发展，这些特征都在不可阻挡地加速瓦解：新媒体正在逐渐取代印刷文学所承担的知识传播与伦理教化功能；经济、政治、技术全球化的力量使现代国家的内部逐渐分化，这将难以继续文学研究按民族文学来进行制度化的做法；研究性大学内的研究人员不再从事传统的文学研究，而是转向媒体、大众文化、女性等文化研究；大学传统的资料储存功能正在被功能更先进的数据库所取代；“自我”的统一性和持久性遭到质疑，使得作者在文学作品中的权威地位不断被瓦解。以上就是米勒提出“文学终结论”的主要依据。总而言之，“米勒认为将要‘终结’的‘文学’，指的是 17、18 世纪以来建构、形成的‘文学’观念及此观念所统摄涵盖的包罗万象的文学现象和各种类型、体裁的文学作品的总称。这种狭义‘文学’是印刷时代的产物，‘作者’作为主体和核心在其中占有主导地位。并且，这类文学曾经作为民族国家身份认同的重要精神资源，构成了西方人文主义传统的主要脉络。而‘终结’则是指这种狭义的‘文学’观念及其所指文学现象、形态逐步走向衰落和边缘化的趋势。正是电信时代的到来及其引发的一系列连锁反应使这种历史建构起来的狭义‘文学’观念呈现出某种走向终结的趋势。它既不是文学在一般意义上的‘死亡’，也不是黑格尔意义上因哲学、宗教对艺术超越而造成的艺术‘解体’和‘终结’”①。

消亡的只是米勒所说的第一意义上的文学，只是一种被建构出来的话语产物。而米勒又提出了一种第二意义上的文学观念，这是一种更为永恒与广泛意义上的文学概念，是真正的文学：他认为“文学或‘文学性’也是普遍的，永恒的（也如我开头所说。）它是对文字或其他符号的一种特殊用法，在任一时代的任一个人类文化中，它都以各种形式存

① 朱立元：《“文学终结论”的中国之旅》，《中国文学批评》，2016 年第 1 期。

在着”[①]。文字的本质是一种符号，它可以指称现实生活中实际存在的具体事物。但正如萨特（Sartre）所说，文字还具有“非超验”（non-transcendent）的特点，即当文字不指称现象世界时仍具有指称的功能。“萨特此话的意思是，一部文学作品中的文字并不超越自己，指向它们提到的现象界事物。在以这种虚构方式运用的最简单词句中，就凝聚着文学的全部力量。”[②]“文学作品并非如很多人以为的那样，是以词语来模仿某个预先存在的现实。”[③] 相反，它是通过词语和想象力来“创造或发现一个新的、附属的世界，一个元世界，一个超现实（hyper-reality）。这个新世界对已经存在的这一世界来说，是不可替代的补充”[④]。也就是说“文学是虚拟现实”。之所以称之为虚拟现实，主要在于以下几个特征。

第一，文学具有陌生性。文学作品是作家创作的结晶，由于创作个体的差异性，任何文学作品都是独一无二的、特别的、自成一类的、陌生的、个体的、异质的，毫无相似性可言。每一部作品都是对真实世界进行的无法取代的有益的补充，都是一个独立的空间，自成一体，与作者以及真实世界隔离。正是在这一意义上，米勒认为，文学研究是文学作品天生的敌人。理论研究的本质正是在消解文学作品的魔力，平息文学陌生性给人带来的畏惧，因此文学理论的繁荣恰恰标志着文学的死亡。当然，这也是他提出“文学终结论”的另一理由。

第二，文学是施行语言。“既然文学指称一个想象的现实，那么它

---

① ［美］J. 希利斯·米勒著，秦立彦译：《文学死了吗》，广西师范大学出版社，2007年，第21页。

② ［美］J. 希利斯·米勒著，秦立彦译：《文学死了吗》，广西师范大学出版社，2007年，第26页。

③ ［美］J. 希利斯·米勒著，秦立彦译：《文学死了吗》，广西师范大学出版社，2007年，第28—29页。

④ ［美］J. 希利斯·米勒著，秦立彦译：《文学死了吗》，广西师范大学出版社，2007年，第29页。

就是在施行（performative）而非记述（constative）意义上使用词语。”[①]“施行”和“记述”都是言语行为理论的术语。“记述”的话是单纯地指出了事物的状态，并且从理论上来说是可以证实其真伪的。“施行”的话则是用词语来做事，它不指出事物的状态，而是让它指出事情的发生。米勒认为“文学中的每句话，都是一个施行语言链条上的一部分，逐步打开在第一句话后开始的想象域。词语让读者能到达那个想象域。这些词语以不断重复、不断延伸的话语姿势，瞬间发明了同时也发现了（即‘揭示了’）那个世界”[②]。而读者必须接受文学语言的施行性特征，并积极地参与作品意义的生成，才能使语言构成的虚拟世界跃然纸上。

第三，文学保守自己的秘密。通过对詹姆斯《一位夫人的画像》《鸽翼》等小说的分析说明，米勒阐述了文学作品中叙事的空缺对意义表达的重要作用，他认为“掩饰秘密，永不揭示它们，这是文学的一个基本特征”[③]。作者在写作时不可能也不会面面俱到，正因如此，文学作品的整个意义都依赖于读者永远无法了解的东西，而读者想知道，需要知道，才能算是真正读懂了这部作品。文学作品中的那些点到为止的叙述、悬而未解的秘密给读者留下了充分的想象空间，并让读者拥有永无止息的好奇心，吸引读者去探奥索隐。

第四，文学使用修辞语言。通过对作品中众多运用修辞手法的句子的分析，米勒指出“文学作品以施行的而非纯粹记述的方式使用语言，其标志之一就是文学的创造力有赖于修辞。它们说明此物与彼物之间有

---

① ［美］J. 希利斯·米勒著，秦立彦译：《文学死了吗》，广西师范大学出版社，2007 年，第 57 页。

② ［美］J. 希利斯·米勒著，秦立彦译：《文学死了吗》，广西师范大学出版社，2007 年，第 57—58 页。

③ ［美］J. 希利斯·米勒著，秦立彦译：《文学死了吗》，广西师范大学出版社，2007 年，第 60 页。

类似性。这种类似性常是由词语创造出来的，而非事物本身的特征”①。也就是说修辞只存在于词语的组合中。同时，修辞的使用能够让语句形象生动起来，能够让虚拟人物真实鲜活起来。

第五，在“文学所打开的虚拟世界究竟是被作品中的词语创造出来的，还是它们揭示出来的”这个问题上，米勒通过引用分析陀思妥耶夫斯基（Dostoevsky）、安东尼·特罗洛普、亨利·詹姆斯、马赛尔·普鲁斯特（Marel Proust）、白朗修和德里达等人的亲身经历、观点看法，认为“他们都以不同方式支持着我的说法：每部文学作品都告知我们不同的、独特的另一现实，一个超现实。这一现实似乎并不依赖于该作品的词语而存在。它似乎是被发现的，而非编造出来的”②。面对米勒的解答，我们可以保留自己的意见，毕竟这是一个无解的不能证明的问题。但更重要的是要意识到文学作品与现实世界的关系。“它们以替代的形式，使用那些指称社会、心理、历史、物理现实的词语，来称呼它们发明或发现的超现实。然后文学作品通过影响读者的信念、行为（常常是决定性影响），重新进入‘现实世界’。”③

综上所述，米勒认为，第一意义上的文学是一种狭义的文学概念，它是时代的产物，受制于各种社会历史条件，现已逐步走向灭亡；而第二意义上的文学则是一种更为普遍意义的文学概念，它是先验的审美类型，是永恒普世的存在。“米勒‘文学终结论’实际上要明朗乐观得多，按照他的理论逻辑，文学首先要经历一个‘休克’阶段，如金蝉脱壳般蜕去过去狭义‘文学’观念的外壳，然后才能在电信时代借尸还魂、焕然新生。”④“在人类社会不断创造的物质文明所提供的物质基础上，文

① ［美］J. 希利斯·米勒著，秦立彦译：《文学死了吗》，广西师范大学出版社，2007年，第61—62页。

② ［美］J. 希利斯·米勒著，秦立彦译：《文学死了吗》，广西师范大学出版社，2007年，第118页。

③ ［美］J. 希利斯·米勒著，秦立彦译：《文学死了吗》，广西师范大学出版社，2007年，第118页。

④ 朱立元：《“文学终结论”的中国之旅》，《中国文学批评》，2016年第1期。

学的发展体现了人文精神的不断高扬的上升曲线。米勒所预言的电信时代通过改变文学存在的前提和共生因素，引向终结的是当下文学的‘形式’，而技术理性张扬的结果并没有促使人文精神的失落……因此，文学的‘终结’与‘永恒’彰显了历史与人文的张力。”① 在考察了米勒后续的写作与研究后，朱立元认为他提出“文学终结”主要有以下两个目的：一是重新发现、界定和论述那些一度被传统文学观念和文学理论所遮蔽的文学特性；二是对文学学科在电信时代被边缘化的危机处境和地位进行深刻反思，以便更新文学理念、理论和研究方法，进而促成文学研究范式的转换。在这个意义上，米勒的“文学终结论”恰恰就是在新时代新背景下尝试为文学研究确立更好的开端和新的起航。②

由此可见，以童庆炳为代表的一大批学者对米勒文学观的批评、反对与排斥确实有待商榷，批评与批评者的对话基本不在一个层面上。不过好在当偏激的讨论过后，国内学者如赖大仁、肖景龙等看待这一问题则更为冷静客观，他们理解了米勒文学终结的真正含义。其实，国内这种激烈争论的出现是在情理之中的。20 世纪 80 年代商品经济的兴起以及 90 年代新媒介的出现对文学造成了巨大的冲击，使文学“从改革的急先锋与救人者的姿态瞬间变成了被拯救者”的形象。20 世纪 90 年代我国曾经引进美国当代一些批评家提出的“小说终结论”主张，但是并没有引起文艺理论界的关注与讨论。于是，当一位对中国有极大热情且在国际上有很高声望的文学理论大家高呼“文学死了”的时候，中国学者在情感上是难以接受的。而更重要的是，2000 年左右中国的互联网业才刚刚起步，而美国却早已如火如荼，因此，米勒的论断难免被中国学者们看作为文学唱哀歌。更不必说，《文学死了吗》的中译本发表于 2007 年，出版的延迟使国内学者对米勒文学观的理解也会不全面不深

---

① 张晓光：《误读米勒与米勒的误读——评希利斯·米勒〈文学死了吗〉》，《文艺理论研究》，2008 年第 3 期。

② 朱立元：《“文学终结论”的中国之旅》，《中国文学批评》，2016 年第 1 期。

刻。此外，“米勒在他的前半部分的判断中把对文学及文学研究背景置于历史语境下——以新的交通、运输、传媒方式以及经济全球化为特征的全球化时代”。也就是说，米勒认知文学本质的基础是全球化的语境，他认为，“文学演变的行程和方向终归由全球化的进程来决定”①。由于全球化带有更多的不确定性，并且具备无所不及的整合力，因此在这种情况下是很难找到所谓纯粹的中国问题的。文学终结的问题是属于当下的、世界的。② 这也就是说国内学者要以更加开放的胸襟与姿态以及更加宏观的视野去看待米勒的文学终结论。因此，误读是必然的。

米勒认为“文学是永恒的”这一结论的真正根源在于文学自身存在的价值与意义。在米勒看来，在西方历史进程中，人们对这一问题提供了很多答案。“在西方，文学曾获得这样那样的权威性。‘以文学的权威性’来行动、决定、判断，并不会显得荒唐。”③ 那么究竟是谁赋予了它这一权威，究竟谁是这权威的来源？对于这一问题的解答，米勒回顾了西方阅读史，从柏拉图对诗歌的贬低、亚里士多德对诗歌的辩护等内容来寻找答案进行论述。米勒对此概括道，现代西方文学的权威性之来源主要有以下四种：1. 某个超自然的奠基性的权威，即认为文学源于神灵感应，诗人只是代神立言。希伯来先知、希腊诗人、基督教神秘主义者、浪漫派诗人等都是这种观点的簇拥者。2. 作为基础的语言外的社会世界的坚实现实，即人们认为文学与现实世界之间有着真实的对应关系，作品是对社会现实及其占主导地位的意识形态的准确再现。3. “虚构”在那些沉迷其中的人身上产生了能改变其行为的信念，即文学的语言是施行性的，因此阅读作品会潜移默化地影响读者的意识观

---

① 张晓光：《误读米勒与米勒的误读——评希利斯·米勒〈文学死了吗〉》，《文艺理论研究》，2008年第3期。

② 张晓光：《误读米勒与米勒的误读——评希利斯·米勒〈文学死了吗〉》，《文艺理论研究》，2008年第3期。

③ ［美］J. 希利斯·米勒著，秦立彦译：《文学死了吗》，广西师范大学出版社，2007年，第122页。

念，并进而影响他们改造自身与社会的活动。4. 作者的权威，即西方文化传统中，作者是作品权威性的来源和保障，文学是作者含有虚构意义的自传，传统的文学研究几乎就是作者研究。作者通过操纵语言，使它们具有施行功能从而产生作用。而米勒对此给出的答案是文学能够让人进入一个通过其他方式无法得知的虚拟世界，在他看来，“一本书就是放在口袋里的可便携的梦幻编织机”①。米勒对这一回答非常满意，这符合他“一生对文学是什么、为什么应该读文学的感觉”②。

无可置疑，米勒的回答着重强调了文学作品所创设的虚拟世界对文学存在的重要意义。人生在世，不论现实世界多么美好，人类总是希望进入某个虚拟世界。米勒认为在纸文化为主导的时代里，现代西方意义上的文学是人类想象的一种重要形式，它满足了人们进入虚拟世界的欲望。“进入某个虚拟现实的需要总之是要被满足的——如果不被文学作品满足，就要由电脑游戏、电影、录像带上的流行歌曲来满足。”③ 游戏、电影、音乐等所呈现的虚拟世界是已经创设好的，参与者只需尽情投入其中便可享受到来自视听的刺激，获得忘我的快感与虚幻的成就。而文学则是通过词语的堆叠在每一个读者内心深处生发创造出一个想象的彼岸世界，也就是说文学创造的是一种内视形象，这种内视审美是文学独有的。“文学的内视审美为读者开拓了审美想象与人生体验的心理空间，视觉图像的阅读常常外在于内心世界，不能像文学那样触及心灵深处并引发审美愉悦和情感共鸣。”④ 此外，游戏、电影、音乐等所呈现的虚拟世界让每个参与者或是暂时忘记或是有意逃避现实的苦恼，其

---

① ［美］J. 希利斯·米勒著，秦立彦译：《文学死了吗》，广西师范大学出版社，2007 年，第 29 页。

② ［美］J. 希利斯·米勒著，秦立彦译：《文学死了吗》，广西师范大学出版社，2007 年，第 122 页。

③ ［美］J. 希利斯·米勒著，秦立彦译：《文学死了吗》，广西师范大学出版社，2007 年，第 121 页。

④ 曾美桂：《文学的祛魅与想象的书写——希利斯·米勒〈文学死了吗〉读后》，《当代文坛》，2008 年第 3 期。

影响往往是短暂且有限的。而文学创造的想象世界则给予每一个读者以支撑，它是用来对抗现实世界的。归根结底，文学即人学，对人类的关怀与思考是文学存在的根本意义。人生在世，难免会有来自个人情感、自由选择、苦难罪恶、生存命运等方面的困惑，而文学恰恰就能满足这些诉求。在这种情况下，文学就是一种寄托，它使每个真切投入其中的人都能获得慰藉。文学的价值与意义也在于为每一个读者创造出一个独立于真实世界之外的自足的超世界，如前所述，这个超世界通过语言的施行功能潜移默化地影响读者，使读者获得一种精神的强力与内在世界的丰盈，从而改变他们在真实世界中的所作所为，以此来对抗现实。

此外，米勒的回答极力描述了文学所创设的想象世界，而那个超越于现实生活的"真实"的彼岸世界则是用语言文字创造出来的，只有语言文字才能打开通向梦幻世界的门。文学是一门关于语言的艺术，"它是一种以语言为媒介的审美意识形式。文学的发生、发展和它未来的历史命运，始终同语言共生共存。语言与审美意识的产生和存在，是文学之所以产生和存在的重要前提……语言词语的存在，运用语言进行思维与创作的人的存在（作家）是文学得以永久性存在的共生因素"①。语言是进行文学创作的基础，只要人类不会消亡，那么语言就会继续存在，而只要语言还一直存在，那么文学断不会有消失的可能。从另一层面来说，文学所创设的想象世界是理想主义者的乌托邦，对于他们来说，文学是一种诗意的栖居，"文学固有的、特定的、不可取代也无从消亡的人文本性与美学本性：它的内视艺术性和时间本质，它的精神共享性和心理彼岸性等。这些优越而深刻的独特本性决定了文学并不存在终结的问题，并指引着文学走向永恒的未来"②。

在厘清了"文学终结论"的真实含义、阐述了文学存在的价值与意

---

① 李衍柱：《文学理论：面对信息时代的幽灵——兼与J. 希利斯·米勒先生商榷》，《文学评论》，2002年第1期。

② 彭亚非：《图像社会与文学的未来》，《文学评论》，2003年第5期。

义后，米勒提出了他的“文学接受论”。“阅读”是米勒文学批评中的一个核心概念。作为文学接受的主体，读者在米勒的文学批评中占据着重要位置。在米勒看来，文学作品只有依靠读者千人千面的阅读体验才能真正彰显它的魅力、激发它的活力，才能真正发挥文学的意义与价值。

无论如何，教人阅读总是困难的，但米勒还是为我们提供了他的答案。由于个体的阅读体验不尽相同，他从阅读速度这一角度上区分了两种截然不同的阅读方法。一种被称为“快板”阅读。在这种阅读中，读者暂且搁置对作品和作者的怀疑，像孩子一样天真单纯、毫无保留地投入到作品中去。同时，读者也不能过多地在词句上逗留过久，而要迅速地捕捉文字上的信息。只有这样，读者才能在心中建构起文学作品带来的想象性空间和独特的世界。这样的阅读带来的是一种创造的癫狂与悸动，是一种酣畅淋漓、大快朵颐的阅读体验，非专注与投入而不可得，是一种忘我之境。另外一种阅读方式为“缓板”阅读。这是一种批判性质的阅读，是一种缓慢的、去神秘化的过程，这意味着读者时时处处都要怀疑与质疑作品中的每一处细节，它关注的不是作品打开的新世界，而是这世界是如何打开的。这种阅读方式又可细分为“修辞阅读”和“文化研究式的阅读”。“修辞阅读”更多地关注作品的语言技巧，如各种修辞的使用、叙事视角的变化等。而“修辞阅读”也就是米勒所说的解构主义阅读。米勒认为“修辞性阅读一方面要从对文本的细致解读出发，另一方面还要通过‘解构’来扫除既有的僵化观念和价值前提，释放文学批评所特有的政治效能”①。“米勒的修辞性阅读决不仅是单纯的‘破’和‘解构’，更重要的是，通过‘揭示语言的别异性’，最终在复杂的关联中显示（建构）出文学作品的整体特色。”② 顾名思义，“文化研究式的阅读”则要对作品进行文化意义上的研究，揭示其背后隐藏的文化和意识形态真相，要“质疑文学作品如何灌输关于阶级、种族或性

① 朱立元：《“文学终结论”的中国之旅》，《中国文学批评》，2016 年第 1 期。
② 朱立元：《“文学终结论”的中国之旅》，《中国文学批评》，2016 年第 1 期。

别关系的信条。这些被看成是人观看、判断、行动的模式，被表现为客观的真实，但实际上是意识形态的”[①]。“缓板”阅读对读者的能力有极高的要求，它在不断地提高读者的阅读门槛，而读者一旦掌握了这样的阅读方式，可谓是受益无穷。总而言之，在米勒看来，阅读既是忘我的故事之旅，又是有我的精神升华。

米勒认为“快板”阅读和“缓板”阅读之间相互矛盾却又缺一不可，这便是“阅读的‘非逻辑’”。因为一个人是不能既全身心地投入到文学作品的世界，同时又用质疑与批判的眼光去分析文学作品的。对此，米勒阐述了自己用上述两种方式来阅读《瑞士人罗宾逊一家》的不同体验：“快板”阅读无疑满足了米勒想象的欲望；而在“缓板”阅读中，米勒比较了《瑞士人罗滨逊一家》、《鲁滨逊漂流记》、艾丽丝丛书、《福》这四部同类型的小说在故事情节、内容细节与意识形态上的差异。面对两种截然不同的阅读方法，米勒的态度是中立的：“那我最赞赏和推荐什么样的阅读？我最赞美主动献出自己的阅读，还是那种想着每本书都会洗脑的阅读？……当我说你必须同时以两种方式去阅读（这难于上青天），我是认真的。”[②] 作为一个专业资深的文学研究者，米勒无疑推崇的是“缓板”阅读，但在文章的末尾，米勒仍然留恋并衷心赞扬的是天真的阅读：“但最后，我得承认，我对第一次阅读《瑞士人罗宾逊一家》时天真的轻信，有一种忧伤的怀念，那是一种已经失去，永远无法收回的东西。除非你已经做了这天真的第一次阅读，否则不会剩下什么让你去抵抗和批评的。”[③] 在他看来，批判阅读其实就是对文学进行解剖，是对作品的神秘性、神圣性、魅惑力进行消解，这体现了西方文

---

① ［美］J. 希利斯·米勒著，秦立彦译：《文学死了吗》，广西师范大学出版社，2007 年，第 179 页。

② ［美］J. 希利斯·米勒著，秦立彦译：《文学死了吗》，广西师范大学出版社，2007 年，第 229 页。

③ ［美］J. 希利斯·米勒著，秦立彦译：《文学死了吗》，广西师范大学出版社，2007 年，第 229—230 页。

化的总体倾向，即为知识本身而获取知识，同时它还有一种保护读者免受文学力量影响的目的。但他认为，“如果自觉抵制文学的力量，书首先就被剥夺了对读者产生重大影响的机会”[①]，读者是不能因为害怕受到书中的影响而不阅读的。

米勒的文学理论自成系统，其文学接受论更是有助于理解其“文学终结论”的内在含义：“一方面，作为文化研究的倡导者，米勒更重视学院派的‘去神秘化的’修辞阅读，而贬低传统文学观念支配下的‘天真的’审美阅读，认为它正在走向衰退；另一方面，米勒内心深处却依然留恋着‘天真的’审美阅读，给它留下了一席之地。换言之，从读者阅读角度看，即使对狭义的‘文学’（观念）是否真的走向终结，米勒也是有保留的；而且，对这种‘终结’趋势，米勒并非完全肯定，而是有所忧伤、有所保留的。”[②]

综观全书，米勒围绕对“文学终结论”的相关阐释，一并回答了文学本体论、文学价值论、文学接受论的相关问题，使得全书熔铸成一个环环相扣的整体。行文至此，关于文学死亡与终结的问题，现在看来倒毋庸赘述、了然于目了。一切都如米勒在该书献词处的那句话一样：“余下的都是文学。”

---

① ［美］J. 希利斯·米勒著，秦立彦译：《文学死了吗》，广西师范大学出版社，2007 年，第 230 页。

② 朱立元：《“文学终结论”的中国之旅》，《中国文学批评》，2016 年第 1 期。

杰弗里·哈特曼

杰弗里·哈特曼（Geoffrey Hartman）是当代美国著名的文学批评理论家，耶鲁大学教授，也是法国解构主义思想最初在美国的发扬者之一。哈特曼曾任耶鲁大学比较文学系教授，在耶鲁大学度过了大部分的职业生涯。他与保罗·德曼、J. 希利斯·米勒、哈罗德·布鲁姆被人称为“耶鲁学派”或耶鲁“四人帮”。他的解构主义批评理论与德里达、保罗·德曼等人的解构主义批评理论一脉相承，具有很大的相似性。但是在继承解构批评的同时，哈特曼进行了大胆的创新和超越，尤其是他对于哲学、文学、批评三者关系的论述，以及对批评何为的解答，在批评界引起极大的反响，形成了独具特色的文学批评风格。

哈特曼 1929 年出生于德国法兰克福的一个犹太人家庭。为了躲避纳粹政权的迫害，他在家人的安排下被送到“儿童遣散组织”（Kindertransport），并于 1939 年作为儿童难民只身逃离德国，前往英国避难。虽然他的母亲已于 1938 年 10 月前往美国，并在美国定居，但是由于签证方面的困难，加上战争和潜在的威胁，哈特曼直到 1945 年 8 月才与母亲团聚，开始了一段崭新的生活。这七年的流亡生活给他的性格和心理带来了不可逆转的影响，那种孤独、心理创伤、独特身份所给予的痛击，也为哈特曼学术上的发展奠定了基础。用他自己的话说，那种想要逃离孤儿身份的渴望，促使他对学习带有本能的热爱与投入。来到美国后，哈特曼的生活并无太大的好转，父母离婚，加上母亲整日劳累也只能挣到微薄的薪水来维持生活，所以哈特曼不得不自己照顾自己，为自己谋取出路。

同年，他来到纽约。这时第二次世界大战已经结束，大量的复员士兵涌入城市，纽约的诸多学院腾出教室和宿舍提供给士兵居住。因此，哈特曼只好选择在昂特学院读夜校，并利用白天的时间在金贝尔餐馆打工。不久，他进入纽约市立大学皇后学院开始了一段全日制的学习生活，大量的语言学习任务（西班牙语、希腊语、意大利语）让哈特曼疲惫不堪、不知所措。幸而在一位老师的帮助下，哈特曼重新找到前进的方向，更加坚定了成为一名文学教授的梦想。经过四年的学习，1949年秋季，哈特曼作为一名研究生进入耶鲁大学比较文学与世界文学系。这段学习经历带给他的“不是教条式的方法，而是一种由多种学者所宣讲的结构……让这些经历战争的老师和学生们在自由的氛围中，通过古典和现代文学来治愈他们的创伤”①。同时，也让他看到，无论我们经历的生活多么晦暗、政治风云多么动荡不安，文学始终在自己的位置上，提供给人们一种超脱感和崇高感。1953 年到 1955 年，哈特曼应召入伍，开始了他的部队生活。退伍之后，他回到耶鲁大学教授文学，成为一名教职人员，他的文学教授梦也从此实现。

20 世纪 50 年代，哈特曼进入文学批评界。从 1954 年《未经调节的视像》到 2011 年《第三支柱》，他笔耕半个世纪有余，筚路蓝缕，著述颇丰。1954 年出版《未经调节的视像》（*The unmediated vision: an interpretation of Wordsworth, Hopkins, Rilke, and Valery*），从犹太教关于通向真理道路不需要调节的角度，“间接涉及了其‘现代性文学是未调节性文学’这一基本主张”②。1964 年《华兹华斯的诗》（*Wordsworth's Poetry*），一反当时形式主义的文论风格，提倡自由多样的批评特性。1970 年《超越形式主义》（*Beyond Formalism: Liter-*

① Hartman Geoffrey H. *A Scholar's Tale: Intellectual Journey of a Displaced Child of Europe*. New York: Fordham University Press, 2007, p. 9.

② 王凤：《杰弗里·哈特曼文学批评思想研究》，中国社会科学出版社，2013 年，第 148 页。

aty Essays）明确反对形式主义批评，提出要将艺术形式与多种阐释结合起来，在统一性与多样性之间找到平衡点的批评方式。1975 年出版《阅读的命运》（*The Fate of Reading and Other Essays*）。1980 年出版《荒野中的批评——关于当代文学的研究》（*Criticism in the Wilderness*：*The study of Literature Today*），这部著作可以算作是哈特曼向文学批评界投掷的一枚重磅炸弹。泰伦斯·德斯普瑞斯（Terrence Desprice）给予强烈回应："就我们从秩序井然的规范，突然转向主要是欧洲作风的那种大胆写理论的文学批评而言，《荒野中的批评》可能是美国人所写得最好的、最精彩的，也是最广泛有用的著作。"[①] 哈特曼在这本书中创造性地总结了关于批评何为的观点，并将文学与批评、文学与哲学、文学批评与哲学批评三方面的关系进行了开创性的融合，为文学批评的开拓发展提供了有力的支撑。随后，他还出版有《拯救文本》（*Saving the text*：*Literary&Derrida&Philosophy*）、《小预言》（*Minor Prophecies*：*The Literary Essay in the Culture Wars*）等批评著作。在 20 世纪 80、90 年代创立福特奥夫大屠杀证词录像档案后，哈特曼出版了一系列有关大屠杀文化现象的论文和著作，包括《不可言说的华兹华斯》（*The unremarkable Wordsworth*）、《最长的阴影——大屠杀的后果》（*The Longest Shadow*：*In the Aftermath of the Holocaust*）、《小预言》、《重要的文化问题》（*The Fateful Question of Culture*）以及《精神的伤痕：反对非真实的战争》（*Scars of the Spi-rit*：*The Struggle Against Inauthenicity*）等。1999 年出版的《批评家的历程：文学沉思录，1958—1998》（*A Critic's Journey*：*Literary Reflections*），收录哈特曼代表性论文 19 篇，论文时间跨越其四十余年的批评生涯。2007 年出版的学术自传《一个学者的故事》（*A Scholar's Tale*：*Intellectual Journey of a Displ-aced Child of Europe*），讲述了哈特曼的学

① ［美］杰弗里·哈特曼著，张德兴译：《荒野中的批评——关于当代文学的研究》封底，天津人民出版社，2008 年。

术历程、人生历程和他的思考历程，记录了一个难民成长为文学批评学者的整体过程。

我国学者对哈特曼的研究是随着20世纪80年代对解构主义思潮的关注开始的。1979年，德里达、保罗·德曼、J. 希利斯·米勒、杰弗里·哈特曼、哈罗德·布鲁姆共同合作编写了《解构与批评》（*Deconstruction and Criticism*）一书，他们对解构主义进行了深入探讨，风格卓异，但又兼具独特的视角。因此，学界普遍认为这本书实际上就是解构主义批评的宣言书，除德里达之外的四人也被冠以“耶鲁学派”的称号。这种称呼在中国被普遍接受，几乎所有学者都在书中将这四人以“耶鲁学派”来命名。但是，大部分研究还是集中在对耶鲁学派其他三人身上：保罗·德曼、J. 希利斯·米勒、哈罗德·布鲁姆，对哈特曼的关注极少。当前国内学术界只有王凤的《杰弗里·哈特曼文学批评思想研究》这一部以哈特曼为研究对象的学术著作。虽然也有部分论文，但大都是从某一角度，或者某一阶段来研究的，并不全面。造成对哈特曼关注较少的原因有以下四方面。一是哈特曼的文学理论著作遣词造句晦涩难懂，所涉范围甚广，且译介本很少；二是作者本人的宗教热情和他对早期犹太教释经传统的关注，给不同文化背景下的研究者带来了巨大的理解困难；三是他的著作系统性不强。哈特曼排斥构建宏大理论的想法，认为这样造成的结果就是对个人、自我意识的消解。所以，他的著作观点分散，并不容易总结出一条明确的主线。大体来看，哈特曼的学术历程可以简单划分为四个阶段：第一阶段为对浪漫主义诗歌的研究，以华兹华斯诗歌为主；第二阶段为对圣经文学，尤其是密德拉什阐释系统的关注；第三阶段为对文学批评内在特性的挖掘，强调文学批评的非确定性、创造性、独立性、理论性特点；第四阶段为对大屠杀问题的研究。如果对哈特曼进行归纳总结，我们可以发现“哈特曼一直站在一种中间立场上，以一个调节者的批评家身份，践行着一种调和式的批评。但这种调节和调和不是将两种极端的事物或观点进行简单的混合，而是在它们之间的空白处寻求一种新的生长物，因而具有超越的潜能"①。也因如此，为能够更好理解哈特曼、走进哈特曼，我们将从他的文学批评观点出发，探究哈特曼的文学批评"四性"的观点、对"文学批评何为"的回应以及文学批评的文体承载形式。

《荒野中的批评》(1980)

1980年，哈特曼出版了他的文学批评理论专著《荒野中的批评》。书中全面讨论了英美两国各种文学流派的理论学说，并在批判的基础上不断探索自己的文学批评理论。在他看来，文学批评理论应该以文本为出发点，在保持批评独特风格的同时，达到一种批评活动与创作活动的统一，而不应当是文学的附属，从而丧失自己的独特地位。

批评现代意义的产生，最早来源于蒲柏（Pope）《论批评》一文，从此得以确认和盛行。但是在早期，批评是作为一种附庸角色，是从属于文学存在的存在。批评所起的主要职责就是以客观的态度提出自己的确切看法，对艺术进行评判和修正，或者是为艺术做解注，起到一种宣传的作用。形象地说，批评充当着仆从的角色，一举一动都是在主人的指导下进行的。到了20世纪初，各种有关批评的理论如雨后春笋竞相增长，形成一幅众家言说的场面。在这样的背景下，"批评何为"成了一个无法确定的问题。当时，文学批评界占主流的批评方法是俄国形式主义和英美新批评所倡导的科学主义研究方法，这种方法将批评定位为一种客观、科学的分析行为，并将批评置于艺术创作之下，以附属状态出现。但是究竟如何解释、理解批评，各位学者都从自己的出发点给出了不同的解读。有些学者，如艾略特等人，认为批评作为依附于文学而产生的解读，其作用和地位应依附于文学和艺术的发展而变化；有的则

① 王凤：《杰弗里·哈特曼文学批评思想研究》，中国社会科学出版社，2013年，第25页。

认为批评具有科学性和系统化的特征，应当同其他学科一样，拥有自己的独立性和活动范围，批评家要从后现代视域出发，将批评对象涵盖到涉及所有人文社科或者整个泛文化层面进行解读；更有甚者认为批评应当以理论为指导，在实际操作中富含理性和科学的成分，采取一种将批评哲学化的态势。在种种关于批评与文学、批评与哲学的理论迷阵中，批评如何发展成了一个无法回避的话题横亘在批评界。

但随着文学性概念的发展，批评的内涵也产生了变化，开始以一种自觉身份重新登上舞台，对自己进行反思和评估，进而批评的独立性开始被人们普遍关注。最早开始这种思考的是马修·阿诺德（Matthew Arnold）。他认为批评就其目的性而言，应与艺术一样，是探索事物本来的面目。批评不只是对艺术的修修整整，同样也具备自身的创造能力。虽然这种创造力比起艺术的创造力要落后很多，但是批评具备艺术作品所不具备的生产能力——思想创造。批评家能够总结时代的发展步伐，形成自己的思想秩序，艺术家则使自己处于这种思想秩序中，以此表达自己对这个时代的看法。用阿诺德自己的话说便是这种思想“延伸进入社会，因其探寻到事物真相而影响了人们的生活，于是到处都充满了激动和成长，文学的创造时代便随着这种激动和增长来临了”[①]。但是，阿诺德只是希望借此唤起人们的鉴别意识，提高其对文学判断的能力，而不是将批评提到与文学相同的地位。因此，他所有的目的都只是希望借批评提炼的思想秩序让艺术家完成对生活、世界的敏锐感知，形成一种对生活的批评。这样的结果，必然是将批评仍然放置于文学之内，被扣上附庸的帽子。

与他相反，奥斯卡·王尔德（Oscar Wilde）对批评进行了彻底的改革，指出批评的创造性。他认为正是批评精神包含的创造性特征成就了艺术创造。作品只能是批评的一种启发，艺术家的作用只是启发批评家产生新思想的基石。而批评既然具有巨大的创造力量，又具备高于文

① 王凤：《杰弗里·哈特曼文学批评思想研究》，中国社会科学出版社，2013年，第170页。

学作品的天赋，也就无须依赖文学而存在。这样，王尔德将批评看作是一门独立的艺术，是创造的创造，具有自身的独立价值。

而到了艾略特那里，批评的独立地位彻底消失了。1923 年，艾略特在论文中指责阿诺德过于生硬地对批评和创造做出区别，“如果创造的如此大的一部分确实是批评，那么，被称为‘批评的作品’的东西很大的一个部分不就确实是创造性的了吗？如果这样的话，那么难道就不存在一般意义上的创造性批评吗？”① 所以，艾略特极力否定批评具有创造性和独立自主性。他认为，批评和文学根本就不可能相等。艺术作品以自身为目的，具有合乎自身发展的明确落脚点，而批评是关于对外在于自身的某种事物的解读，并不具备独立性。“当你能够把批评和创作融合起来的时候，你并不能把创作和批评融合起来。在艺术家的劳动中，批评活动在一种与创作的统一中，找到了它最高的、真正的实现。”② 因此，艾略特将批评界定为对艺术品的纠正，批评家的作用就是以客观的态度传达读者容易忽略的事实，并纠正读者的鉴赏能力。批评变成了一种客观的科学分析，被抹去了主观性和独立性。

从阿诺德到王尔德再到艾略特等，所有观点都是基于文学与批评的关系展开论述的。总体来看呈现出两方面的对立。一是将批评置于文学之上，强调批评具有高于文学的创造力，以及开阔的视野和鉴别能力。二是将批评置于文学之下，把批评看作文学的附庸，是对文学的认识行为和鉴别行为。如韦勒克所说，“批评无法成为中性的科学态度：它必须借助作品赖以创作出来的相同的整体心智对作品作出反应。但是批评总是从属于创作之下”③。

---

① ［美］杰弗里·哈特曼著，张德兴译：《荒野中的批评——关于当代文学的研究》，天津人民出版社，2008 年，第 216 页。

② ［美］杰弗里·哈特曼著，张德兴译：《荒野中的批评——关于当代文学的研究》，天津人民出版社，2008 年，第 216 页。

③ ［美］雷纳·韦勒克著，杨自伍译：《近代文学批评史》（第六卷），上海译文出版社，2005 年，第 256 页。

随着文学批评自我意识的不断增强，批评逐渐走向了学科化、系统化、科学化的道路，拥有了自己的独立性和活动范围。如果说20世纪以前的文学批评传统是从社会、历史、政治、经济、作者意图、生平经历等多方面来发掘意义价值，那么在20世纪30年代到40年代，批评的向外研究转向了向内研究。新批评理论家从文本出发，旨在建立一种纯然客观的、能与科学并驾齐驱的严密化、规范化的阐释方法。在这样的目的之下，批评应当做出一种确切的回答，批评应当建立一种系统的理论方法，采取一种系统的阐释方式。换言之，批评从一开始就应当以明确的公理或主题作为其批评的起点，在推理中不断接近目标，最终形成一个圆满、确定的结论。与之相应，大批量的批评专家产生，各种批评书籍层出不穷。虽然批评家的地位有了改善，但是批评本身并没有产生任何变化。正如哈特曼所说“由研究院所培养的‘有创造性的学者’看上去像是一种非异化劳动的拙劣模仿。他所创造的东西是难以理解的、不相干的、在意识形态方面是盲目的。它只是为其自身而存在的作品”①。因此，那些著述只不过是增加了故纸堆的高度，完全没有新意。有的批评家大肆鼓吹每一部文学作品，仿佛读者能够在其中发现久违的秘宝。更有甚者以实用性作为文学批评的唯一准则，“似乎整个世界都得通过那个针眼，或者说似乎只有适应于某一特定群体的教育才是我们可以希冀的最好的教育”②。在哈特曼看来，唯有科学或者客观的解释标准才是有所裨益的观点并非永久不变。我们并不能只用一种独裁的尺度来加以阐释，因为文学本身并不需要如此手段。它本身和批评就处于同等的位置。阐释文学时，批评家的阅读只是建立了一种等式，它使得一个特定文本的权威与批评创造的文本力量平衡起来。因此，批评里根本就不存在一种唯一的阐释方法，悬而未决、丰富多样的才是批评，这

---

① ［美］杰弗里·哈特曼著，张德兴译：《荒野中的批评——关于当代文学的研究》，天津人民出版社，2008年，第187页。

② Geoffrey Hartman. *The Fate of Reading and Other Esays*. Chitago and London: University of Chicago Press, 1975, p. viii.

样才能使它同教条化批评、实证批评相区分。

那么究竟什么才是文学批评呢？在《荒野中的批评》开篇，哈特曼明确表达了本书的立场：这本书“是一本关于经验之谈的书”[①]，是他自己对文学批评理论的看法。在哈特曼眼中，“阅读所起的最普遍的作用在于写作方面”[②]，而阅读与批评是不可分割的，如果没有写作，我们基于此进行的思考与批评活动是难以开展的，没有阅读中的思考和批评行为，写作也就无法提高，甚至不会有任何反响。所以他反对那些武断地将批评与写作划分为两种不同专长的行为。“似乎文学领域正在被粗暴地划分成两方面：一方面是随意的创造活动（虚构），另一方面是作为指导者的批评”，但是“我们应当把批评的作用局限于以一种单调的文体表达的，对于艺术作品加以描述或者评价的评论吗？”[③] 答案是否定的。在哈特曼看来，批评这种特殊的阅读形式，不仅仅是与艺术写作相关联，而且他们的关系是相互渗透、相互平等的，“这样的批评也把一种需要带给读者……它不以任何简单的方式把自身看作依附于它所评论的那些著作”[④]。批评著作本就是一件独特的艺术作品，它就像那些进入自身，并有所评价的独立艺术作品一样，独立于它所评价的作品。在哲学中，没有某一哲学文本是对先前文本的附属，那么同样，我们也可以证明一位文学批评家所从事的是文学活动，批评不是对文学的附属。

哈特曼强调，有效的批判性的评论，即真正的批评与虚构本身具有相似性，“在其自身之内，虚构也带有一种解释学的困惑，存在着一种

① ［美］杰弗里·哈特曼著，张德兴译：《荒野中的批评——关于当代文学的研究》，天津人民出版社，2008年，第1页。

② ［美］杰弗里·哈特曼著，张德兴译：《荒野中的批评——关于当代文学的研究》，天津人民出版社，2008年，第21页。

③ ［美］杰弗里·哈特曼著，张德兴译：《荒野中的批评——关于当代文学的研究》，天津人民出版社，2008年，第264—265页。

④ ［美］杰弗里·哈特曼著，张德兴译：《荒野中的批评——关于当代文学的研究》，天津人民出版社，2008年，第22页。

中心的转移、一种能够加以改变的前景”[①]，这为批评的多样解读提供了可能。文学批评面对这种使人困惑的文学文本，努力尝试着各种辩解、各种解读，并使我们有效理解文本中令人迷惑的特征：意义多元，中心变动不居。正是这样，哈特曼推崇批评思维的多样性和创造性。在各类文本解读中，总是存在着阐释上的冲突，但问题在于，我们是否必须站位于一端而反对另一端。批评这种意义多元的特点难道必然被消解，而去遵循一种单一的、固定的解读方法吗？难道批评尊重多样性和创造性的思维特征不是在主动与被动之间、肯定与否定之中立足的吗？

今天，批评家们通常是教条主义者，他们武断地指出批评不具备创造性、批评只能作为文学的附庸而服务于文学。只有科学或者客观的解释标准才是批评应该具备的素养。哈特曼极力排斥这些批评家，认为这些批评家“过于爽快地接受了他的附属作用……压抑了他自身的艺术冲动”[②]。换句话说，他们站在文学主体之外，而不是站在文学内部进行考察。批评的独特之处在于它不存在，也永远不具备唯一的、独裁的批评尺度。

作为一种解释学，批评处于一个为难的地位，它不像逻辑学、科学那样具有一个内在一致的动机、相对一致的结果。批评本身就是在揭露矛盾和含糊其辞，使所评论的对象具有可解释性。在较早的解释学中，诗歌或者最初文本的多样性不会消失，但这种多元阐释只表现为阐释者的大胆解读。而在今天，“当代批评的目标在于一种有关不确定的解释学”[③]。为了使读者更好地了解“不确定”的含义，我们首先对这一定义进行一个解答。索绪尔在《普通语言学教程中》将语言系统划分为

---

① ［美］杰弗里·哈特曼著，张德兴译：《荒野中的批评——关于当代文学的研究》，天津人民出版社，2008年，第23页。

② ［美］杰弗里·哈特曼著，张德兴译：《荒野中的批评——关于当代文学的研究》，天津人民出版社，2008年，第245—246页。

③ ［美］杰弗里·哈特曼著，张德兴译：《荒野中的批评——关于当代文学的研究》，天津人民出版社，2008年，第47页。

"能指"和"所指","强调两者的对应关系是人为的,而语言的意义则完全由符号的差异所决定"①。如果想要对语言符号进行阐释,实际上就是在用新的"能指"去阐释文本"所指"的过程。因而寄生在符号系统上的文学文本具有确定性的特征,能够被我们所解读。但是在这个过程里,"能指"被限制在符号系统中,不能与实际指代的事物相接触。换言之,无论是"能指"指向的实物也好,指向的"所指"也好,都的确在我们的意识里呈现,但呈现的本质是幻象的事物,而不是本真。就好像我们在日常谈话中,虽然说到某一事物,且它不在场,但我们仍然能明白谈话所指代的事物。可是这个过程却是在我们头脑中加工后产生的,指代物和对应物并没有在客观现实上重合。因此德里达看到这一漏洞,提出"延异"的概念进行反驳。他认为语言的意义既然取决于符号的差异,为了获取意义,"能指"必然进行扩展,因而意义本身无法获取。换句话说,"延异"实际上是一条不断延伸的"能指"隧道,由一个"能指"延伸至另一个"能指",一个文本指向另一个文本。因为差异的存在,这种游戏得以无止境地进行下去,意义永远不会被人确定,"没有所谓的'中心',只有差异和延宕,对于意义的追寻永远处于'在路上'的游移状态"②。这样,之前阐释的或者被确定为证实的事物就变成了浮动之物,概念也就不复存在。拉康进一步指出,"能指"和"所指"是两个独立的系统,不能互相指代,以往的指代只是人们约定俗成的幻象呈现,二者的关系并不紧密,只是一种任意性关系。这样一来,"能指"变成了"漂浮的能指","'所指'就成了'不断滑退的所指'"③。所以"漂浮的能指"下是"滑退的所指",解释活动永远停留在"能指"一端,永远也达不到说话人的"所指"境界。所以,意义与不确定性相连,阐释本身也没有了终止。

---

① 盛宁:《后结构主义的批评:"文本"的解构》,《文艺理论与批评》,1994年第2期。

② 王萌:《反抗与创造:杰弗里·哈特曼的文学批评思想研究》,山东大学,2011年,第71页。

③ 盛宁:《后结构主义的批评:"文本"的解构》,《文艺理论与批评》,1994年第2期。

在《荒野中的批评》一书中，哈特曼另辟专章，将不确定的概念用于消解批评与文学的对立。既然德里达和拉康通过这种语言符号的嬉戏将以往处于对立地位的各种概念进行消解，那么这种消解也能用到批评与文学当中。哈特曼指出“‘不确定’是一个具有很大弹性的词。它引起了一种像哈姆雷特那样的批评家的形象”①，也即我们习惯概括为的“延宕”。当批评家不能够给解释以终极意义的时候，这种哈姆莱特式的批评家形象便跃然眼前。因为，在传统观念里，批评家作为文学领路人，具有为读者扫清障碍、照亮前路的作用。但是，这样的看法明显是一种偏见。“作为一个主导概念，不确定不仅仅延宕了对于意义的确定，即中止过早的判断，并允许名副其实的沉思。”② 但是这种中止行为下的沉思不仅仅是为了在文本细读中找到意义确定的手段，它更多的是内在的行为，是沉思本身，或者说是“济慈的‘否定的能力’，是一种目的不在于克服否定的或者不确定的事物，而在于只要必要就停留在它里面的努力”③。因而对于意义的消除、详尽解读，甚至对于以往意义的否定，都属于延宕的行为本身，也即评论的过程。只要评论的过程是批评的过程，那么批评和批评所指向的文学作品就必然是一个变动不居的变项。正如爱默生所说“所有的象征都是变动的；所有的语言都是作为媒介的和过渡的”④。更进一步说，“一种唯一的上下文关系是不存在的，从这种上下文关系中可以仔细观察时间或者经验世界的不断变化；被揭示的前景也可能清楚地表明，并不存在一种方法、不存在一种唯一的方法，这种方法必会动摇除了它自身之外的所有一切事物；被揭示的

① ［美］杰弗里·哈特曼著，张德兴译：《荒野中的批评——关于当代文学的研究》，天津人民出版社，2008 年，第 300 页。

② ［美］杰弗里·哈特曼著，张德兴译：《荒野中的批评——关于当代文学的研究》，天津人民出版社，2008 年，第 305 页。

③ ［美］杰弗里·哈特曼著，张德兴译：《荒野中的批评——关于当代文学的研究》，天津人民出版社，2008 年，第 305 页。

④ ［美］杰弗里·哈特曼著，张德兴译：《荒野中的批评——关于当代文学的研究》，天津人民出版社，2008 年，第 305 页。

前景还可能表明，并不存在一种语言、一种唯一的控制了理解并防止误解的语言”[①]。所以，哈特曼认为应当把“不确定”转移到批评本身，把自身从某种结构模式或者逻各斯中心主义中解放出来，使之成为一种根本不提供实证解答和确定含义的批评模式。

但是，这种不确定性特征只能作为耶鲁学派登上历史舞台的立足点，而不能永远处于批评的中心点上，不然文学批评将沦为关于研究不确定性的不确定性文本，那样就离一切皆为荒芜时日不远。如前所述，文学批评并不是提供一种非此即彼的结论，对于批评家而言，单一文本决不能只有一种解答方式，它包含着丰富性与多样性并存的阐释途径，每一途径都通向批评者认可的真理。而具有丰富特性的批评也因为对立的消解，能够以独立的姿态对文学进行全新的解读。因此，哈特曼意欲探索一种形式统一又具备丰富阐释途径的批评方式，使阐释充满丰富性与多样性，充分发挥出个人的创造力和想象力，并且彰显批评的独立价值。

那么，什么才是具备丰富阐释途径的批评方式呢？

如前面论争时我们谈到，在处理批评和艺术的关系时，批评只担任艺术的仆从，对艺术言听计从。它长期困顿于艺术的附庸身份下，只能对艺术进行一些边边角角的修补。虽说有许多批评家对二者的关系进行了调整，比如阿诺德对批评创造性的表述、王尔德强调批评高于艺术的观点，包括后期艾略特、弗莱等人关于批评的学科性、客观性的观点，但是我们可以发现，上述观点都是在强调批评高于艺术，或批评低于艺术，却没有人将艺术和批评进行并列，指出二者相互对立但又彼此统一的关系。而这恰恰正是哈特曼批评理论的出发点，他并不极端地强调批评或文学谁高谁低的问题，而是以一种调节者的身份，将二者从以往的矫枉过正道路中释放出来，重修于好。今天，批评的从属性来自这样一

① ［美］杰弗里·哈特曼著，张德兴译：《荒野中的批评——关于当代文学的研究》，天津人民出版社，2008年，第306页。

种观点——“目前是我们限制了自身；必须由个别的批评家来制止主观的或者任性的解释”[1]。只有科学或者客观的解释标准才有所裨益的观点并非永久不变。我们并不能只用一种独裁的尺度来加以阐释，因为文学本身并不需要如此手段。虽然说具备某种解读技巧或者是分析形式是无碍的，就好像耶鲁学派虽然站在反思新批评的角度，但仍不妨碍其运用细读手段来解读文本。但是，每一位批评家怀疑这种手段符合科学规律的看法会使其成长为一个优秀的批评家。并且，“写作批评论著本身就是建立对于言语的直接关系的一种方式：这是其他事物的言语，它们仍然是关于言语的言语。这是某人自身的言语，它们也仍然是关于言语的言语”[2]。换言之，在后现代主义视域中，所有文本都是言语，乃至世界也是如此，一切存在的事物都是言语的言语，是言语之上的文本。因此创造性作家和批判的思想家之间的矛盾根本没有意义，哲学、文学、批评所指涉的文本冲突也都在统一的背景下被消解。当阐释文学时，批评家的阅读建立了一种等式，它使得一个特定文本的权威与批评创造的文本力量平衡起来。因而，在艺术事务中，我们无法形成一本能够涵盖全部意义的指导材料，我们只能鼓励那些读者像在过去时代中一样，成为创造性的和富有思想的，使批评具备随感而发的性质。

事实上，批评家正在取回他的某种权利。由于不认可自身被限制或者被动的角色定位，他立刻成为读者和作者，“或者说，充分意识到，他既是文本的一个解释者，又是一种自我解释的深层文本的创造者”[3]。也就是说，批评家通过分析文本，并不是为了接近一种终极真理的固定解读，而是为了创造一种始终处于变动中的文学批评，也就是哈特曼所

---

① ［美］杰弗里·哈特曼著，张德兴译：《荒野中的批评——关于当代文学的研究》，天津人民出版社，2008年，第186页。

② ［美］杰弗里·哈特曼著，张德兴译：《荒野中的批评——关于当代文学的研究》，天津人民出版社，2008年，第107页。

③ ［美］杰弗里·哈特曼著，张德兴译：《荒野中的批评——关于当代文学的研究》，天津人民出版社，2008年，第186页。

说的充满不确定性和反讽的文学批评。批评家在最开始细读文本时，他作为文学文本的寄生物而对文本进行详细分析，但是在分析过程中，批评家通过将自己的人生阅历、知识背景和文本相结合，从而形成了具备内在性和创造性的文学批评文本。这也就是为什么批评家既是阐释者，又是一种兼具内在性文本的创造者的缘故。在这一点上，哈特曼和J. 希里斯·米勒的解构理论具有相似之处：批评家既是文学作品的寄生物，又是文学批评的寄主。自此，批评在文本领域的独立性终于建立起来，也因为自身的文本属性分享着不确定的特性。而文学批评也能够用艺术家的创作思维和创造力进行写作，从而让自身更像是一个艺术家，而非哲学家或科学家。如果说哈特曼通过强调语言的调节性和文本意义的不确定性将文学和批评之间的对立进行了消解，同时也对那种科学严谨的研究方法进行反驳，那么如何保持批评文本的开放性和创造性呢？哈特曼将目光转移到早期犹太教的释经传统中，以其中解释的开放性、多样性和无穷性特点，为文学批评提供了一条可资借鉴的道路。

“在某种程度上，可以较为肯定地说，哈特曼早期对于犹太教的关注，目的在于寻求一种他认为早已丧失了的阅读模式以及阐释传统”①，也即密德拉什或者拉比释经传统。在《未经调节的视像》一书中，哈特曼就已经表现出对这种阐释方法的关注。随后他出版的一系列著作，如《密德拉什与文学》《作为法律和文学的密德拉什》等，也都表明了他对这种阐释方法的重视。

密德拉什是一个非常复杂的概念，在早期文明中，拉比们以神的名义对人们的询问进行解答，并在释经中提出自己的看法，这些解答和阐释被记录下来，整理成文献，形成了密德拉什。大多数学者一致认为，密德拉什既是一种阐释方式，也指拉比阐释过程中形成的文献和文章集。在这样的《圣经》阐释文本中，解释的丰富性、开放性、无穷性随处可见。在当时，拉比的阐释具有两方面的含义。一方面，经书具有多

① 王凤：《杰弗里·哈特曼文学批评思想研究》，中国社会科学出版社，2013年，第149页。

重含义，因此拉比们必然要穷尽所有意义，有时候甚至不顾字词在语境里的意义。另一方面，拉比们在探索潜在意义时，常常将出发点立足在当前和未来，试图通过阐释引导人们解决问题。因此，“密德拉什就具有双层含义：一是公开的，主要针对《圣经》文本阐明有关叙事的问题；另一个是隐含的，主要以更微妙的方式解答同时代那些困扰说教者以及听众的问题。因而，形成了哈特曼所说的那种‘熟悉的语言意义但却成为谜语般解读的双重运动’”[①]。这种基于文本而又超越文本的阐释方式，不仅做到了形式上的依赖性，同时也具有个人的创造力和意义的多元变动性，甚至在调节字词含义时也充分发挥了想象的空间。

基于此，哈特曼大力提倡密德拉什释经传统，认为其为隅于现代阐释学中的文学批评提供了一种可资借鉴的批评方式；并且阐释学中提倡的“反讽”“碎片化”“能指”“所指”等概念，无疑将本该统一的文本拆解成一个个部分去阐释，丧失了整体所具备的美。所以哈特曼强调，密德拉什不是只追求对于文本含义字面的理解，忽视文本的潜在价值，也不是只从作者创作理论或接受理论出发，只关注文本产生前后的价值意义，更不是将意义寄居于漂浮的能指和不断滑退的所指之间的张力中，它启示批评应将“批评者、字词、声音、文本、听者及其日常生活意义在多样性与差异性的基础上统一为一个整体：字词在文本之中而非文本之外向听者发出自己的声音，批评者将这种声音传达给听者，并以此引导听者寻觅隐藏于生活中的意义”[②]。正是在这种无尽的阐释中，密德拉什发挥了巨大的包容性、丰富性和创造性，这正是文学批评需要借鉴的。因此，哈特曼借助密德拉什，将其中巨大的丰富性和创造性融入文学批评，以图对文学批评进行丰富与重构。

① Geoffrey Hartman. Midrash as Law and Literature. *The journal of Religion*, No. 3 ,1994.
② 王凤：《杰弗里·哈特曼文学批评思想研究》，中国社会科学出版社，2013年，第157页。

《拯救文本》(1981)

《拯救文本》这部由五篇论文整理而成的学术批评著作，在很大程度上是向我们说明德里达的《丧钟》对哈特曼产生的影响。哈特曼用了很大篇幅来探讨德里达的批评风格，探讨德里达的文学理论在文学批评传统中的价值和地位。其实换句话说，哈特曼所想做的，或者说他所想的就是将哲学思想与文学批评相融合，使得文学批评具有一种独特的理论化趋势，从而将欧陆哲学吸纳到现代批评方式中来，摆脱之前排斥理论或附庸理论的批评倾向，“以此将思考方式与对象转向文学文本的本质存在方式中”①。

在谈及批评的理论化趋势之前，我们必然先对文学与哲学的关系进行简单的说明，以便更好地为读者梳理其间的脉络。哲学与文学的冲突在西方社会早已有之，从柏拉图以来就存在着哲学对于文学的压制和排斥。这主要也归因于柏拉图在《理想国》中将荷马一类的诗人放逐在理想国之外的缘故。柏拉图认为艺术是模仿的模仿，和真理远隔两层，无法教导人们认识真理。同时，艺术中的感性和虚构特点又让强调理性治国的柏拉图甚为反感。因此，柏拉图将艺术作为引人误入歧途的方式进行打压。这样，文学只能将哲学作为束缚自身发展的压制力量，被迫割让自己的某些权利，以换取自身的合理性。而哲学经此一役大胜，“要么对文学进行分析，试图萎缩艺术的生命，要么视艺术与哲学做着相同之事，但方法却比哲学笨拙，以此承认艺术在一定程度上的有效性”②，使艺术一直以一种从属的姿态服从于哲学的统治。而作为艺术附属品的

---

① Geoffrey Hartman. *Saving the Text*. Washington D. C.: The Johns Hophins University Press, 1981, Introduction, p. xv.

② Mark Edmundson. *Literature against Philosophy: Plato to Derrida: A Defense of Poetry*. New York: Cambridge University Press, 1995, p. 7.

批评，更是一落千丈，与真理更是差着重山万河之远。

然而，“20 世纪 60 年代后，随着社会政治风云变化，社会运动此消彼长，历史文化价值走向多元化。同时，学术职业化催生了出版、晋升、工作的需要，社会时尚追逐新异的潮流，理论正好符合这些需求和潮流”①。理论顺势进驻了文学批评之内，成为文学批评的一个必然要素。

有些人抱着批评回避理论的观点，极力强调文学批评应只关注文学作品本身。约翰·罗斯金（John Ruskin）说道，就算你阅读完博物馆的所有书籍，你仍然是一个未受过教育的人。但是如果你把一本书仔细阅读上几页，你就永远是一个受过教育的人，只有细读，只专注于文本本身，才是批评的本真。F. R. 利维斯（Frank Raymond Levis）更是向前一步，对他来说，“理论是多余的，当然也是不需要的。研究英语本身就是一种训练、一个学校。像‘文学理论’这样一种事物只能是一种语法错误，一种语言的不规范；可能存在着一种‘英国文学的理论’，但那可能只是利维斯关于细读的观念的一个相等物”②。有些学者则强调理论的作用，认为批评是以理论为基础的。约翰·克娄·兰色姆（John Crowe Ransom）就曾提出，好的批评家不只研究诗，同时还兼顾着诗学。“如果他认为必须清教徒式地避开理论中的所有任性，那么好的批评家可能只好是一个好的渺小的批评家……理论就是期待，它总是决定批评。”③ 只有这样，批评才能兼具理性和科学的特点。可随着文学批评理论化趋势的增强，加之后现代文化视野下批评范围的不断扩大，批评家越来越精英化和学院化，所涉猎的对象也逐渐脱离开文学的范畴。至此，批评与文学分了家，批评成了理论的工具，批评话语变成

① 朱刚：《批评理论的今天和明天：李奇教授访谈录》，《外国文学研究》，2009 年第 5 期。

② ［美］杰弗里·哈特曼著，张德兴译：《荒野中的批评——关于当代文学的研究》，天津人民出版社，2008 年，第 199 页。

③ ［美］杰弗里·哈特曼著，张德兴译：《荒野中的批评——关于当代文学的研究》，天津人民出版社，2008 年，第 199 页。

了学术理论话语。批评正在与创作分割开来，理论解读和文学作品各不干涉，各为其主。这时我们可以清醒地发现，批评反而成了独立于文学的存在，或者说成为另一种哲学的附庸，继续与文学对立。换句话说，理论进驻之后，文学批评变成了哲学的另一身份，进而成为对文学的统治。“文学批评从分析性学科包括实证科学中接受的术语数不胜数，使得其语言与诗歌和小说的语言渐行渐远。”① 文学批评在理论概念和术语的影响下，以一整套完整的批评体系和理论术语侵占着文学的领地，参加了哲学对艺术权利的剥夺。那么批评的自我归于何处呢，这种本质上渴望自成一体的形式刚脱离开文学的附庸，反而又成了哲学的附庸，进而走向了文学与哲学的对立。哈特曼发现了这个尖锐的问题，提出我们要做的并不是套用理论，而是通过理论从哲学那儿拿回我们自己的东西。因此，如何调节文学与哲学、批评与哲学的关系变得异常重要。

对哈特曼来说，虽然批评的理论化势在必行，可我们应当是通过理论，而不是利用理论使得批评的独立性再次消弭。他所要做的是将欧陆哲学与实用批评结合起来，以此在文学批评中融入理论性的成分。这并不意味着将具体的哲学思想应用于文学，而是将哲学、批评与文学并列起来，消除文体间的确切界限，将三者在共同的文类背景中和解，从而使得批评能够自由地运用哲学理论进行文学研究，而不是始终摇摆在谁的附庸之下。哈特曼认为，当代批评的目标在于有一种不确定的解释学，“它唯一的计划是对批评自身的一种再评价：公开主张哲学和艺术研究能够再一次把它们两者的力量结合在一起的可能性；主张‘哲学批评’可以逐渐导致这些分离的体系的相互认识的可能性”②。但究竟怎么才是通过理论而不是利用理论，从而确定批评的哲学化呢？对哈特曼而言，文体的问题就是方法的问题。因此寻求一种具备理性的批评问

① 王凤：《杰弗里·哈特曼文学批评思想研究》，中国社会科学出版社，2013 年，第 183—184 页。

② ［美］杰弗里·哈特曼著，张德兴译：《荒野中的批评——关于当代文学的研究》，天津人民出版社，2008 年，第 47—48 页。

题，成为哈特曼调解哲学批评和实用批评的努力方向。在这方面，哈特曼借用托马斯·卡莱尔（Thomas Carlyle）的《旧衣新裁》和德里达的《丧钟》中的独特之处，提出了自己的看法。

《旧衣新裁》“虚构与事实交错呈现，讽刺与严肃互渗并存，思辨与历史层叠并置，所以既非严格意义上的哲学论著，也非纯然的情节虚构小说，更不是单纯记录生平思想的传记。或者反过来说，它既是充满思辨哲思的小说，也是小说笔法的哲学著作”①。卡莱尔在著作中生动揭示出德国哲学批评与实用批评的关系：哲学批评最初的繁荣，最开始只是一种德国模式，与英国讲求实用批评的差异巨大；并且英国实用批评拒斥理性的顽强态度，也为这两种本该互通的批评模式增添了无形的阻碍。于是卡莱尔通过一种由德意志气质、斯威夫特式的趣味和一种对于英格兰朴实的古语法的杂糅的文体风格，对英国实用批评排斥理论的看法进行了反驳，并在这对立关系中起到一种弥合作用。正如哈特曼所说：卡莱尔的“语气又快又响亮，就像在赛跑或者一次拳击比赛中的解说员一样”，他的这种文体在英国批评甚至在德国也没有存在过。“他的这种措辞是一种和缓的、谈话式的写作方式的对立面”，是向得体的原则进行的挑战。② 因为在卡莱尔看来，使批评成为正式的谈话也就使文学成为正式的谈话，成为纯文学。这种文体上的确切界限是不必要的，也是不应当存在的。在这里，哈特曼引用列维-斯特劳斯《野性的思维》中的一句话象征性地说明了卡莱尔文体的作用：“希达查人的猎鹰仪式的重要性，至少部分地，是由于使用陷阱，即由于这样的设想：由于位置特别低的猎人……来捕获处于最高位置上的猎物……在被想成是缩短猎人与猎物之间鸿沟的猎鹰活动中，从技术角度看，调解是借助于诱饵

---

① 王凤：《杰弗里·哈特曼文学批评思想研究》，中国社会科学出版社，2013年，第190页。

② ［美］杰弗里·哈特曼著，张德兴译：《荒野中的批评——关于当代文学的研究》，天津人民出版社，2008年，第159页。

（一块肉或一小块野味、将要迅速腐烂的血迹斑斑的兽尸等）办到的。”[①] 猎人和猎物之间位置的不平衡，恰恰也正是批评与文学、文学与哲学、批评与哲学三者之间不平衡的表现。而批评为了捕获它的猎物，消解确切的界限，从技术角度看，最好的方法就是采用诱饵——或者说一种独特的批评文体来弥合三者的差距，作为一种调解的方法。

德里达与卡莱尔不同，如果说卡莱尔是站在文学角度将思辨与创造进行融合，那么德里达则是从哲学角度消解文类间的界限。对哈特曼来说，“德里达具有一种与众不同而又十分独特的风格”[②]，“那种对文体完全专业化的理解，或者说对语言这个非个人中介的随意挪用”[③]，正是吸引其不断深入的内核。在《丧钟》中，德里达将来自文学、哲学、语言的方方面面，以及不同题材、不同类型的事物在《丧钟》中黏合起来。我们很难说《丧钟》是文学、哲学，抑或是批评它“通过内部的引文和超现实主义的才智使许多材料（黑格尔、尼采、热奈特）相互激励；它也不仅特别结合了出自热奈特《小偷的日记》（1948）一书的许多章节，而且由于这样做，就使它在本质上成了一本偷偷摸摸的书”[④]。而这种写作超越了文本之间的界限，也进一步淡化了文学与哲学、哲学批评与实用批评之间的界限。很显然，德里达并不想做一个左右徘徊的人，徘徊在哲学批评与实用批评难以捉摸的界限中。所以，他“创造了一个文本：精确地说，不是一本书，也许甚至不是一本反书（an anti-book）；不是一种百科全书式的体系，也许甚至不是一种反百科全书（a

① ［美］杰弗里·哈特曼著，张德兴译：《荒野中的批评——关于当代文学的研究》，天津人民出版社，2008 年，第 159 页。

② Geoffrey Hartman. *Saving the Text*. Washington D. C.：The Johns Hophins University Press，1981，Introduction，p. xxiv.

③ Geoffrey Hartman. *Saving the Text*. Washington D. C.：The Johns Hophins University Press，1981，Introduction，p. xxv.

④ ［美］杰弗里·哈特曼著，张德兴译：《荒野中的批评——关于当代文学的研究》，天津人民出版社，2008 年，第 233 页。

counterencyclopedia）"[1]。历史地看，它是浪漫主义诗化哲学未完成部分的一个发展，或者说是一个充满理性的文本的总和。哈特曼曾高度评价这本书具有"'能够激起一种多角度（multidirectional）的阅读方式，以及一种边界确定的言语和语义空间不能囊括的相互交叉的感觉'。不仅如此，他还称赞《丧钟》是一部充满浪漫主义梦幻色彩的艺术的哲学作品和批评作品"[2]。德里达的《丧钟》既是艺术品，也是批评著作，既有文学性也充满哲理性，同时还充满着不确定的特色，"组成这些文本的语言冲破了文本本身所限定的框架，推翻了读者坚信不疑的词语乃至文本的意义"[3]。这无疑契合了哈特曼追求将实用批评与欧陆哲学结合的初衷。

哈特曼始终以一个调节者的身份起作用。他不是倾向于某一极端的一方面，或者提出一种全新的看法，而是在调节对立矛盾的关键点上进行升华与创新。在他看来"现实并非单纯地由'非此即彼'这一简单或然逻辑构成，而是由相互对立着的矛盾双方以'既/又'这一内在逻辑存在着"[4]。但是如何调节这三者的关系呢？哈特曼借鉴了德里达对"逻各斯中心主义"消解的办法。德里达通过"能指"和"所指"之间的延异、言语的自由嬉戏把哲学赖以生存的真理、价值统统打碎，对西方哲学传统信奉的"逻各斯中心主义"进行了消解。这种终极真理也在符号系统的无边滑动中骤然消逝。哲学因不再指向终极意义变得和文学文本相似，成为共同符号系统下的文本。因此，哈特曼借用德里达的观点，运用文学文本的这种不确定性对文学和批评的关系进行消解。在哈特曼看来，批评与其阐释的对象，在文本背景和符号系统视域下，并无

① ［美］杰弗里·哈特曼著，张德兴译：《荒野中的批评——关于当代文学的研究》，天津人民出版社，2008 年，第 241 页。

② 王萌：《反抗与创造：杰弗里·哈特曼的文学批评思想研究》，山东大学，2011 年，第 90 页。

③ Geoffrey Hartman. *Saving the Text*. Washington D. C.: The Johns Hophins University Press, 1981, Introduction, p. xvi.

④ 王凤：《杰弗里·哈特曼文学批评思想研究》，中国社会科学出版社，2013 年，第 176 页。

二致，它们其实都是文本，因此不可能存在尊卑主次之分。另外，既然批评和文学本身无法超越语言，也就必然受到语言不确定性的影响。“因而批评语言也就成为文学语言，批评也就成了文学。”[①] 而哲学在中心消解后，文学与哲学也同样在这种共同的文本背景下共存，以往的对抗关系消失了。那么与文学相同的批评换句话来说也就与哲学相同了。无论是文学的、哲学的，抑或是批评的，“一切不同学科的性质都归因于相同的语言问题”[②]。因而，在中心消解下，对这三者进行概念界定也随着不确定的摇摆而变得不可能。文学、哲学、批评在这种文本意义不确定和符号系统的流动中走向了和解。至此，哈特曼创造性地回答了批评何为的问题。批评因与文学、哲学并无二致，也就继承了独立性和理论性的特点，又因其文本的不确定性内涵，也就具有了非证实性的特质。并且哈特曼从犹太教释经传统借鉴的文学批评样式，也因其多样性和丰富性的含义使得批评具有了创造性特征。虽说这种观点并非一种定论，但是也为我们洞察这三者之间的关系提供了一种新的视点，为批评何为贡献出独特的哈特曼视角。

至此，我们可以清楚地看到哈特曼对批评何为的回答——批评不仅承载着语言系统和文本意义中的不确定性观点，而且也具备着自己的独立地位。它不仅具有创造性，同时也因为文体界限的消弭而拥有了理论性的特征；它“既能体现艺术般的创造性，又能将专业性术语结合起来；既能将英美民主理想激发的传统沿袭下去，又能与大陆理论思想结合起来；既能保持自己的独立地位，又具有批评的精神”[③]。这正是哈特曼所提倡的批评，也因为批评的这四方面特性使得批评能够在自由的环境中，保持自己的创造力和生命力。借着这种全新的批评样貌，哈特曼对以往批评的方式进行了全面的批驳。以往的规范化学术批评，往往

① 王凤：《杰弗里·哈特曼文学批评思想研究》，中国社会科学出版社，2013 年，第 178 页。

② Geoffrey Hartman. *Saving the Text*. Washington D. C.：The Johns Hophins University Press,1981,Introduction,p. 23.

③ 王凤：《杰弗里·哈特曼文学批评思想研究》，中国社会科学出版社，2013 年，第 56 页。

在一开始就预设了一个明确而抽象的定义作为起点，然后向着自己预想的结果不断阐释，最终给出一种正确的答案。有的呢，则是闲言碎语似的主观性评判，这种批评虽然具有一定的个性化特征，但由于学理性不强、研究不深入，最终只流于表面，没有实际的参考价值。那么既然批评应在这“四性”的指导下开展，那么将以哪种方式，或者说哪种文体来承载批评呢？哈特曼认为，理想的文体应当是论笔或称随笔，只有它才属于“作为发现真理方法的提问和回答这样一种尝试性性质”①，既能够将批评从附属状态中摆脱出来，同时又具备文学性的特点；既具有悬而未决的偶因要素，同时也具备哲学化的倾向。这种文体要求我们“不仅学会在字面上阅读，而且也要听到语言，或者说词语中的言语”②。而满足以上这些的，只有论笔这种文学形式才能做到。

在说明哈特曼论笔观之前，先交代论笔（essay）这种译法是十分明智的。论笔这种译法始见于文章，应当是从赵勇那里。他认为自从essay一词被蒙田发明之后，长期以来国内翻译比较混乱。国内学者一般将其译为随笔。虽说这种译法符合essay包含的随时随地、随心而为的特点，也具有对某一言说事物的试探性、尝试性解读，但是并不传神。根据塞缪尔·韦伯（Samuel Weber）的解释，essay更像一种探索，就是试验，没有确定的答案。因此译作论笔“则是既有随笔之形，也有论文之实”。一是因为“论”字能突出文章文体的特点，以论说为主要目的，并不是要形成确切的答案，反而是在尝试一种兼具主观性和随意性的特征，比“随”字突出随心而为的特点要更贴切。二是，“论笔”能够起到一种陌生化的效果，让读者更容易感受到essay这种文体的独特之处。所以，为后续不至于混淆，我们将随笔全部替换为论笔，以便读者在陌生化之后，深入理解哈特曼的论笔观。

---

① ［美］杰弗里·哈特曼著，张德兴译：《荒野中的批评——关于当代文学的研究》，天津人民出版社，2008年，第220页。

② Geoffrey Hartman. *Saving the Text*. Washington D. C.: The Johns Hophins University Press, 1981, Introduction, p. 28.

论笔作为文体，起源于法国。从词源上看，论笔的法语词（essai）“融合了拉丁词 exagium 和希腊语 krinein，前者表示标准的重量或衡量的意思（与 examine 的拉丁词根一样），表明对某一事物从各个方面、不同的角度进行尝试、探索、试验，但不是以一种系统和详尽的方式，因此也就有了一种不确定的特性；后者表示区别、洞察的意思，与 criticism 的词根相同，可见 essay 一词本身就包含了 criticism 的最初含义”①。随着蒙田第一部论笔集的出版，essai 作为题目也在英国流传开来。此后写作论笔的人越来越多，如培根的《培根随笔集》、伯格森（Bergson）的《关于意识的直接材料的随笔》等。那么作为一种文体，论笔具有什么性质呢？论笔是主客观的结合，它既注重内心世界的真实感受，同时也强调对外部世界的真实感知。论笔具有自由书写和随意性的特点。换句话说，这种文体带有随意性和意义的不确定性特征，不是一种逻辑缜密的推进，也不具备完整统一的结构，更多的是一种开放式的随意性书写。论笔是一种能够激起听者和说者共同反应的文体，如斯塔罗宾斯基所说，论笔一半是说者的，一半是听者的。因此，论笔并非提供一套确定的结论，而是以一个开放性的文本框架引导读者和作者共同思考，填补内容。在哈特曼看来，正是这种能够引起反应、给予回应的文体才是文学批评强烈需要的。并且，论笔的这种兼具开放性、思想性的特点也是批评必不可缺的。因此，论笔成了哈特曼手中的批评利器，成为他批评观中的重要组成部分。

在《作为文学的文学批评》一文中，哈特曼明确表明“我被卢卡奇论述随笔的论文所深深地吸引了”②。论文中，卢卡奇（Lukács）严格界定了论笔的高贵，将论笔从科学的严谨或者印象主义的鲜明中释放出来，给予论笔以独特的地位。实际上，《论笔的本质和形式》一文，就

① 王凤：《杰弗里·哈特曼文学批评思想研究》，中国社会科学出版社，2013 年，第 197 页。

② ［美］杰弗里·哈特曼著，张德兴译：《荒野中的批评——关于当代文学的研究》，天津人民出版社，2008 年，第 222 页。

是他对于什么是论笔的回答。在他看来，论笔还没有进化到足以获得它应有的形式，没有摆脱说教的、道德的、附属的评论目的，而做到真正的独立自主。所以，他赋予论笔自身的形式和尊严。他认为，论笔作为一种文学形式，具有自身独特的艺术价值和独立性。对卢卡奇来说，伟大的随笔（论笔）作家，“仅仅作为表达他们自己‘对于生活的批评’这一理由，他们才利用事件和书本”①。这样的观点正好契合了哈特曼关于批评独立性的观点。因此，哈特曼继续追问道，论笔是否具有一种独立的形式，具有能够将它从实证知识领域移开的可能吗？事实上，“这种实证的知识在艺术的旁边赋予它一个位置，然而却没有把学术和艺术的界限混淆起来”②。如此看来，论笔是一种具有独特性且介于文学和学术之间的文体，是精神价值、学术价值和艺术价值并存的一种文学批评方法。并且，当论笔作家随着不确定的脚步逐渐透析世界的真相时，这并不同于科学哲学对绝对真理的追求，对于论笔自身来说，它也创造了一种观念的更新。“这样看来，文学批评就不再仅仅服从于俄国形式主义和英美新批评提倡的科学主义研究方法”③，而采取了一种创造性的思路进行创作，这时的论笔也就分享了艺术创作的特点。并且，“随笔揭示的是生活的理想及理想的实现，它经历了‘内在与外在、心灵与形式统一起来的神秘时刻’”，因此，论笔作者“集批评家以及创造者身份于一体”④。正如哈特曼所说，正在发生的既不是以损害作品创造力的论笔的扩张，也不是论笔和文学的随意融合，而是一种创造性的考察。

除了论笔的独立性和创造性特征，卢卡奇还提出论笔具有一种悬而

① ［美］杰弗里·哈特曼著，张德兴译：《荒野中的批评——关于当代文学的研究》，天津人民出版社，2008年，第218页。

② ［美］杰弗里·哈特曼著，张德兴译：《荒野中的批评——关于当代文学的研究》，天津人民出版社，2008年，第218页。

③ 王萌：《反抗与创造：杰弗里·哈特曼的文学批评思想研究》，山东大学，2011年，第164页。

④ 王凤：《杰弗里·哈特曼文学批评思想研究》，中国社会科学出版社，2013年，第202页。

未决或偶然的特性，一切都是任意的和反讽的，也就是我们所说的非连续性或者不确定性。这一观点主要来源于佩特《柏拉图和柏拉图主义》一书。佩特在书中表明："柏拉图的对话在其概念上，在其特别的机遇上，基本上是一种随笔——一种时时变成哲理诗的早期形式、变成赫拉克利特的散文诗的随笔。"① 他指出，专题论文是从某一确切公理或者定义开始阐释，并最终通过理性判断达到一种预先假设的目的。但论笔并非如此，它作为辩证法的工具，并不需要在一次过程里就完成决定，如同较长的对话一般，论笔的过程可能一直持续到生命的终端，辩证的过程也一直在持续。因此，论笔"属于作为发现真理方法的提问和回答这样一种尝试性性质"②。卢卡奇在佩特论笔具备辩证性的观点上进一步发展，他认为论笔充满各种各样的琐碎的偶然因素，这些因素共同组成相互依存、相互构成的矛盾统一体，并且始终处在不停变化之中。正像哈特曼所说，在论笔中"它们作为评论的有关功能与它们打算成为文学而不仅仅只是关于文学的抱负之间不稳定的共存，有助于一种与作者特有风格的自我维护之间的混合物"③。这样看来，论笔已经把自己塑造成一个变动不居不断充实的艺术形式，并且得以从文学的附庸中逃离出来，具备艺术价值。

虽然卢卡奇的论文中已经阐释了论笔的诸多特点，但对于哈特曼来说，他所需要的并不是作为纯粹文学形式的论笔。虽然这种论笔具备非连续性的辩证法特点，同时也揭示出生活的理想，表达对文学的关注，并且凸显了一种充满层次感、生命感的个性化语言，但是论笔中并没有接受理论的使用，相反更像是一种纯粹的文学形态一样。这与想要在哲

---

① ［美］杰弗里·哈特曼著，张德兴译：《荒野中的批评——关于当代文学的研究》，天津人民出版社，2008年，第220页。

② ［美］杰弗里·哈特曼著，张德兴译：《荒野中的批评——关于当代文学的研究》，天津人民出版社，2008年，第220页。

③ ［美］杰弗里·哈特曼著，张德兴译：《荒野中的批评——关于当代文学的研究》，天津人民出版社，2008年，第223—224页。

学批评和实用批评之中进行调解的哈特曼来说，是一个不可忽视的问题。而《丧钟》的出现，却打通了论笔这种文学类型和哲学之间的屏障，解决了哈特曼的难题。“我所缺乏的正是德里达所给予的，这就是他为更深入的阐释提供了理论支持，这是我一直想要做却未成功的事，我在他的著作中找到了。”① 我们前面提到《丧钟》中对于各种材料的随机混合，恰恰就是德里达自己的论笔，是以论笔方式对那种排斥理论的文本进行挑战。既然所有学科在符号系统背景下都归结为语言问题，因此只有文本和文本之间、语言和语言之间的互动。那么无论是哲学的、理论的还是文学的或者批评的，都将归结于语言问题，文本中也必然拥有理论化的倾向。这恰好符合哈特曼想要将实用批评和欧陆哲学进行融合的初衷。因此，论笔自从蒙田开创以来，头一次因为这些特性成为唯一恰当的批评模式。什么样的批评文体能够包含独立性，涵盖文学性的特征，同时又能兼具哲理性和创造性，另外还能具备非证实性，能够激起读者和创造者共同的反应呢？毫无疑问，这种文体就是论笔，也正是哈特曼在思考批评何为后给出的唯一途径。

哈特曼经历了一系列论争后，终于给出了他自己的文学批评方式和特性。他将文学创作需要的丰富想象和独立价值引入文学批评中，消除文学作品和文学批评具有的不合理的等级划分，标榜了文学批评的独立性、创造性和开放性；利用一定的哲学背景和思想来支撑文学批评，使其具备思辨性和哲理性。同时把论笔这种文学形式作为承载批评的唯一手段，使其区别于学术论文，为批评家和读者提供了一种全新的批评方式和理解模式，为普通读者进入文学批评领域提供了有利机会。因此，我们很难用一个词或者一句话来界定哈特曼的批评风格。正如道格拉斯·阿特肯（Douglas Atken）所说的那样：“对我们来说，哈特曼的这种混杂而丰富的批评风格，是一种与简洁明了的学术性批评风格完全不

---

① Hartman Geoffrey. *A Scholar's Tale: Intellectual Journey of a Displaced Child of Europe*. New York: Fordham University Press, 2007, p. 73.

同的批评风格，令人困惑的是应该如何界定他的这种具有双重性的写作风格。"① 但是，或许正是这种开放性与反抗性共存的批评风格，才促使了批评思想的繁荣，为批评界长期僵化的批评方式注入了新的血液。翻开历史的扉页，变化的是时间的流逝，不变的却是哈特曼为文学批评提供的这种开放性、丰富性和独特性的全新视野。这正是无论身处哪个时代的人们都应该认可的"绝对真理"。

① Atkins Douglas. *Geoffrey Hartman*：*Criticism as Answerable Style*. London and New York：Routledge，1990，p. 3.

参考文献

［1］雅克·德里达. 马克思的幽灵［M］. 何一，译. 北京：中国人民大学出版社，1999.

［2］雅克·德里达. 书写与差异［M］. 张宁，译. 北京：生活·读书·新知三联书店，2001.

［3］雅克·德里达. 声音与现象［M］. 杜小真，译. 北京：商务印书馆，2017.

［4］雅克·德里达. 论文字学［M］. 汪堂家，译. 上海：上海译文出版社，1999.

［5］雅克·德里达. 多义的记忆：为保罗·德曼而作［M］. 蒋梓骅，译. 北京：中央编译出版社，1999.

［6］雅克·德里达，伊丽莎白·卢迪内斯库. 明天会怎样——雅克·德里达与伊丽莎白·卢迪内斯库对话录［M］. 苏旭，译. 北京：中信出版社，2002.

［7］哈罗德·布鲁姆. 影响的焦虑［M］. 徐文博，译. 南京：江苏教育出版社，2006.

［8］哈罗德·布鲁姆. 如何读，为什么读［M］. 黄灿然，译. 南京：译林出版社，2015.

［9］哈罗德·布鲁姆. 影响的剖析（增订版）［M］. 金雯，译. 南京：译林出版社，2016.

［10］哈罗德·布鲁姆. 小说家与小说［M］. 石平萍，刘戈，译. 南

京：译林出版社，2018.

[11] 哈罗德·布鲁姆. 误读图示 [M]. 朱立元，陈克明，译. 天津：天津人民出版社，2008.

[12] 哈罗德·布鲁姆. 西方正典 [M]. 江宁康，译. 南京：译林出版社，2005.

[13] 哈罗德·布鲁姆. 尽得其妙 [M]. 余君伟，傅士珍，等译. 台北：台湾时报文化出版企业股份有限公司，2002.

[14] 哈罗德·布鲁姆. 批评、正典结构与预言 [M]. 吴琼，译. 北京：中国社会科学出版社，2000.

[15] 保罗·德曼. 阅读的寓言 [M]. 沈勇，译. 天津：天津人民出版社，2008.

[16] 保罗·德曼. 解构之图 [M]. 李自修，等译. 北京：中国社会科学出版社，1998.

[17] J. 希利斯·米勒. 小说与重复 [M]. 王宏图，译. 天津：天津人民出版社，2007.

[18] J. 希利斯·米勒. 重申解构主义 [M]. 郭英剑，等译. 北京：中国社会科学出版社，1998.

[19] J. 希利斯·米勒. 解读叙事 [M]. 申丹，译. 北京：北京大学出版社，2002.

[20] J. 希利斯·米勒. 文学死了吗 [M]. 秦立彦，译. 南宁：广西师范大学出版社，2007.

[21] 杰弗里·哈特曼. 荒野中的批评 [M]. 张德兴，译. 天津：天津人民出版社，2008.

[22] 乔纳森·卡勒. 论解构 [M]. 陆扬，译. 北京：中国社会科学出版社，1998.

[23] 陆扬. 德里达——解构之维 [M]. 武汉：华中师范大学出版社，1996.

[24] 大卫·雷·格里芬. 超越解构：建设性后现代哲学的奠基者［M］. 鲍世斌，译. 北京：中央编译出版社，2001.

[25] 马克·波斯特. 信息方式：后结构主义与社会语境［M］. 范静哗，译. 北京：商务印书馆，2000.

[26] 罗兰·巴特. 一个解构主义的文本［M］. 汪耀进，武佩荣，译. 上海：上海人民出版社，1997.

[27] 王潮. 后现代主义的突破——外国后现代主义理论［M］. 兰州：敦煌文艺出版社，1996.

[28] 胡经之，张首映. 西方二十世纪文论选（第二卷，作品系统）［M］. 北京：中国社会科学社，1989.

[29] 王治河. 后现代主义辞典［M］. 北京：中央编译出版社，2003.

[30] 特里·伊格尔顿. 后现代主义的幻象［M］. 华明，译. 北京：商务印书馆，2000.

[31] 张国清. 中心与边缘——后现代主义概论［M］. 北京：中国社会科学出版社，1998.

[32] L. 德赖弗斯·保罗·拉比诺. 超越结构主义与解释学［M］. 张建超，张静，译. 北京：光明日报出版社，1992.

[33] 欧崇敬. 从结构主义到解构主义［M］. 台北：台北扬智文化事业股份有限公司，1998.

[34] 夏光. 后结构主义思潮和后现代社会理论［M］. 北京：社会科学文献出版社，2003.

[35] 徐崇温. 结构主义与后结构主义［M］. 沈阳：辽宁人民社，1986.

[36] 张首映. 西方二十世纪文论史［M］. 北京：北京大学出版社，1999.

[37] 胡经之. 西方文艺理论名著教程［M］. 北京：北京大学出版

社，2003.

[38] 毛崇杰. 颠覆与重建——后批评中的价值体系 [M]. 北京：社会科学文献出版社，2002.

[39] 张有奎. 现代性的哲学批判 [M]. 北京：社会科学文献出版社，2005.

[40] M. H. 艾布拉姆斯. 欧美文学术语辞典 [M]. 朱金鹏，朱荔，译. 北京：北京大学出版社，1990.

[41] 米歇尔·福柯. 疯癫与文明——理性时代的疯癫史 [M]. 刘北成，杨远婴，译，北京：生活·读书·新知三联书店，1999.

[42] 米歇尔·福柯. 性史（一、二卷）[M]. 张廷深，等译. 上海：上海科学技术文献出版社，1989.

[43] 米歇尔·福柯. 知识考古学 [M]. 谢强，马月，译. 北京：生活·读书·新知三联书店，2003.

[44] 米歇尔·福柯. 词与物：人文科学考古学 [M]. 莫伟民，译. 北京：生活·读书·新知三联书店，2001.

[45] 米歇尔·福柯. 不正常的人 [M]. 钱瀚，译. 上海：上海人民出版社，2003.

[46] 米歇尔·福柯. 激进的美学锋芒 [M]. 周宪泽，译. 北京：中国人民大学出版社，2003.

[47] 马克·爱德蒙森. 文学对抗哲学——从柏拉图到德里达 [M]. 王柏华，马晓东，译. 北京：中央编译出版社，2000.

[48] 范道伦. 爱默森文选 [M]. 张爱玲，译. 北京：生活·读书·新知三联书店，1986.

[49] 勒内·韦勒克，奥斯汀·沃伦. 文学理论 [M]. 刘象愚，等译. 北京：生活·读书·新知三联书店，1984.

[50] 彼得·沃森. 20 世纪思想史 [M]. 朱进东，陆月宏，胡发贵，译. 上海：上海译文出版社，2006.

[51] 特里·伊格尔顿. 审美意识形态 [M]. 王杰，傅德根，麦永雄，译. 南宁：广西师范大学出版社，2006.

[52] 张宗正. 理论修辞学：宏观视野下的大修辞学 [M]. 北京：中国社会科学出版社，2004.

[53] 赵毅衡. 新批评——一种独特的形式主义文论 [M]. 北京：中国社会科学出版社，1986.

[54] 王凤. 杰弗里·哈特曼文学批评思想研究 [M]. 北京：中国社会科学出版社，2013.

[55] Harold Bloom. Shakespeare: The Invention of the Human [M]. New York: Riverhead Books，1998.

[56] Harold Bloom. Agon: Towards a Theory of Revisionism[M]. New York and Oxford: Oxford University Press，1982.

[57] Harold Bloom，The Anatomy of Influence: Literature as a Way of Life[M]. New Haven and London: Yale University Press，2011.

[58] Harold Bloom. Omens of Millennium: The Gnosis of Angels，Dreams，and Resurrection[M]. New York: Riverhead Books，1996.

[59] Graham Allen. Harold Bloom: A Poetics of Conflict[M]. New York: Havester Wheatsheaf，1994.

[60] Paul De Man. Aesthetic Ideology[M]. Minneapolis&London: University of Minnesota Press，1997.

[61] Paul De Man. The Resistance to Theory[M]. Minneapolis &London: University of Minnesota Press，1986.

[62] Hartman Geoffrey H. A Scholar's Tale: Intellectual Journey of a Displaced Child of Europe[M]. New York: Fordham University Press，2007.

[63] Hartman Geoffrey H. The Fate of Reading and Other Essays [M]. Chicago: University of Chicago Press，1975.

[64] Hartman Geoffrey H. Saving the Text[M]. Washington,D. C: The Johns Hopkins University Press,1981.

[65] Atkins Douglas. Geoffrey Hartman:Criticism as Answerable Style[M]. London and New York:Routledge,1990.

后　记

每年银杏叶黄的时候，我都会想起 2019 年初冬的那个午后。挈妇将雏走进河北大学七一路校区的景观大道，看银杏黄叶飘落。环顾周围正值大好年华的学生们，岁月如梭、青春易逝之慨叹并未影响我研究文学理论的热情，于是就在那个初冬拟定了“美国解构批评中国接受研究”的纲要。本以为这将是一项比较愉快的工作，不料两个多月后爆发了“新冠”疫情。身陷斗室之中，在铺天盖地、难辨真伪的各种信息的冲击中，本就定力不强的我更难静心学术研究。

2020 年，这项工作得到了河北大学燕赵文化高等研究院的资助，于是就变成了一项必须要完成的任务。此后，杨志达、王丹丹、邱玉祺、许玲等几位研究生相继加入此项工作。考虑到大家的学术基础与研究能力，在与各位同学商量的基础上，对原来的研究计划进行了调整、大家根据自己的兴趣和专长认领了研究任务。具体研究、写作分工如下：

高永：绪论、哈罗德·布鲁姆相关论著、后记；

杨志达：杰弗里·哈特曼相关论著、参考书目；

邱玉祺：保罗·德曼《审美意识态》、J. 希利斯·米勒《解读叙事》；

王丹丹：保罗·德曼《浪漫主义修辞学》、J. 希利斯·米勒《小说与重复》；

许玲：J. 希利斯·米勒《文学死了吗》。

此外，许玲还帮助高永对其有关哈罗德·布鲁姆论著的文字进行了整理。

2021 年 6 月，在各位作者相继完成写作任务后，杨志达对其进行了汇总，并对全部文字进行了初步整理。此后高永在出版社一校稿的基础上对全书进行了全面补充和修订，并对部分篇章进行了改写。

美国解构批评诸公知识渊博，理论内涵深刻，本书的写作者多为初涉此研究领域的青年学者和研究生，对美国解构批评的研究尚显浅陋，呈现在本书中的文字，与其说是各位书稿撰写者的研究所得，不如说是国内此领域诸多前辈、同仁研究成果的汇编。作为其他各位撰稿者的老师，书中存在的任何错误与不当之处皆由本人承担。

借书后一隅，我要感谢河北大学燕赵文化高等研究院的各位领导和工作人员，感谢他们为此书出版提供的大力支持；感谢杨显硕先生，是他促成本书与河北大学出版社的结缘；感谢责任编辑韩立霞女士的辛苦付出，书稿前后变化很大，给她的编辑工作带来了很大麻烦，她的认真负责、不厌其烦，令我深受感动。

此时楼下的喇叭还在召唤，近些天每日例行的核酸检测还在继续。清晨的阳光透过窗子照在书桌上，我想起河北大学景观大道上的那几排银杏树，此时也一定沐浴在阳光中，可惜今年无法再挈妇将雏去欣赏那满树的金黄了。莫名感到一阵眩晕，远处那一片白色，是天边升起的云吗?

高永

2022 年 11 月 9 日于保定博仕园